The Reincarnated Assassin
Is a Swordmaster

환생한 암살자는
검술 천재

TITAN

IV

The Reincarnated Assassin
Is a Swordmaster

환생한 암살자는
검술 천재

글개미 장편소설

TITAN

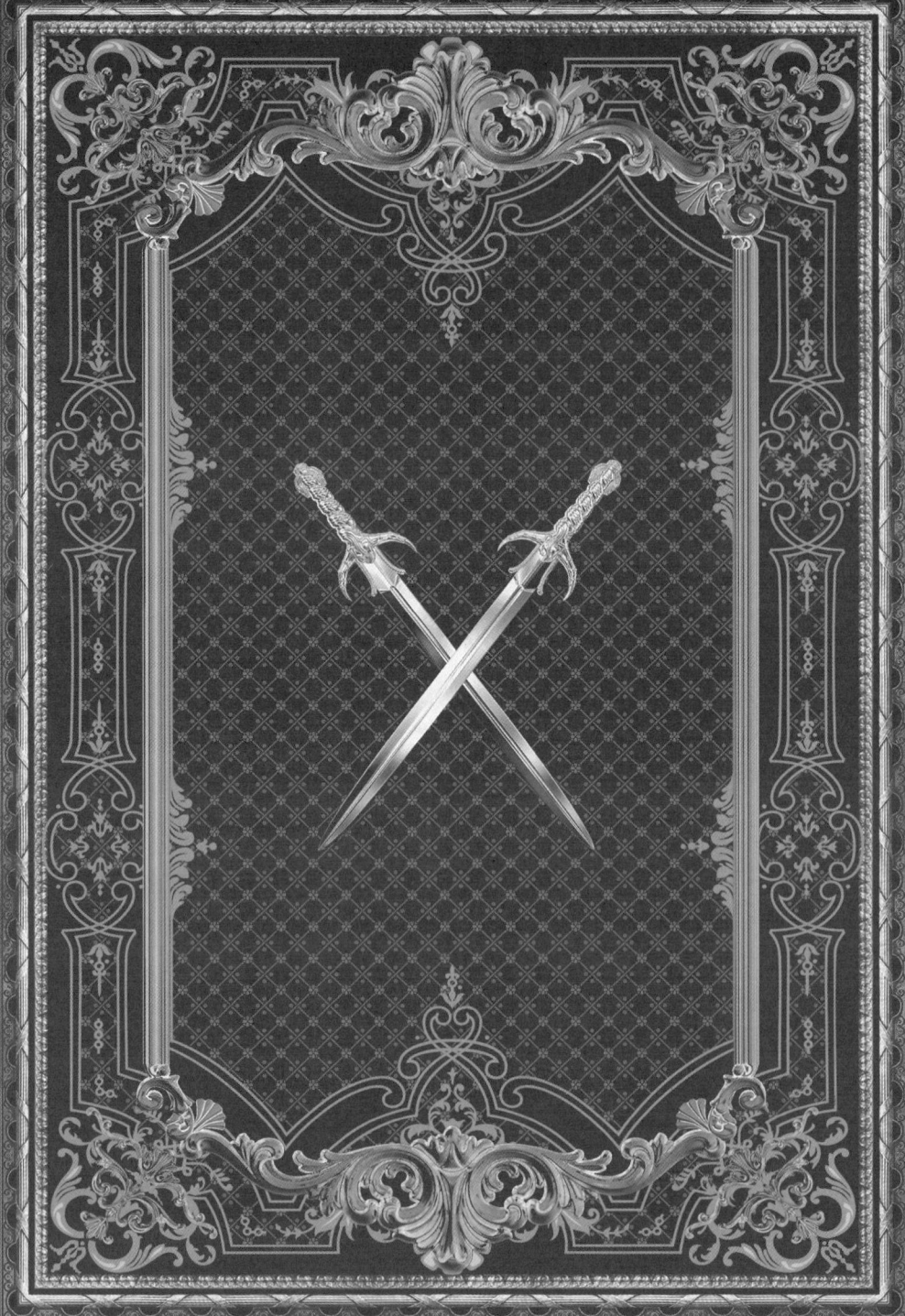

CONTENTS

10장 ······ 007

11장 ······ 067

12장 ······ 301

환생한 암살자는
검술 천재

제94화

"끄어억!"

레이든이 얼굴을 부여잡고 물러섰다. 동여맨 머리가 풀려 미친놈처럼 머리카락이 나풀거렸다.

"으으윽…."

극악의 통증에 신음이 나온다.

무슨 일이 생겼는지 아직도 모르겠다. 놈이 어떻게 제 목에 검을 대고 있었는지, 왜 얼굴이 아픈 건지. 단 하나도 이해가 가질 않았다.

"나, 나한테 무슨 짓을 한 거야!"

레이든이 바드득 이를 갈며 고개를 들었다. 라온은 그 자리에 그대로 서서 이쪽을 바라보고 있었다.

"간단해. 네 검을 피하고, 네 얼굴을 쳤다."

그는 밥을 먹는 것처럼 평온하게 대답했다.

"그, 그걸 어떻게 했냐는…."

"방금으로 한 번이다."

라온은 질문과는 상관없는 대답을 하며 검지를 들어 올렸다.

"뭐?"

"오늘 여덟 번 죽을 거라고 말했지. 지금 건 보내지도 않고 서신을 주었다는 거짓말에 대한 대가다."

"이, 이 새끼가…."

레이든이 찢어질 정도로 눈을 부릅떴다. 당장에 라온의 사지를 찢어 버리고 싶었다.

"여덟 번? 개소리 작작해! 넌 방금 검투를 끝내지 않은 걸 평생 후회하게 될 거다!"

레이든이 악을 내지르며 연검을 내리쳤다.

콰과과과!

오러가 실린 연검이 태풍처럼 몰아쳐 주변을 휩쓸기 시작했다. 결정연검의 광휘풍이었다.

쿠구구구!

연검이 크라켄의 촉수처럼 요동쳤지만, 라온은 가람보법을 연속으로 밟아 쏟아지는 검기를 회피했다.

'어딜!'

레이든이 주먹을 꽉 쥐며 연검을 휘돌렸다. 연검에 맺힌 검기가 파도처럼 출렁이며 라온의 앞길을 막기 시작했다.

'한 번에 잡는 걸 노려선 안 돼.'

아직도 정확히 무슨 일이 일어났는지는 모른다. 방심해서는 안 된다. 방 안에 들어온 벌레를 몰아서 잡듯이 놈을 압박해야 한다.

손목만이 아니라, 팔꿈치와 어깨까지 써 가며 연검의 긴 날을 끝까지 사용했다.

라온의 시야에서는 눈앞에 연검과 검기로 이루어진 벽이 나타난 것처럼 느껴질 거다.

"그대로 회를 쳐 주마!"

레이든이 결정연검의 열 번째 형 적훼벽을 운용했다. 장미 덩굴처럼 꼬인 연검의 벽이 라온을 향해 쇄도했다.

"음…."

가람보법을 밟으며 연검을 흘려 내던 라온이 몸을 돌렸다. 적훼벽을 피해 뒤로 물러선다.

"걸렸어!"

뒤로 물러서면 물러설수록 적훼벽에 가속도가 붙는다. 이제 놈은 독 안에 든 쥐나 마찬가지였다.

터엉!

쭉 뒤로 물러서던 라온이 허공에서 몸을 돌린 후 땅을 박찼다.

'이놈 무슨!'

검기의 벽에 그대로 달려들다니, 미친놈이라고밖에는 보이지 않았다.

"헉!"

레이든이 헛바람을 흘렸다. 적훼벽이 끝까지 밀려간 순간 놈이 촛불처럼 훅 꺼졌다.

"이런!"

다급하게 고개를 돌렸다. 이전처럼 라온이 오른쪽에서 나타나리라 생각하고 연검을 끌어왔다.

'없어?'

하지만 우측엔 아무것도 보이지 않았다.

"왼쪽이다."

그 말이 귀에 닿기도 전에 왼쪽 얼굴에 끔찍한 통증이 찾아왔다.

"끄아아악!"

레이든은 왼쪽 광대뼈에 밀려온 충격에 비명을 지르며 바닥을 굴렀다.

"으으으윽…."

고통이 가시질 않는다. 광대뼈가 주저앉은 게 분명했다.

"으아아아악!"

레이든이 괴성을 질렀다. 연검에 오러를 주입해 세운 날을 땅에 박으며 일어섰다.

"바, 방금 뭘 한 거야…. 분명 앞에 있었는데!"

"이건 어머니가 키운 꽃에 침을 뱉은 대가다."

"이 미친놈이!"

턱이 덜덜 떨렸다. 라온의 눈동자는 조금도 흔들리지 않았다. 저 또라이 새끼는 아까 말한 대로 여덟 개의 빚을 갚아 주려는 것 같았다.

"내가 이대로 끝날 것 같으냐!"

레이든이 뒤로 물러서며 단전의 오러를 끌어 올렸다. 더 이상 장난이 아니다. 검투고 지랄이고, 지금 이 자리에서 저놈을 죽여 버리기로 결정했다.

고오오오!

끌어 올린 오러를 마나 회로 전체에 내보내며 연검을 세웠다. 줄기줄기 뻗어 나간 오러에 바람 없이도 옷깃이 펄럭거렸다.

"뼈까지 발라서 죽여 주마!"

레이든이 빳빳하게 세운 연검을 내질렀다. 그야말로 섬전 같은 속도. 눈 한 번 깜빡할 사이에 라온의 미간 앞에 도달했다.

후우웅.

라온이 방어를 위해 검을 내리치려는 순간 레이든이 오른팔 전체를 진동시켰다.

콰아아아아!

그 격한 떨림이 연검 전체에 전해지며 쫙 펴졌던 검날의 궤도가 똬리를 튼 뱀처럼 구부러졌다.

여덟 개의 촉수를 가진 크라켄이 바다를 짓이기는 것처럼 적의 전신을 찢어발기는 결정연검의 절기 연폭검이었다.

공기조차 갈라 버리는 예리함 속에서도 라온은 물러서지 않았다. 두 눈을 빛내며 자세를 낮췄다.

'저 새끼 또!'

레이든이 이를 악물었다. 놈은 아까도 저런 눈빛을 보인 뒤 사라져서 오른쪽과 왼쪽에서 나타났었다. 이번에도 놓칠 수는 없었다.

"크아아아!"

전력으로 끌어 올린 오러를 이용하여 연폭검을 내질렀다. 풍선처럼 부푼 검기의 응집체가 라온을 휘몰아쳤다.

'방심해선 안 돼.'

멍청이처럼 세 번이나 당할 수는 없었다. 라온이 연검의 벽을 뚫고 나올지도 모르니 감각을 극한으로 다듬었다.

콰콰콰광!

연폭검의 강력한 검기에 바닥이 종잇장처럼 깎여 나갔다. 하지만 살을 가르는 손맛은 없었다. 놈은 또 사라졌다.

"어디냐!"

레이든이 기감을 펼쳐 내며 당겨 온 연검으로 주변을 막아냈다. 좌, 우 혹은 뒤에서 와도 막을 수 있도록 대비했다.

"앞이다."

하지만 라온의 목소리는 왼쪽도, 오른쪽도, 뒤쪽도 아닌 앞에서 들려왔다. 긴급히 대비하려 했지만, 놈의 움직임이 더 빨랐다.

뻐어어억!

빛살이 되어 솟구친 라온의 주먹이 레이든의 턱을 깨부쉈다.

"끄아아악!"

레이든이 턱을 부여잡은 채로 비명을 질렀다. 아프다. 뺨을 맞았을 때보다, 광대뼈가 주저앉았을 때보다 지금이 더 아팠다.

"으으…."

턱뼈가 조각나고, 피부가 찢어졌는지 피가 바닥에 줄줄 흘러내렸다.

"세 번째는 어머니가 키운 꽃을 밟은 대가다."

라온이 레이든의 앞으로 다가오며 검을 털어 냈다.

"네 검은 전부 파악했다. 이젠 피할 필요도 없겠어."

"개소리…."

레이든이 벌떡 일어나며 입에서 허연 김을 뿜어냈다. 머릿속에서 놈을 죽여야겠다는 분노가 폭발했지만, 볼을 씹어 가라앉혔다.

'도발이다. 도발.'

손가락이 떨린다. 이 이상 저놈에게 얻어맞으면 기절할지도 모른다. 여기서 진다면 모든 걸 잃게 된다. 절대 질 수 없었다.

"후우우욱!"

단전 전체를 진동시켜 전신에 오러를 퍼뜨렸다. 오래 버티지는 못하지만, 이 순간은 그 어느 때보다 강하다.

콰아아아아!

폭주하는 듯한 기운과 달리 마음을 안정시키고 차분히 결정연검을 펼쳐 냈다. 이전보다 더 빠르고 예리하며 화려한 검기가 공간을 휘몰아쳤다.

'이건 못 피해.'

지금까지 펼친 것 중 가장 정확한 검기가 라온을 향했다.

라온은 가람보법을 밟으며 검기의 파도 속으로 들어왔다.

지금의 결정연검은 라온이 상대했던 것과 차원이 달랐다. 놈은 그 자만심의 대가를 치르게 될 거다.

'죽어라.'

휘어진 연검의 검극으로 라온의 심장을 찌르려 할 때 라온의 검이 사선으로 올라갔다.

캬아아앙!

라온의 검과 부딪친 연검에서 팔이 휘청일 정도의 충격이 밀려왔다.

"뭐, 뭐야!"

분명 라온의 검을 흘려 내고 놈의 심장을 노렸는데, 검술이 도중에 끊겨 버렸다.

"이익!"

레이든이 결정 연검의 네 번째 형을 펼치며 라온을 압박했다.

하지만.

캬아앙!

라온이 검을 내리치자, 연검은 끊어진 고무줄처럼 축 늘어져 튕겨 나왔다.

"흐아압!"

기합을 지르며 다시 결정연검을 쏘아 냈다. 하지만 라온이 검을 휘두르기만 하면 초식이 가닥가닥 끊어져 검술이 이어지질 않았다.

"마, 말도 안 돼…."

간신히 만들어 놓은 안정된 정신이 깨져 나갔다. 놈은 정말로 자신의 결정연검을 전부 파악한 것처럼 검술을 파훼했다.

"말했잖아. 네 검술은 전부 알았다고."

라온이 연검을 길게 쳐 내고 쇄도해 왔다.

"꺼, 꺼져!"

레이든이 왼쪽 주먹을 내질렀지만, 라온은 가볍게 피해 낸 뒤 검을 후려쳤다.

빠아아악!

검면으로 이마를 얻어맞은 레이든이 발로 찬 공처럼 뒤로 날아갔다.

"끄아아아악!"

고통이 심한지 레이든은 이마를 부여잡은 채 바닥에서 버둥거렸다.

"이, 이건 아니야!

극심한 통증에 기절할 것 같았지만, 입술을 짓씹으며 일어섰다. 지금은 누워 있을 때가 아니었다.

"말이 안 된다고!"

이 짧은 시간에 결정연검을 파악했다니, 불가능한 일이다. 아니, 불가능한 일이어야 했다.

"네 번째는 헬렌을 때린 대가다."

라온은 레이든을 무시한 채 천천히 걸어왔다.

'이럴 수는 없어!'

레이든이 부러지도록 검병을 꽉 쥐고, 연검을 들어 올렸다.

"흐아아아!"

더 빠르고 예리하게 결정연검의 초식을 펼쳐 냈다.

치이이잉!

강렬한 의지를 담은 연검이 화려한 궤적을 만들어 내며 라온을 향해 짓쳐 들었다. 속도, 예리함, 위력. 모두 이전과는 격이 달랐다.

"……."

그걸 아는지 모르는지 라온의 걸음은 그대로였다. 산책을 나온 듯 가볍게 걸으며 연검의 폭풍으로 들어갔다.

캬앙!

라온이 검을 그었다. 파리를 쫓는듯한 가벼운 검에 연검이 크게 휘청였다.

지금까지 만들어 낸 변화와 흐름이 그 한 번에 사라져 버렸다.

"이익!"

레이든은 포기하지 않았다. 흐물해진 연검을 휘돌려 다시 한번 결정연검의 절기를 펼쳐 냈다.

콰아아아!

연검에 맺힌 검기가 비처럼 쏟아져 내렸다.

라온은 검기의 비를 향해 연성검법을 이어 그었다.

쩡!

뭐라 말할 수 없는 가벼운 올려치기였지만, 결정연검의 절기가 끊어지고, 연검이 거칠게 튕겨 나왔다.

"뭐, 뭐야! 뭐냐고!"

레이든이 턱을 덜덜 떨며 뒤로 물러섰다. 고작 한 번의 휘두름으로 절기가 끊기다니, 직접 겪었음에도 믿을 수가 없었다.

"잘못된 거야. 이럴 리 없다고!"

떨리는 오른손을 왼손으로 부여잡고, 연검을 내리쳤다. 결정연검의 두 번째 절기 폭아참이 펼쳐졌다.

캬아아아!

짐승의 송곳니같이 날카롭고 사나운 검격이 라온의 심장과 목을 노렸다.

라온이 멈춰 섰다. 당황의 눈빛은 없었다. 그저 올린 검을 내렸다.

우우웅!

대가가 그리는 그림처럼 조금의 주저함도 없이 내려간 검격에 폭아참이 녹아내린다.

검기가 사그라지고, 초식이 짓눌린다. 고작 한 번의 휘두름에.

"아…."

레이든이 헛바람을 흘렸다. 폭아참을 지우며 다가오는 라온을 보자, 심장이 꽉 우그러들었다.

연성검법에 가람보법.

대륙의 검사라면 누구나 알 법한 검술과 보법을 밟는데, 놈을 뚫을 수가 없다.

분명 알고 있는 초식이건만 막을 방법이 보이질 않았다.

"헉, 허억!"

호흡이 가빠 온다. 라온의 검이 움직일 때마다 맹수의 아가리에 머리를 집어넣은 듯 오싹한 소름이 돋아 올랐다.

"오지 마! 오지 말라고!"

재차 연검을 그어 봤지만, 라온의 검에 튕겨 나가 땅에 박혀 버렸다.

빠아아악!

모든 검기를 지우고, 다가온 라온이 검을 들어 자신의 뺨을 후려쳤다.

"큽!"

더 강해진 통증에 순간 말이 나오질 않았다. 사지에 경련이 일어날 정도였다.

"끄끄으!"

레이든은 비명도 아닌 괴이한 신음을 흘리며 터져 나간 뺨을 부여잡았다.

"일어나라."

라온의 눈동자에서 타오른 분노의 불길은 아직도 꺼지지 않았다.

"아직 다섯 번째니까."

검투는 처음부터 끝까지 라온의 의도대로 흘러갔다.

레이든은 도발에 넘어가 아직 완벽하게 익히지 않은 결정연검을 펼쳤고, 라온은 익숙해지다 못해 눈을 감고도 펼칠 수 있는 연성검법을 사용했다.

완숙되지 않은 뛰어난 검법을 익힌 검사와 누구나 아는 검법을 완벽하게 익힌 검사가 싸운다면 누가 이길까?

대부분은 뛰어난 검법을 익힌 검사라고 생각할 거다.

하지만 아니다.

완성되지 않은 고급 검술을 익힌 검사는 강하고, 화려한 검격을 발휘할지언정 상황에 적절한 검술을 펼칠 수 없다.

반면 기본적인 검술을 완벽하게 익힌 검사는 단순한 검로일지언정 그 순간에 가장 적합한 검초를 펼쳐 낼 수 있다.

처음엔 강한 검술을 익힌 검사가 우위를 점하는 것처럼 보이겠지만, 시간이 지나면 차이가 벌어져 기본 검술을 완벽하게 익힌 검사가 점점 승기를 잡게 될 거다.

거기다 가장 중요한 건 검술이 아니라, 누가 검술을 사용하느냐이다.

기본 검술을 사용하는 사람이 불의 고리를 익히고, 주디엘의 정보를 받은 라온이니, 그가 레이든을 일방적으로 후려 패는 건 당연한 일이었다.

라온은 피를 질질 흘리며 몸을 일으키는 레이든을 바라보았다.

"아, 아직이다. 아직 끝나지 않았어. 저, 절대 질 수 없어…."

눈동자에 담긴 건 지독한 살기. 무슨 짓을 해도 죽여 버리겠다는 악의였다.

"크아아아!"

레이든의 오러가 폭발하듯 솟구쳤다. 놈의 주변이 녹빛으로 물들고, 바닥에 진동이 일어났다.

"후."

라온은 피부를 찢을 듯 살벌한 살기와 검기를 느끼면서 오히려 마음을 가라앉히고 검을 들었다.

중단세. 검을 복부 앞에 두는 가장 기본적인 자세를 취했다. 적의 강렬한 기세 앞에서도 그의 검은 조금도 흔들리지 않았다.

"뒈져!"

레이든이 폭발시킨 기운을 연검에 담아 내리쳤다. 하나의 칼날이 찰나의 순간 수십 개로 변해 라온의 전신 급소를 향해 쏟아졌다.

레이든이 아끼고 아껴 두었던 결정연검의 마지막 초식 대풍우였다.

단 하나의 칼날만 맞아도 살아남을 수 없는 검기의 다발 속에서 라온이 검을 들어 올렸다.

빛살처럼 뻗어 나가는 연검과 달리 지루할 정도로 느린 움직임. 하지만 검도, 라온의 눈빛도 흔들리지 않았다.

후우웅!

모든 것을 찢어발긴 검기가 코앞까지 다가온 순간 라온이 검을 내리쳤다.

느리지도, 빠르지도, 화려하지도 않았다.

다만 그 안에는 검술의 본의가 담겼다.

연성검법. 별을 이어 붙인다는 의미대로 조금의 어긋남도 없이 자연스럽게 연계되는 검술이 펼쳐졌다.

금방이라도 라온을 집어삼킬 것 같았던 대풍우가 연성검법의 거대한 흐름 앞에 갈라진다.

"아아…."

찢어지는 검기의 파도 속에서 핏발이 선 레이든의 눈동자가 보인다. 당황을 넘어 경악이 어린 얼굴이었다.

"이게 전부인가?"

"나, 난…."

"벌써 포기하면 곤란해."

라온이 검을 털어 내며 레이든을 향해 다가갔다.

"넌 세 번 더 죽어야 하거든."

제95화

"마님. 저, 전 못 보겠어요."

헬렌은 검투가 시작되기 전부터 눈을 뜨지 못했다. 태어났을 때부터 아들처럼 대해 온 라온이 살벌하기로 이름 높은 레이든과 검투를 한다는 것에 긴장되어 숨을 쉴 수가 없었다.

"그래도 봐야 해."

실비아는 헬렌과 달리 눈을 부릅뜨고 라온을 바라보았다.

"저 아이는 우리를 위해서 싸우는 거니까."

헬렌이 슬쩍 눈을 떴다. 라온은 연무장 중앙에 서서 몸을 풀고 있었다. 평소와 같은 모습에 조금 긴장이 해소되었다.

"하아, 그래도 떨리네요. 마님은 어떻게…"

고개를 돌려 실비아를 보다가 눈을 부릅떴다. 그녀는 난간이 흔들릴 정도로 손을 떨고 있었다.

"마님…."

헬렌은 눈물이 꾹 올라오는 걸 간신히 참았다. 실비아는 자신보다 더 긴장하고, 떨리면서도 내색을 하지 않으려 필사적으로 노력했다.

그녀의 힘들었던 어린 시절을 알기 때문에 대견하면서도 안쓰러움이 밀려왔다.

'언제쯤 행복해지실는지….'

실비아도, 라온도 안쓰러워 견딜 수가 없었다. 능력만 있었다면 두 사람을 이곳에서 떠나게 하고 싶었다.

"괜찮을 겁니다."

주디엘이 차분한 눈빛으로 두 사람을 돌아보았다.

"도련님은 밤낮없이 레이든의 연검술에 대비하셨습니다. 분명 이곳에 있는 모두가 경악할 모습을 보여 주실 겁니다."

"그, 그렇게 되면야 바랄 게 없지만…."

"맞아. 헬렌. 그렇게 생각하자. 고마워."

실비아는 주디엘에게 고맙다며 눈인사를 보냈다.

"자, 손잡아. 손."

"네?"

"손잡고, 라온이 이기길 기도하자고."

실비아가 먼저 헬렌의 손을 잡았다. 헬렌은 얼떨떨한 표정으로 옆에 앉아 있던 주디엘의 손을 잡았다. 그렇게 별관 시녀들 모두가 서로의 손을 잡았다.

"음…."

주디엘은 땀에 젖고, 떨고 있는 헬렌과 다른 시녀의 손을 느끼며 고개를 저었다.

'정말 전혀 걱정할 필요 없는데.'

라온은 괴물이다.

지금까지 마주쳤던 수많은 강자에 비하면 무력은 분명 약하다. 하지만 기질 자체가 다르다.

그날 밤 본 라온의 두 눈동자는 평생이 가도 잊을 수 없다. 공간을 지배했던 공포와 살기를 생각하면 아직도 소름이 돋아 오른다.

그는 진짜다.

저런 흉폭하기만 한 가짜에게 지고 싶어도 질 사람이 아니었다.

주디엘이 라온의 진면목을 보았던 그날을 생각하고 있을 때 사회자가 검투의 시작을 알렸다.

"흡!"

옆에 앉은 실비아의 손에 힘이 들어갔다.

콰아아!

레이든은 시작하자마자 눈이 아플 정도로 화려한 연검술을 선보였다. 그 예리함과 다채로운 변화는 멀리 있는 이곳까지 전해져 왔다.

라온은 그 화려함과는 반대로 정직하기 그지없는 연성검법을 사용하고, 가람보법을 밟았다.

그의 모습은 폭풍 속을 떠도는 꽃잎처럼 위태로워 보였다.

"음….."

"아아….."

실비아와 헬렌의 손이 덜덜 떨린다.

'전부 잘못 알고 있어.'

주디엘이 입술을 핥았다. 라온의 눈빛은 자신을 짓눌렀던 그때와 같았다. 조금도 당황하지 않은 상태였다.

콰아아아!

레이든이 자랑을 하듯 화려한 검초를 선보였다. 장미 덩굴처럼 꼬인 검기가 라온을 덮치려는 찰나 그가 가람보법을 밟았다.

자신조차 알 법한 기본적인 보법이건만 그는 그 예리하고 다채로운 검술을 피해 레이든의 우측으로 짓쳐 들었다.

레이든은 그걸 느끼지도 못한 듯 앞을 보고 있다가 그대로 목을 내주었다.

"이, 이겼어! 이겼어요! 마님!"

"꺄아아아악!"

헬렌과 시녀들은 레이든의 목젖 앞에 검을 둔 라온을 보고 환호성을 질렀다.

"아우…."

실비아는 난간을 붙잡고, 한숨을 내쉬었다. 이긴 것보다 라온이 다치지 않고 끝나서 다행이라 생각하는 것 같았다.

"하…."

주디엘이 헛웃음을 흘렸다. 이길 건 알았지만, 저리 간단하게, 저렇게 쉽게 승리할 줄은 몰랐다.

'정말 대단… 어?'

감탄하고 있을 때 라온이 검을 내리고 레이든의 입을 주먹으로 후려쳤다.

레이든이 입에서 피를 질질 흘리며 튕겨 나갔지만, 전력에는 큰 변화가 없어 보였다. 오히려 화만 돋은 듯 레이든의 오러가 불길처럼 피어올랐다.

"대, 대체 왜!"

실비아가 비명을 질렀다. 압도적으로 끝난 승부이건만 풀어 준 이유를 모르겠다.

레이든이 손목을 휘돌렸다. 연검이 뱀처럼 꿈틀거리며 라온의 심장을 향해 쏘아졌다.

라온은 가람보법을 밟으며 물러섰지만, 레이든의 연검은 추적 마법이라도 걸린 것처럼 끝까지 라온을 쫓았다.

레이든의 검이 라온의 심장을 노리고 꿈틀거렸지만, 라온의 표정은 담담했다. 물에 뜬 연꽃처럼 흘러가 레이든의 왼쪽에 이르렀다.

처억!

라온은 이번에도 레이든의 목에 검을 댔다. 그리고 이번에는 그의 뺨을 후려쳤다.

두 번째다. 라온은 이길 수 있음에도 레이든을 두 번이나 풀어 주었다.

이제 레이든은 분노에 가득 찬 한 마리 괴수가 된 듯한 눈빛을 발하며 연검을 휘둘렀다. 라온은 여전했다. 평온한 표정으로 검을 피해 앞에서 레이든을 제압했다.

뻐어억!

라온은 관중석까지 소리가 들려올 정도로 레이든의 얼굴을 걷어찼다.

헬렌이 입술을 깨물었다. 이제야 라온이 왜 레이든을 놓아준 건지 알았다.

'복수를 해 주는 거였어.'

라온은 레이든이 별관에 와서 부렸던 행패들을 차례로 갚아 주고 있었다.

처음에 입을 때린 건 서신을 보냈다는 거짓말 때문이었고, 두 번째에 얼굴을 친 건 가래침을 뱉은 것, 방금은 꽃을 짓밟은 것에 대한 대가였다.

"아…."

참을 수 없는 감정이 가슴을 파고든다.

이곳 지그하르트에서 피란 곧 힘. 직계는커녕 방계조차 되지 않는 자신들을 제대로 대우해 준 사람은 실비아밖에 없었다.

그녀가 떠난 이후 그 냉혹한 현실을 깨달았다. 이 차가운 대지에서 시녀들을 사람으로 대우해 주는 건 그녀뿐이었다고.

하지만 지금은 한 명이 늘었다. 실비아의 아들이자, 태어났을 때부터 함께한 라온.

그는 우리를 위해 직계와 싸우고, 직계를 박살 내고 있었다.

라온의 마음이 전해져 와 흘러내리는 눈물을 참을 수가 없었다.

"흐읍…."

헬렌은 울음을 참는 듯한 신음에 고개를 돌렸다. 다른 시녀들도 라온의 뜻을 알고 모두 눈물을 흘리고 있었다.

전부 같은 감정을. 처음으로 자신들을 위해 주는 사람에 감격을 느끼고 있었다.

그리고 실비아는 입을 꽉 다문 채 자랑스러운 얼굴로 라온을 바라보고 있었다. 예전 오러와 검술을 잃기 전의 그녀의 모습을 보는 듯 당당한 얼굴이었다.

다만 헬렌의 생각 이상으로 실비아는 큰 감동을 느끼고 있었다.

태어났을 때부터 아무도 자신을 봐주는 사람이 없어 주눅이 든 채로 살았다. 직계이면서도 없는 사람처럼 냉대를 받았다.

아버지에게, 형제에게, 가문에게 짓눌려 숨조차 제대로 쉬지 못했다.

그래서 선택한 건 이탈이었다. 그녀는 가문을 벗어나 자유를 택했다.

'하지만.'

정답은 그게 아니었다. 이곳에서, 이 지독한 땅에서 힘으로 극복을 해야 했었다.

그걸 지금 자신의 아들인 라온이 말해 준다.

누구보다 약한 채 태어나 지금은 누구보다 강한 마음을 품은 아이가 등으로 보여 주었다. 상대가 누구든 넘볼 수 없게 끝까지 싸워야 한다고.

"라온…."

실비아는 끓어오르는 격동을 느끼며 주먹을 움켜쥐었다.

뿌드득!

발데르가 연무장을 내려다보며 이를 갈았다.

"이게 어찌 된 일이야."

검투의 승패는 레이든의 승리로 이미 결정이 나 있다고 생각했다.

그건 자신만의 생각이 아니었다. 이 연무장의 9할 이상이 모두 레이든의 압도적인 승리를 점쳤을 것이다.

하지만 뚜껑을 열어 보니, 상상과는 전혀 다른 일이 벌어졌다.

레이든은 라온에게. 그것도 하급 검술과 하급 보법을 사용하는 라온에게 일방적으로 얻어맞고 있었다.

만약 라온이 마음만 먹었다면 첫 격돌에서 전투가 끝났을 거다. 그 정도로 압도적인 차이가 나고 있었다.

후우우웅!

라온은 방금도 연성검법과 가람보법을 그대로 사용하며 레이든이 펼친 결정연검의 마지막 초식을 갈라 버렸다.

"저 미친…."

발데르는 자신도 모르게 헉 소리를 흘렸다. 직접 보고 있으면서도 믿을 수가 없다. 라온 지그하르트는 연성검법의 진의를 검에 담고 있었다.

검술의 진의란 검에 나름의 의지를 담는다는 뜻. 익스퍼트 상급 이상이 되어야 시작할 수 있는 경지다.

'그런데 저놈은….'

그걸 익스퍼트를 갓 입문한 놈이, 그것도 15살짜리가 이뤄 냈다. 꿈을 꾸는 것 같았다. 그것도 끔찍한 악몽을.

이미 이성이 반쯤 나간 레이든은 절대 라온의 검을 뚫지 못했다. 이 검투는 이미 끝난 싸움이었다. 예상과 아예 반대로.

'천재. 아니, 그런 수준을 넘었어.'

대륙은 넓고 천재는 흔하다.

지그하르트만이 아니라, 작은 무력 단체에도 천재라 불리는 사람은 꼭 한 명씩 있다.

지금의 라온은 그런 단어로 설명이 될 놈이 아니다. 천재를 잡아먹고 크는 괴물. 대륙의 정상에서 검을 휘두를 아귀 같은 놈이었다.

'방계 따위가!'

실비아의 아들이라고 해도, 씨는 어디서 온 지도 모르는 하등한 놈이 자신의 아들을 이긴다는 생각에 분노가 넘쳐흘렀다.

"저 새끼…."

"우와아아아! 대박 터졌다!"

기세를 끌어 올리려고 할 때 옆에서 가볍다 못해 촌스러운 함성이 터져 나왔다. 리메르였다.

"인.생.역.전!"

그는 양손에 든 종이를 마구 흔들며 환호를 질렀다.

"좀 닥쳐!"

"어? 아이구, 미안합니다."

리메르가 머리를 긁적이며 허리를 숙였다. 다만 눈빛은 싸움을 앞둔 전사처럼 살벌하게 빛났다.

"그래서 내가 말했잖습니까. 라온이 이길 거라고."

그는 발데르의 옆으로 다가가며 씩 웃었다.

"내기 보상을 준비하려면 돈이고 시간이고 꽤 써야겠어요. 뭐, 그게 아니라도 한 턱 단단히 벌었지만."

리메르가 낄낄 웃으며 손에 든 종이들을 가리켰다. 여기저기서 내기를 건 증표들이었다.

"내가 닥치라고 말했을 텐데."

발데르의 분위기가 깎은 칼날처럼 예리하게 변했다. 당장이라도 달려들 듯한 기세였다.

"결과가 나왔다는 건 아실 테니, 하나만 말하고 사라지죠."

리메르는 발데르의 코앞까지 다가와 멈춰 섰다.

"오늘 이 시점으로 라온을 지켜보는 눈이 많아질 겁니다. 그 많은 눈을 피할 자신이 있는 게 아니라면 라온이나 별관을 건드리지 마십쇼."

"너 이 새끼 감히…."

발데르가 인상을 찌그러뜨렸다. 리메르의 눈은 그가 광검이라 불릴 때와 조금도 달라지지 않았다. 새끼를 건드린 아비 늑대를 보는 듯 흉악하게 번들거렸다.

"나 말고, 가주님을 겁내라고요. 약속 안 지키는 거 정말 싫어하시는 거 잘 아시잖아요."

그는 서늘했던 기세를 단번에 꺼뜨리고, 낄낄 웃는 한량이 되어 떠나갔다.

'저놈의 말이 맞아.'

오늘 라온을 확실하게 처리하지 못하면 저놈도 별관도 건드리기 정말 힘들어진다.

'그리고….'

자신의 두 아들과 다른 직계 조카들은 라온의 그림자에 짓눌리게 될 것이다. 저놈은 그 정도로 위험한 존재였다.

-레이든!

발데르가 은밀하게 오러를 쏘아 내 레이든에게 메시지를 보냈다.

-변화와 예리함은 집어치워라! 힘으로! 힘으로 깨부숴라! 네가 유리한 점으로 싸워!

라온을 이길 수 있는 힌트를 전했다. 나중에 분명 문제가 될 수도 있겠지만, 지금은 이기는 게 우선이다.

'꺾어라! 뒤는 내가 어떻게든 해 주마!'

'음?'

라온이 살짝 눈매를 좁혔다. 포기했다고 생각했던 레이든이 갑자기 눈에 힘을 주며 일어서기 시작했다.

지금까지와 다르게 오러를 퍼뜨리지 않고, 평범한 검을 쓰듯 검 전체에 휘감았다.

'그랬군.'

조금 전 불의 고리가 관객석에서 흘러나온 미약한 오러를 포착했다. 별거 아니라고 생각했는데, 발데르가 레이든에게 자신을 이길 방법을 알려 준 것 같았다.

'그 아들에 그 아비인가.'

라온이 뒤를 돌아 시치미를 떼고 있는 발데르를 보았다.

검투란 두 검사의 자존심과 무력을 겨루는 대결.

그 숭고한 대결을 방해한 주제에 부끄러운 표정은 없다. 내가 직계이고, 글렌의 아들인데 뭐 어쩔 거냐는 눈빛이다.

"크으…."

레이든은 멀리 보이는 발데르와 같은 눈빛을 발했다. 조언받은 대로 단전에 남은 오러를 모조리 끌어 올려 검에 응집시켰다.

고오오오!

결정연검이 아닌 일반적인 베기의 기수식을 취한 채 자신을 노려보았다. 꼴을 보니, 발데르의 추잡한 끼어들기는 확실히 효과가 있었다.

"그래. 처음부터 이랬어야 했어."

레이든이 피가 섞인 가래침을 뱉고 이를 드러냈다. 그의 연검이 빳빳하게 솟구치고, 강렬한 검기를 불태웠다.

"내가 가장 유리한 방법으로 네놈을 조졌어야 했다고!"

그 말은 사실이다. 레이든이 가진 오러의 크기는 자신보다 훨씬 거대했으니까.

'다만.'

강한 검술이 전부가 아니듯, 오러의 양이 승부를 결정하진 않는다.

"힘이라면 이길 수 있다고 생각하나?"

"물론이다! 네놈의 빈약한 오러 따위는 찢어 주마!"

레이든이 땅을 박차고 연검을 내리쳤다. 대지를 반으로 가를 듯한 강렬한 검격이 그대로 떨어져 내렸다.

꾸욱.

라온이 검을 다잡았다. 검신의 끝에서 피어난 작은 불꽃이 다발이 되어 타올랐다.

쩌어어어엉!

대기를 녹이는 불꽃의 칼날과 녹색 오러를 휘감은 연검이 맞부딪쳤다.

"허억!"

레이든이 이를 악물었다. 충격으로 속이 울렁거렸다. 불꽃이 좀 늘어났다고 이런 위력이라니, 정신을 차릴 수가 없었다.

"너, 어떻게…."

"아직이다."

라온의 눈동자가 그의 검처럼 시뻘겋게 타올랐다.

만화공 십화.

연신섬.

칼날을 타고 질주하는 붉은 꽃의 춤사위가 레이든의 오러를 불태우고, 연검을 꿰뚫었다.

캬아아앙!

연검이 모래처럼 바스러지고, 레이든의 눈동자가 터질 듯 부풀었다.

"아, 안 돼!"

"어딜 가려고."

레이든이 도망치듯 뒤로 물러섰지만, 라온이 더 빨랐다.

"자, 잠깐! 내가 졌…."

"아직 두 번 남았다."

라온은 검을 쥔 주먹을 레이든의 입속에 박아 넣었다.

"끄으으…."

레이든의 이빨이 옥수수 알처럼 튀어나오고, 그는 눈동자를 까뒤집은 채 그대로 뒤로 넘어갔다.

"나머지는 이걸로 퉁쳐 주지."

라온은 검을 털었다. 그의 검에서 불꽃이 꺼지는 것처럼 연무장 전체가 침묵으로 가라앉았다.

제96화

 레이든이 이빨이 뽑힌 채 쓰러지고, 허공을 수놓던 불길이 잦아들고서도 연무장은 고요했다.
 "와아아아아!"
 "라온! 라오오온!"
 "도련님!"
 "이겼어요! 라온 도련님이 이겼다구요!"
 그 침묵을 처음으로 깬 사람들은 실비아와 별관의 시녀들이었다. 누구보다 마음고생을 했던 그녀들은 눈물을 터트리며 관객석에서 연무장으로 뛰쳐나올 기세였다.
 "라온!"
 "라온!"
 "꺄아아아!"

직계나 방계들이 노려보아도 신경 쓰지 않고 비명이 섞인 환호성을 질렀다.

그 울림은 지금까지 그녀들이 받아 온 억압을 깨부수는 듯 시원했고, 자유로웠다.

"라오오오온!"

"우와아아아아아!"

그 뒤를 잇는 함성은 연무장 곳곳에서 터져 나왔다. 3년이 넘는 시간 동안 라온과 함께 수련해 온 수련생들의 목소리였다.

"라온 님!"

"라온!"

"이야아아아!"

직계, 방계, 봉신 가문 그리고 외부에서 온 추천생들까지 모두 한마음이 되어 그의 이름을 외쳤다.

"흐흠! 저, 저 정도는 해 줘야지. 괜히 수석을 달고 있는 것도 아닌데."

버렌이 의자 등받이에 허리를 기대며 고개를 끄덕였다.

"난 처음부터 저놈이 이기리라 생각했어."

"음, 그런 것치고는 소리를 꽤 많이 지르셨지 않습니까."

버렌의 집사가 미소를 지은 채로 고개를 갸웃거렸다.

"처음에 '라온. 여기서 지면 가만히 안 둘 거다. 넌 나한테 져야 해!'라고 하시지 않았습니까."

"그, 그건…."

"방금은 '싸워, 깨부숴! 저 새끼 코를 납작하게 만들어!'라고 하셨고, 레이든 도련님이 쓰러졌을 때는 '우아아아아!'하고 함성도 터트리셨습니다."

"그, 그만!"

버렌이 붉어진 얼굴을 팍 구겼다.

'기, 기억나지 않는데….'

너무 흥분했었는지 그런 말을 했던 게 생각나지 않았다.

다만 그 말이 틀렸다고는 생각하지 않는다. 자신을 꺾고 5 연무장의 수석이 되었다면 저런 직계 같지 않은 놈팡이 따위는 쓰러뜨려야 옳다.

"나, 나만 그런 거 아니잖아. 수련생 전부 라온의 이름을 외치고 있는데…."

"흥. 자기 감정도 주체 못 하고 소리를 지르다니, 아직 젖먹이네."

아래에 앉아 있던 마르타가 위를 힐끔 보며 코웃음을 쳤다.

"한심하니까. 앞으로는 쪽쪽이나 빨고 다녀. 어디 가서 아는 척하지 말고."

"끅, 마르타 지그하르트…."

"마르타 아가씨."

버렌의 집사가 마르타 앞의 난간을 가리켰다. 동그랗던 난간은 주먹으로 쥐여 찌그러져 있었다.

"그거 주먹으로 쥐신 거 아닌가요? 아가씨도 꽤 흥분하신 거 같던데요."

"아, 아닌데? 무슨 개소리지?"

마르타는 고개를 맹렬하게 저었다. 눈에 띄게 당황한 모습을 보이며 욕을 내뱉었다.

"이런 수준 낮은 검투 따위를 보는데 흥분? 하, 무슨 코흘리개도 아니고."

그녀는 어처구니없다는 듯 머리를 튕겼다.

"마르타. 이제 와서 아닌 척해 봤자다. 나도 네가 욕을 내지르는 걸 들었으니까."

"아닌 척은 네가 하고 있었겠지. 꼬우면 맞짱 뜨든가!"

"라온."

싸울 것처럼 으르렁거리던 버렌과 마르타는 아래쪽에서 들린 가는 목소리에 동시에 고개를 돌렸다.

 "라온."

 루난 슬리온이 양손으로 입 주변을 감싼 채 계속 라온의 이름을 부르고 있었다.

 "라온."

 아무리 손을 모았어도 너무 작아 들릴 리도 없건만 루난은 계속해서 라온의 이름을 외쳤다.

 "하…."

 "음…."

 힘 빠진 듯하지만 확실하고 솔직하게 응원하는 루난을 보고 두 사람은 동시에 손을 내렸다.

 "쯧, 볼 필요도 없는 검투였어. 수준 낮기는."

 마르타는 민망한 듯 머리를 긁적이며 일어섰다.

 "어이 동태눈깔들!"

 그녀는 앞에 앉아 있던 검사들의 의자에 발을 걸쳤다.

 "아까 말했지? 재밌는 결과가 나올 거라고."

 "아…."

 "그, 그게…."

 검사들은 말을 하지 못하고 우물쭈물거리며 어깨를 좁혔다.

 "실력이 구리면, 눈치라도 빨라야지. 너희처럼 썩은 눈알로 살아남으려면 수련이라도 열심히 해야 할 거다."

 그녀는 검사들을 비웃고서 그대로 연무장을 떠났다.

"성질 하고는."

버렌이 고개를 절레절레 저으며 일어섰다. 저 여자는 라온한테만 얌전할 뿐 다른 사람들 앞에선 이전보다 더 흉폭해진 상태였다.

"후…."

고개를 돌려 연무장의 중심에 선 라온을 보았다.

당당하게 등을 편 채 연무장 전체를 돌아보는 녀석을 보니, 홀로 광혈귀의 앞을 막았던 그때의 모습이 생각났다.

'그건 잊지 못하지. 평생을 두고도 갚아야 할 빚이다. 다만 난 절대 포기하지 않는다.'

버렌이 주먹을 꽉 말아 쥔 채 라온의 등에 시선을 고정했다.

"꼭 따라잡겠다."

"음!"

글렌이 의자의 등받이에서 몸을 일으켰다. 눈동자는 평소보다 컸고, 눈썹은 아래로 길게 내려와 있었다.

감정과 표정의 변화가 옅은 글렌치고는 굉장한 반응이었다.

"가, 가주님."

로엔이 턱을 떨며 글렌을 돌아보았다.

"처음에 도련님이 가람보법에 섞어서 사용한 그거 태화보가 아닙니까?"

"…맞다."

"허억!"

항상 미소를 유지하던 로엔의 거짓된 얼굴이 깨졌다. 그는 라온을 보며 어처구니가 없다는 듯 탄성을 터트렸다.

"으음…."

글렌이 눈매를 좁혔다. 오늘 그를 가장 놀라게 한 건 라온이 레이든을 압도적으로 꺾은 점이 아니다.

라온이 고작 2주일 전에 알려 준 태화보를 사용했기 때문이다.

태화보는 그가 마를 벗어나 초월의 단계에 오르고 나서 만들어 낸 보법. 평범한 무인은 평생이 가도 익히기 힘들 고등의 무학을 이용했다.

'하지만….'

라온은 익혔다. 그것도 2주라는 아주 짧은 시간에.

그건 감정을 드러내지 않는 글렌이 감탄하고 당황할 정도로 놀라운 일이었다.

'최소 반년은 걸릴 줄 알았는데.'

글렌이 당당하게 선 라온을 보며 헛웃음을 흘렸다. 빨라도 반년은 지나야 라온이 태화보를 사용할 거라 예상했다.

'2주라니.'

초월의 경지에 오른 이후 처음으로 판단이 어긋났다. 어처구니가 없지만, 뭐랄까 웃음이 나왔다.

'거기다 검술까지….'

라온은 마지막에 연성검법의 진의마저 끌어냈다. 이제 15살짜리가, 자격도 얻지 못한 수련생이 검술의 진의를 꺼내다니, 놀라지 않으려 해도 놀랄 수밖에 없었다.

"저, 정말 대단합니다. 태화보에, 연성검법 그리고 마지막 불꽃까지…."

로엔은 아예 경악하여 제대로 말을 잇질 못했다.

"큼, 그 정도는 아니다. 태화보는 고작 1성. 그것도 초반에 입문했을 뿐이다. 연성검법도 아직 부족해. 레이든이 다른 연검술을 사용했다면 저리 쉽게 밀리진 않았을 거다."

글렌은 놀란 표정을 감추고, 평소와 같은 눈빛으로 고개를 저었다.

"에이, 아니라뇨. 가주님 표정이…흐."

로엔이 능글맞은 눈웃음을 흘리며 입을 가렸다.

"아니라니까."

글렌은 뺨을 쓰다듬으며 고개를 돌렸다. 요즘 리메르와 같이 다니니, 로엔의 성격도 능글맞아진 것 같았다.

[거, 검투는 라온 지그하르트의 승리입니다!]

본인의 역할을 잊은 채 멍하니 서 있던 사회자가 라온의 승리를 외치자 이곳저곳에서 함성이 터져 나왔다.

"우와아아아!"

"라온!"

"라오오온!"

아직 여물지 못한 목소리. 아이들이었다.

"저 아이들은…."

라온과 함께 수련하는 수련생들은 직계, 방계, 봉신 가문 그리고 외부의 추천생까지 각자 다른 위치에서 같은 함성을 질렀다.

"이런 모습은 오랜만에 보는군요. 아니, 모두가 방계를 응원하는 건 처음 아닐까요."

"음…."

글렌이 느릿하게 고개를 끄덕였다.

'확실히….'

방계도 공을 세운 적이나, 대련에서 이긴 적은 많지만, 직계, 방계, 봉신 가문, 추천생 모두의 환호를 받는 건 처음 있는 일이었다.

오늘은 여러모로 신기한 모습을 많이 보게 되는 날이었다.

"다른 이들도 저렇게 하나가 될 수 있다면 좋겠네요."

"……."

글렌은 대답하지 않았다. 마에 머리가 물들었을 무렵 이곳을 독재했던 자신에게 그런 건 무리였다.

무력 그리고 피로 나눠 놓은 시대가 너무 길었고, 그걸 바꾸기에 자신은 너무 늙었다.

하지만 저기에 빛이 있었다.

라온이라면, 직계로 태어나, 방계의 부당함을 아는 저 녀석이라면 언젠가 이 가문을 바꿔 주지 않을까 하는 기대감이 들었다.

"가주님. 검투가 끝났습니다!"

사회자가 단상 앞에 무릎을 꿇고 고개를 숙였다. 연무장 전체의 시선이 글렌을 향했다.

"음!"

글렌이 몸을 일으켰다. 검투의 승자를 칭송해 줘야 할 시간이었다. 물론 이 숭고

한 전투를 방해한 협잡꾼을 처리하고 나서.

고오오오!

그의 서늘한 시선이 서쪽 아래에 앉아 있는 발데르를 향했다.

라온은 기절한 레이든을 안은 사회자와 함께 단상 앞으로 걸어갔다.

'살벌하군.'

글렌은 평소보다 더 표정이 없었다. 이 상황이 마음에 들지 않는 듯 그의 주변에 냉혹한 기운이 맴돌았다.

'내가 이겼기 때문인가. 아니면⋯.'

글렌이 평소 자신을 마음에 들어 하지 않는다는 것 정도는 알고 있었다. 다만 그는 신상필벌만큼은 확신한 사람이다.

자신이 승리한 것이 마음에 들지 않을지언정 저렇게 대놓고 서늘한 기운을 품을 만큼 좀생이는 아니었다.

쿠구구구!

글렌이 일어서서 단상 앞에 서자, 연무장의 공기가 지독할 정도로 건조해졌다. 도서관이 된 듯 숨소리 하나 크게 들려오지 않았다.

"오늘 검투의 승자는 라온 지그하르트다."

"우와아아아아!"

글렌의 선언에 수련생들에게서 이전보다 더 큰 환호가 터져 나왔다. 물론 연무장을 바라보는 대부분의 직계와 방계는 입을 다물었다.

"라온 지그하르트가 이번 검투에 걸었던 조건을 밝히겠다."

검투에서 각자의 검사들이 건 조건은 검투가 끝난 이후에 드러난다. 조건에 대한 궁금증에 사람들이 다시 입을 다물었다.

"라온 지그하르트가 건 조건은 별관에서 문제를 일으킨 레이든과 그의 집사가 실비아와 별관의 시녀들에게 무릎 꿇고 사과하고, 진무전이 별관에 어떠한 간섭도 하지 않는 것이었다."

"어…."

"음…."

사람들은 한동안 입을 떼지 못한 채 라온을 바라보았다.

"저게 조건이었다고?"

"사과가?"

"허, 그것도 시녀들한테라니…."

보통 검투에 거는 조건은 상대가 가진 모든 것이다.

자존심을 건 전투이니, 상대의 재산 혹은 가장 좋은 무기 아니면 팔이나 단전을 부수는 경우도 흔했다.

그런데 라온이 원한 건 고작 사과다. 그것도 라온 본인에 대한 사과가 아닌 그의 어미 그리고 보잘것없는 시녀들에 대한 사과.

사람들은 그런 조건을 처음으로 보고 충격을 느꼈는지 멍하니 라온을 바라보았다.

"검투에서 사과? 멍청한 놈이로군."

"그러게 말입니다. 실비아의 아들답네요."

직계와 힘이 있는 방계는 그를 비웃었고.

"……."

봉신 가문은 아무 말을 하지 않았으며.

"라온 지그하르트라…."

중앙에서 밀려난 힘없는 방계와 시작부터 미약했던 외부의 검사들은 라온의 이름을 뇌리에 깊게 새겨 넣었다.

"검투가 끝났으니, 그 조건은 바로 이루어져야겠지."

"꺼헉!"

글렌이 손가락을 튕기자, 대자로 뻗어 있던 레이든이 피를 토하고 눈을 떴다.

"여. 여긴 어디야. 어흑! 나, 난 여기에 왜…."

이빨이 나간 레이든의 발음은 구멍 난 항아리처럼 줄줄 새고 있었다.

"실비아 지그하르트와 별관의 시녀들은 앞으로 나오라."

글렌의 명령에 실비아와 헬렌, 별관의 시녀들은 척추를 곧게 세운 채 벌떡 일어섰다. 그녀들은 어쩔 줄 몰라 하며 눈치를 보았다.

"연무장으로 내려와라."

"아, 예!"

실비아가 고개를 꾸벅였다. 시녀들을 이끌어 연무장 아래로 내려왔다.

"아…."

"이, 이게 무슨 일이래."

"마님. 떨려서 못 걷겠어요."

시선을 받는 게 익숙하지 않은 그녀들은 쭈뼛쭈뼛 과할 정도로 눈치를 보며 단상 앞으로 걸어갔다.

라온은 뒤를 돌아 실비아, 헬렌, 시녀들과 차례로 눈을 마주쳤다. 괜찮으니, 눈치 볼 것 없이 오라고 눈으로 말했다.

"음…."

"모두 침착해. 우리가 잘못한 건 없어."

"예. 마님."

그 시선이 통했는지 실비아와 시녀들의 걸음이 자연스러워졌다. 그녀들은 라온의 옆에 서서 글렌을 향해 허리를 굽혔다.

"부르셨습니까."

글렌은 고개를 끄덕이고서 아직도 정신을 차리지 못한 레이든을 굽어보았다.

"레이든 지그하르트."

"에? 아, 예!"

"검투는 네 패배로 끝났다."

"아, 아아…."

그제야 본인의 패배를 깨달은 레이든이 턱을 덜덜 떨었다.

"레이든 지그하르트. 검투를 시작할 때의 조건대로 실비아와 시녀들에게 무릎을 꿇고 사과해라."

"하, 할아버지!"

레이든이 고개를 마구 휘저으며 무릎을 꿇었다. 실비아가 아닌 글렌을 향해.

"저, 전 검사 자격을 얻은 직계입니다. 방계도 아닌 시녀들에게 무릎을 꿇으라니요!"

"약속은 내가 아니라 네가 했다. 검투에서 패했으니, 약속을 지켜라."

"할아버지. 저, 저는…."

"공적인 자리다. 가주라 불러라."

"가, 가주님! 제발 용서해 주십시오! 다음에는 이길 수…."

"네가 용서를 구해야 할 사람은 내가 아니라. 저쪽이다. 지그하르트의 직계로서 스스로 한 말을 지켜라. 레이든 지그하르트."

글렌의 표정이 찡그려졌다. 거칠었던 공기가 더 삭막해졌다. 폭풍이 불어닥치기 전처럼 팔뚝에 소름이 돋았다.

"으으…."

레이든은 그 기세에 짓눌려 전신을 바들바들 떨었다. 아버지인 발데르를 보았지만, 그도 어쩔 수 없다는 듯 고개를 돌렸다.

'제, 젠장! 젠장!'

속으로 쌍욕을 내뱉었다. 라온 때문이다. 저 개새끼 때문에 모든 것이 망가졌다.

'죽인다. 무조건! 모든 걸 다 바쳐서라도 죽인… 억!'

일어서며 라온을 본 순간 전신의 솜털이 곤두섰다. 심장이 요동을 쳐 놈과 눈을 마주칠 수가 없었다.

"끄윽…."

라온에게 얻어맞은 전신에서 통증이 일었다. 숨을 쉴 수 없을 정도로 폐가 우그러들었고, 겁이 나서 놈의 눈을 쳐다볼 수도 없었다.

'고, 공포? 내가 저놈을 두려워하고 있다고?'

그것밖에 없었다.

"이익!"

인정할 수가 없어서 고개를 들어 올렸지만, 라온과 눈을 마주친 순간 토할 것처럼 속이 울렁거렸다.

레이든이 지금까지 익힌 모든 무학이 꺾이고, 힘으로마저 밀려 수없이 얻어맞았으니, 당연한 일이었다.

"가라. 가서 무릎을 꿇어라."

"으…."

글렌보다 가깝고 섬뜩한 시선에 레이든은 어떠한 대꾸도 하지 못하고 실비아의 앞에 걸어가 멈춰 섰다.

'어떻게 해서든 전부 죽일 거야.'

레이든은 라온의 눈을 쳐다도 보지 못하는 주제에 그들을 죽이겠다는 의지를 품고 입술을 깨물었다.

"미, 미안하다. 사과하겠다."

그는 이를 악문 채 티가 나지 않을 정도로 고개를 숙였다.

"……."

"아…."

실비아는 아무 말도 하지 않았고, 시녀들은 어찌할 바를 몰라 마주 고개를 숙였다.

"고개 숙일 필요 없어."

라온이 만화공의 오로로 시녀들을 휘감았다. 겁을 먹었던 시녀들의 창백한 얼굴에 혈색이 돌아왔다.

"아…."

"라온."

"라, 라온 님."

"오늘은 사과를 받는 날이니까."

라온이 실비아와 시녀들을 안정시키고 레이든에게 다가갔다.

"다시 해라. 레이든 지그하르트."

"뭐, 뭐?"

"조건은 분명 무릎을 꿇고 사과하는 거였다. 무릎을 꿇고, 고개를 숙여라."

"너 이 새끼 정말 보이는 게 없는 거냐. 이 일이 끝나고…."

"다시 해."

"끅!"

라온의 목소리가 낮게 가라앉자, 레이든의 몸이 바르르 떨려 왔다. 몸에 새겨진 라온에 대한 공포였다.

"으…."

레이든이 주변을 돌아봤지만, 그를 도와줄 사람은 어디에도 없었다. 글렌의 서늘한 눈동자는 빨리 끝내라고 재촉하는 것 같았다.

"아…."

레이든은 몇 개 없는 이로 입술을 짓씹은 채 무릎을 꿇었다.

"미, 미안하다."

"네가 무엇을 잘못했는지도 밝혀라. 전부 알려 주었을 텐데."

맞다. 놈은 주먹과 검으로 때릴 때마다 무엇이 문제였는지도 밝혔다. 너무 아팠기 때문에 하나하나 모두 생각났다.

"나, 나는 거짓된 서신을 보내고, 키우던 꽃을 짓밟고, 손에 침을 뱉었고, 시녀들의 뺨을 차고, 발로 걷어차, 찼다. 이, 일방적으로 별관에 시비를 걸었다. 죄, 죄송했… 끄윽."

레이든은 육체가 회복되지 않은 상태에서 공포에 짓눌리고, 자존심이 상해 다시 정신을 잃었다.

"괜찮아."

라온은 걱정으로 얼굴이 파래진 시녀들을 보며 미소 지었다.

"누구도 별관을 건드릴 수 없게 할 테니, 걱정할 필요 없어."

"흐윽…."

"흑!"

그제야 시녀들이 글썽이던 눈물을 쏟아 냈다.

"라온…."

실비아는 입술을 꾹 깨문 채 라온의 손을 잡았다.

"가주님. 제 조건은 아직 끝나지 않았습니다. 그걸 직접 확인해 주십시오."

"물론이다. 다만 그 전에…."

글렌의 섬뜩한 눈동자가 발데르를 향해 쏘아졌다.

"숭고한 검투를 방해한 놈부터 처리해야겠지."

제97화

"발데르 지그하르트."

"크으…."

글렌의 부름에 발데르가 입술을 깨문 채 일어섰다. 짜증이 난 표정이지만, 당황은 보이지 않았다.

'역시 알고 있었군.'

라온은 탁한 숨을 내뱉는 발데르를 보며 고개를 끄덕였다. 자신이 발데르의 기척을 읽었는데, 글렌이 모를 리가 없었다.

"대답해라. 발데르 지그하르트."

"예…."

"검투는 천년 동안 이어져 내려온 지그하르트의 전통이자, 명예다. 그 검투를 네놈의 알량한 수법으로 더럽히다니, 나를 무시하는 게냐."

글렌의 목소리는 작아졌지만, 그의 기세는 폭발하듯 솟구쳤다.

쿠구구구!

지진이 일어난 듯 연무장 전체가 뒤흔들리고, 공기가 어깨를 무겁게 짓눌렀다.

"끄으윽…."

글렌의 막대한 기운을 버티지 못했는지 발데르의 무릎이 휘청였다. 그는 간신히 몸을 다잡았지만, 어깨의 떨림은 감추지 못했다.

"죄, 죄송합니다."

발데르는 입술을 꽉 깨문 채 글렌에게 고개를 조아렸다.

"하지만 아들을 둔 아버지로서 힘을 내라는 응원이었을 뿐입니다. 승패에 방해가 될 만한 말은…."

"발데르 지그하르트."

글렌의 눈동자가 폭발한 용암처럼 시뻘겋게 타올랐다.

"죽고 싶나."

순간적으로 뿜어진 무시무시한 살기.

"허억…."

라온은 뒤로 주저앉았다. 자신에게 향한 살기가 아님에도 소름이 돋고, 전신에 힘이 빠져나갔다.

"넌 레이든에게 힘으로 대응하라고 전했다. 변화와 예기를 죽이고, 힘으로 돌파하라고 했지. 내가 그런 허술한 오러 메시지를 놓칠 거라 생각한 건가?"

"으으…."

발데르의 몸이 점점 굽어진다. 스스로 굽히는 게 아니다. 글렌이 뿜어내는 무형의 기세에 억지로 눌리는 것이다.

꿀꺽.

라온이 마른침을 삼켰다. 지금의 글렌이 뿜어낸 기세도 전율적이었지만 더 놀라운 게 있었다.

'오러 메시지를 읽었다고?'

오러 메시지는 단전이나, 심장의 오러를 이용해서 상대에게 말을 전하는 기예다.

즉, 비밀 보장만큼은 확실한 능력인데, 지금 말을 들어 보면 글렌은 아예 그 내용을 읽었다는 것 같았다.

'미쳤어.'

자신처럼 상황으로 유추한 게 아니라 오러 메시지의 내용을 읽다니, 이 공간 자체가 글렌의 손아귀에 있다는 말과 다를 바가 없었다.

"허…."

어처구니가 없어서 이런 심각한 상황에서도 헛바람이 내쉬어졌다.

"들키더라도 검투가 끝난 뒤 무마시킬 수 있다고 생각했겠지. 넌 내 아들이고, 진무전의 주인이며, 연검대의 대주이니, 그냥 넘어갈 거라 여겼겠지."

"으으…."

글렌의 말이 길어질수록 발데르의 떨림이 심해졌다. 지금은 수전증 환자처럼 손을 떨었다.

"하지만 이번엔 선을 넘었다. 검투를 더럽혔고, 내게 거짓까지 고했어."

"죄, 죄송합니다! 아, 아버지. 저는…."

"지그하르트의 가주로서 명한다."

글렌은 굼벵이처럼 몸을 만 발데르를 굽어보며 턱을 들어 올렸다.

쿠우웅!

지그하르트 검사들이 동시에 무릎을 꿇자, 연무장 전체가 들썩였다.

"진무전주 발데르 지그하르트를 일 년 동안 진무전에서 벗어날 수 없는 근신형에 처한다. 진무전과 연검대의 일 년 예산을 몰수하고, 그들 역시 일 년 동안 활동을 중지시킨다."

"명을 받듭니다!"

모든 검사들이 같은 말을 외치며 고개를 숙였다. 살이 떨릴 정도로 장엄한 모습이었다.

"아, 아버지! 1년이라니요! 너무 과합니다! 거기다 저만이 아니라, 진무전과 연검대까지 벌을 받는 건 심한 처사입니다!"

"심하다?"

글렌의 눈에 새빨간 벼락이 튀었다.

"넌 내 얼굴에 먹칠했고, 이 지그하르트의 역사를 무시했다. 일 년간의 근신이라면 네가 한 행동과 비교해 깃털처럼 가벼운 벌이다."

"전 진무전의 전주입니다. 맡고 있는 임무와 업무가 한두 개가 아닙니다! 제가 없으면…."

"우습구나. 네가 유일하다고 생각하나? 네가 해 온 일 정도는 다른 어떤 전이나 대에 맡겨도 문제없다."

"아, 아버지?"

극심한 출혈이 일어난 듯 발데르의 얼굴에 핏기가 가셨다.

"그럼 근신 대신 네 아들이 검투에 걸었듯 단전이라도 깨부숴 주면 되겠나?"

"그, 그건…."

"네게 선택할 기회를 주마. 일 년간의 근신인가 아니면 네 단전이냐."

글렌은 조금도 봐줄 생각이 없는 듯 냉혹한 기세를 펼쳐 냈다.

"…그, 근신하겠습니다."

발데르는 절을 하듯 몸을 만 채 대답했다. 글렌의 기세에 짓눌려 제대로 숨도 쉬지 못하는 것 같았다.

"후…."

라온이 거친 숨을 내쉬었다. 옆에서 보고만 있어도 진이 빠진다.

'역시 대단한 사람이야.'

대부분의 가문에서는 직계가 잘못하면 그 죄를 묻지 않는다. 구렁이 담 넘어가듯 슬렁슬렁 지나가 버린다.

그건 육황의 한 축인 로베르트 가문도 예외가 아니었다. 하지만 지그하르트는 달랐다.

지그하르트 가문의 가주는 넷째 아들이자, 가문의 간부인 발데르에게도 죄를 물었다. 그것도 꽤 큰 죄를.

글렌 지그하르트라는 남자는 예상했던 것보다 더 냉정한 사람이었다.

"하나 더."

글렌이 몸을 돌려 발데르가 아니라, 연무장 전체를 향해 시선을 주었다.

"오늘 검투의 조건은 두 가지였다. 발데르나 진무전, 연검대의 사주를 받고, 별관에 해를 끼친다면 내가 직접 죄를 묻겠다. 들키지 않을 자신이 있는 자만 움직이도록."

"예!"

신하들이 다시 고개를 숙이며 연무장이 떠나가라 대답했다.

"불미스러운 일이 있었지만, 검투는 이걸로 끝이다. 모두 돌아가도록."

글렌은 그 말을 남기고 먼저 연무장을 떠났다.

"흐윽…."

끝까지 울음을 참고 있던 헬렌의 눈가에서 눈물이 흘러내렸다.

"흐어엉!"

헬렌은 옆에 있던 실비아의 손을 잡은 채 흐느끼기 시작했다.

이번 일의 당사자였던 그녀는 여러 가지 부담감을 가지고 있었을 텐데, 그 모든 게 해소되며 참던 감정이 폭발한 것 같았다.

"괜찮아."

실비아 또한 눈가에 눈물이 맺힌 채로 헬렌의 등을 두드렸다.

"어우…."

"흑!"

"마님! 시녀장님!"

다른 시녀들도 헬렌과 실비아를 따라 눈물을 흘리기 시작했다. 가주인 글렌이 별관을 건드리지 말라고 공언을 했으니, 걱정이 사라지고, 긴장이 풀린 것이다.

"하아…."

이 사람들을 지킬 수 있게 되자, 그동안 마음 한편에 자리 잡고 있던 불안감이 가셨다.

"내가 말했잖아. 괜찮을 거라고."

라온은 긴장한 티를 조금도 드러내지 않은 채 미소 지었다. 울고 웃는 사람들을 눈에 담으며 말을 이었다.

"집으로 돌아가자."

✦✦✦✦✦✦

관객들이 떠나 고요해진 연무장.

서쪽 통로 앞엔 아직 여섯 사람이 남아 있었다. 그들의 왼쪽 가슴에는 지그하르트의 화검 문양이 새겨졌고, 그 밑에는 각기 다른 문양이 추가로 그려져 있었다.

지그하르트의 문양 위에 스스로의 의지를 건 대주들이라는 의미였다.

"오랜만에 대단한 걸 봤네."

"녹전귀를 베고, 광혈귀에게서 살아남았다고 하길래 리메르가 장난을 치는 줄 알았는데, 소문이 진짜였군."

"진짜 정도가 아니라, 그 이상이다. 하급 검술이라고 해도 그 진의를 발휘하다니, 재능이라는 단어로 평할 단계를 넘었어."

"우리 대에 오면 바로 전력이 될 수준이더군."

"……"

대주들은 라온을 보고 같은 것을 느꼈는지 모두 고개를 끄덕였다.

"검술도 검술이지만, 가람보법 중간에 무언가를 섞었다. 정확히는 모르겠지만, 무학의 수준이 익스퍼트급이 아니야."

"그런 천재성이라니, 역시 우리 흑호대에 가장 잘 맞는…."

"지랄하네."

"……?"

양쪽 끝에 서 있던 두 명의 여성 대주가 중앙에 서 있던 남자의 말을 끊어 버렸다.

"흠흠, 어쨌든 우리가 예전에 기대했던 수준 이상으로 성장한 건 확실하네."

중앙의 대주는 말이 끊긴 게 민망한 듯 헛기침을 하며 뒷머리를 긁적였다.

"그래. 나약한 천재인 줄 알았건만 강건한 괴물이었다. 저대로 성장한다면 다른 직계들과 부딪칠 수밖에 없겠지. 아주 재밌겠어."

굵직한 목소리의 대주가 혀로 입술을 핥았다.

"이제 졸업도 곧이니까, 우리 흑호대에서 키우면 되겠다. 성격도 마음에 들고. 진짜 잘 키울 자신…."

"넌 좀 닥쳐."

"……."

"흑호. 죽고 싶나?"

"윽."

네 명 중 세 명이 노려보자, 중앙의 대주가 찔끔 어깨를 좁혔다.

"그의 말이 아예 틀린 건 아니다. 이제 5 연무장 수련생들의 졸업이 얼마 남지 않은 건 사실이지. 졸업 시험만 끝내면 바로 검사가 되고, 대와 단을 선택하게 되니까."

굵직한 목소리의 대주가 난간을 잡으며 픽 웃었다.

"5 연무장에는 라온만 있는 게 아니다. 버렌, 루난, 마르타 셋 모두 어디에 내놓아도 정상을 차지할 정도의 무력과 재능을 갖췄어. 다음 선택식은 꽤 볼만하겠군."

"……."

대주들은 입을 열지 않았지만, 모두 같은 다짐을 했다. 다음 선택식에서 넷 중 하나는 무조건 데리고 가야겠다는 생각을.

"그래도 난 라온!"

"오늘 흑호 잡을 사람?"

"나."

"나도 참여하지."

"……!"

라온은 실비아, 헬렌, 시녀들과 함께 별관으로 돌아왔다.

"아아…."

헬렌이 별관의 전경을 쭉 둘러보며 한숨을 내쉬었다.

"왜 그래?"

실비아가 헬렌의 어깨를 잡으며 고개를 갸웃거렸다.

"이렇게 다 함께 돌아오지 못할지도 모른다고 생각했거든요."

헬렌이 눈을 내리감았다. 오늘 벌어질 일에 대해 정말 셀 수 없이 많은 상상을 해 왔다.

혹시라도 라온이 진다면 목숨을 바쳐서라도 용서를 빌 생각이었는데, 오히려 사과를 받고, 모두와 함께 별관에 돌아오다니, 아직도 꿈을 꾸는 것 같았다.

"저도 마찬가지예요."

"저도…."

"저도요."

시녀들이 한 명씩 고개를 끄덕였다. 모두 같은 생각을 한 듯 눈을 마주치고서 옅게 웃는다.

"이제 마음 놓아도 돼. 아버지는 하신 말씀은 분명히 지키는 사람이니까. 우릴 건드릴 겁 없는 사람은 없어."

실비아는 뒤를 돌아 시녀들 하나하나와 눈을 마주쳤다. 마지막으로 라온을 보고 방긋 웃었다.

"자, 오늘은 가진 재료를 전부 써서라도 파티를 열자!"

"예!"

"도련님이 좋아하시는 스튜도 잔뜩 만들죠!"

"당연하지!"

실비아와 헬렌, 시녀들은 경쾌하다는 생각이 들 정도로 가벼운 발걸음으로 별관으로 들어갔다.

"후우."

라온은 그들의 모습을 보며 작게 숨을 뱉었다. 저들이 웃고 떠드는 모습을 보니, 마음의 불편함이 완전히 가셨다.

아무래도 자신에게 저들은 생각보다 더 큰 의미가 되어 있는 것 같았다.

라온이 별관으로 들어가려고 할 때 시녀 중 하나가 걸음을 늦춰 그의 걸음을 따라잡았다. 주디엘이었다.

"도련님."

주디엘이 라온을 향해 몸을 돌렸다.

"혹시 처음부터 여기까지 생각하신 겁니까?"

"어느 정도는."

라온이 고개를 끄덕였다. 레이든에게 검을 날린 순간부터 검투를 해야 이 상황을 벗어날 수 있다는 생각에 일부러 그의 자존심을 건드렸다.

예상대로 검투에서 승리했고, 사과를 받았다. 다만 진무전과 연검대, 발데르까지 근신을 받을 거라는 건 생각지 못했다.

"당신은 정말 무서운 사람이군요."

주디엘이 창백해진 낯빛으로 한숨을 내쉬었다.

"다만 그 이상으로 다정한 사람이기도 합니다."

"내가 다정하다고?"

라온이 눈을 치켜떴다. 태어나서 처음 듣는 소리는 레이든의 공격보다 더 당황스러웠다.

"그때 구해 주셔서 감사했습니다."

주디엘이 귓불을 분홍빛으로 물들인 채 옅게 웃었다. 그녀의 웃음은 많이 봐 왔지만, 전부 거짓된 미소였다.

하지만 지금은 달랐다. 그녀의 진심이 담긴 듯 수줍음이 담겨 있었다.

"가시죠."

뒤를 돌아 별관으로 걸어가는 주디엘의 등을 보며 라온이 손가락을 풀었다.

'이제 사실을 밝혀도 될 거 같군.'

"흐으윽!"

발데르 지그하르트가 거친 숨을 뱉어 냈다. 깔끔하고, 화려했던 진무전은 모조리 부서졌고, 벽도 조각조각 갈라져 있었다.

　진무전의 검사들도 기절한 채 바닥 이곳저곳에 쓰러져 있었다.

　적의 침입을 받은 것이 아니었다.

　연무장에서 돌아온 발데르가 분노를 참지 못하고 진무전을 직접 때려 부쉈고, 그걸 말리던 검사들마저 후려 패 버린 것이다.

　"으…."

　"이, 이거 어떻게 하냐?"

　남은 사람들이 어쩔 줄 모르고 있을 때 무너진 벽 쪽에서 경쾌한 바람 소리가 불었다.

　"안녕하세요?"

　바람이 들어온 구멍에서 길쭉한 손가락이 흔들리고, 리메르의 얼굴이 튀어나왔다.

　"리메르…."

　발데르가 핏줄 선 눈으로 리메르를 노려보았다.

　"와, 이렇게 보니 깔끔하네. 평소에도 창문 좀 열어 놓고 살아요."

　리메르는 히죽 웃으며 무너진 벽을 넘어 안으로 들어왔다.

　"여긴 왜 온 거냐. 뒈지고 싶은 건가?"

　"가주님의 근신 지시는 집행유예나 다를 바 없는데 또 사고 치려고요?"

　"으윽…."

　당장이라도 달려들려던 발데르가 이로 입술을 깨물었다. 리메르의 말대로 지금 사고를 쳤다간 감당할 수 없는 벌이 내려질 것이다. 또 글렌에게 불려 갈 수는 없었다.

　"꺼져라! 네놈과 할 말은 없다."

"나랑은 할 말이 없어도 여기엔 있어야죠."

리메르가 상의 주머니에서 꺼낸 종이를 흔들었다.

"그, 그건…."

팔랑이는 종이를 본 발데르가 눈을 부릅떴다.

"알죠? 진무전주인 당신과 보잘것없는 내가 건 내기의 확인증."

리메르가 히죽 웃었다. 말투, 목소리, 행동 언제 봐도 얄밉기 그지없는 놈이다. 어떻게 저런 놈이 엘프인지 이해가 가질 않았다.

"근신에 들어가면 만나기 힘들 테니, 지금 주시죠."

"끄윽, 어, 없다."

발데르가 세차게 고개를 저었다.

'이런 상황에서 그걸 줄 수는 없어.'

리메르와 내기에 건 물건은 한두 개가 아니다. 활동도 정지된 마당에 그 물건들을 내어 주었다간 진무전의 성장에 큰 문제가 생긴다.

"어허, 아실 만한 분이 왜 이러실까?"

리메르가 쯧쯧 혀를 차며 손가락을 까딱였다.

"진무전에 영약이 대량으로 들어온 거 모르는 사람이 없는데…. 아, 충격이 커서 벌써 치매가 오신 겁니까?"

"너. 정말 죽고 싶은 거냐!"

발데르가 짐승처럼 이를 드러내고 으르렁거렸다.

"어어! 이러지 마십쇼!"

리메르는 과장된 표정을 지으며 뒷걸음질 쳤다. 저놈의 흔들리는 귀때기를 뽑아 버리고 싶었다.

"꺼져라! 네놈에게 줄 것 따윈 없어!"

"정말 그래도 됩니까?"

물러나던 리메르가 씩 웃으며 손을 털었다.

"검투에서 가주의 얼굴에 먹칠을 한 당신이 약속도 지키지 않는다면 가주님이 어떻게 하실까요?"

그가 손가락을 하나씩 들어 올렸다.

"근신과 활동 중지 기간이 2년이 될 수도 있고, 아예 재산을 몰수할 수도 있다고 보는데?"

"그런…."

발데르가 입술을 깨물었다.

지금의 아버지라면 충분히 가능한 일이다. 저 얄미운 놈을 박살 내고 싶지만, 방법이 없다는 게 죽을 만큼 아쉬웠다.

"주시죠. 당신 말고도 받으러 가야 할 사람 많으니까."

리메르가 용돈을 달라는 아이처럼 양손을 펼치며 웃었다.

"제에엔장!"

진무전에 발데르의 비명이 다시 한번 울려 퍼졌다.

환생한 암살자는
검술 천재

제98화

휴식이자, 회복 기간이 끝나고 다시 5 연무장이 열렸다.

라온은 훈련을 위해 오랜만에 5 연무장으로 향했다.

'음?'

연무장으로 걸어가는 길에 만나는 사람마다 자신을 묘한 눈빛으로 바라보았다.

이전엔 길가의 돌멩이를 보는 듯했다면 오늘은 신기한 생물을 보는 듯한 눈빛이다. 중간중간 호감이나, 적의가 깃든 시선도 있었다.

-그게 인간들의 특징이니라.

팔찌에 박혀 있던 라스가 스멀스멀 흘러나왔다.

-약하면 무시하고, 강하면 동경한다. 짐승만큼이나 힘에 좌우지되는 게 인간이지.

'요즘은 너랑 통하는 게 많군.'

라온이 고개를 끄덕였다. 라스의 말대로 저들이 저런 시선을 보내는 건 자신에게 힘이 있다는 걸 증명했기 때문이다.

물론 좋은 시선만 있는 건 아니다. 질투나, 질시 혹은 그 이상의 원색적인 살의도 있었다.

'마계는 어때? 더 심할 거 같은데?'

-궁금한가? 궁금하면 말해 주도록 하지. 인간들의 상상과는 다른 곳이다. 물론 약하다면 가축 취급도 못 받는 곳인 건 같지만.

라스는 힘이 없는 자가 대접을 받는 곳은 세상 어디에도 없다고 중얼거렸다.

-이번에 잘했다. 분노의 감정을 끌어모아 그 못생긴 놈을 완벽하게 깨부쉈지. 그놈의 아비까지 제압했고. 오랜만에 마음에 드는 행동이었다.

'그래?'

-그렇다. 딱 하나. 그놈을 죽이지 못한 게 조금 아쉽도. 본왕이 마계에 있을 때 건드리는 놈은 모조리 얼음덩어리로 만들어….

라스의 말이 끝나기 무섭게 눈앞에 메시지가 떠올랐다.

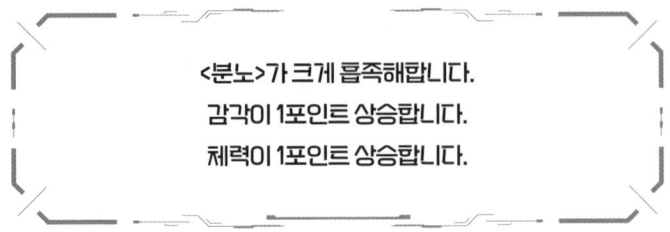

<분노>가 크게 흡족해합니다.
감각이 1포인트 상승합니다.
체력이 1포인트 상승합니다.

라스가 만족하며 능력치가 올랐다는 내용이었다.

'이게 웬 떡?'

라온이 입을 동그랗게 오므렸다. 기대도 안 한 보상에 새벽부터 기분이 좋아졌다.

-이런 망할 놈의 시스템! 왜 이럴 때만 본왕을 주인으로 여기는 거냐!

라스는 여전히 말을 듣지 않는 시스템 메시지를 노려보며 분노를 끌어 올렸다.

'고맙다. 네 덕분에 성장이 더 빨라지네.'

-입 닫아라. 네놈이 기뻐하는 모습만 보면 화가 솟구치니까.

라스는 마음에 들었다는 말이 나온 지 10초도 지나지 않아 분노를 터트리기 직전이 되었다. 성격파탄자가 무엇인지 직접 보여 주는 모습이다.

"그래? 난 좋은데?"

-이놈이 점점!

라온은 콧노래를 흥얼거리며 연무장으로 들어갔다. 라스가 욕을 내질렀지만, 신경 쓰지 않았다.

"음?"

연무장에 들어간 라온이 눈을 부릅떴다. 단상 위에 여기에 없어야 할 사람이 있었다.

'리메르?'

평소 새벽 훈련 시간엔 오지도 않고, 오전 훈련에도 상습적으로 지각을 하는 게으른 엘프가 단상에 앉아 있었다.

"오! 우리 복덩이! 라온 수련생 왔어?"

리메르가 양손을 펼치며 히죽 웃었다. 그의 긴 손가락에는 가지각색 보석이 반짝이는 반지가 끼워져 있었다.

팔목이나 목에도 화려한 팔찌와 목걸이가 걸린 상태였다.

'뭐지?'

저 엘프가 저런 귀금속들을 걸친 건 처음 보았다. 딱히 능력이 있는 아티팩트 같지도 않았다. 그저 비싼 보석일 뿐이었다.

'거기다 복덩이?'

갑작스레 복덩이라 불린 이유도 알 수 없었다. 검계 현신을 쓴 대가로 맛이 갔다고 생각할 때 뒤에서 버렌이 다가왔다.

"도박이다."

"뭐?"

"저 인간. 너와 레이든의 검투에서 대놓고 도박판을 벌였다고 하더군. 네 배율이 높아서 엄청나게 땄다는 소문이 있다."

버렌은 말하는 것도 짜증이 난다는 듯 인상을 팍 구겼다. 그는 리메르를 멋있게 보았던 자신의 눈을 뽑고 싶다고 중얼거렸다.

'또 저질렀군.'

라온이 피식 웃었다. 왜 저런 보석을 끼고 있나 했더니, 도박으로 딴 물건인 것 같았다.

도박에, 술에, 게으름까지. 평소 알고 있던 엘프들과는 정반대의 길을 걷는다. 어떤 의미에서 보면 대단한 인간이다.

-저 건방진 귀때기 놈.

라스가 리메르를 보며 이를 갈았다.

'넌 또 왜?'

-저 녀석만 보면 화가 난다. 저놈만 아니었어도 네놈의 육체는 본왕의 것이었을 텐데….

'아하.'

라온이 고개를 끄덕였다. 광혈귀에게 죽을 뻔했던 절체절명의 순간 나타난 리메르 덕분에 라스에게 몸을 넘기지 않을 수 있었다.

라스는 원래 리메르를 건방지다고 싫어했지만, 이젠 혐오를 하는 것 같았다.

물론 라온은 라스와 달리 리메르의 진심에 대해 알고 있다.

그는 놀고먹는 한량처럼 보이는 것과 달리 수련생 한 명 한 명을 살피고 적절한 수련을 지시한다.

그 덕분에 목숨을 건졌으니, 자신을 이용해서 내기를 한 정도는 얼마든지 봐줄 수 있었다.

"한심해."

마르타는 양손의 반지를 자랑하는 리메르를 보고 차가운 표정으로 고개를 돌렸다.

흥흥.

뒤에서 들린 콧소리에 라온이 고개를 돌렸다. 어느새 다가온 루난이 맹한 눈으로 작게 손을 흔들고 있었다.

라온이 연무장에 온 수련생들을 쭉 둘러보았다.

저들이 연무장에서 응원하고 환호해 준 것도 생각났다. 그들의 목소리를 들었을 땐 한겨울 난로 앞에 앉은 것처럼 가슴이 따스하게 달아올랐었다.

별관만이 아니라, 5 연무장의 사람들도 나름 자신에게 의미 있는 존재가 되어가는 것 같았다.

"자, 다 모였나?"

단상 위에서 졸부처럼 보석 자랑을 하던 리메르가 손뼉을 쳤다.

평소처럼 시선을 모으는 행동이라고 생각했는데, 뒤에 있던 교관들이 철제 상자를 가지고 왔다.

쿵!

연무장에 상자를 내려놓자 쿵 하고 모래가 튀었다.

"이게 뭘 거 같나?"

"도박으로 딴 겁니까?"

"오, 정답!"

버렌의 대꾸에 리메르가 자랑스럽게 고개를 끄덕였다.

"하아, 구경할 만큼 했으니, 자랑 그만하시고, 훈련 시작하시죠."

"아, 이건 너희 거야."

리메르가 빙긋 웃으며 단상에서 내려왔다. 상자로 다가가 손을 얹었다.

"예? 저희 거라뇨?"

"그 상자가요?"

"그게 무슨 소리….'"

수련생들은 리메르와 상자를 보며 고개를 갸웃거렸다.

"이 도박왕께서 내기를 두 개 걸었거든. 첫 번째는 이 돈! 이 엄청난 돈! 보석! 크하하하!"

리메르는 스스로를 도박왕이라 칭하며 손에 낀 반지들을 또 한 번 자랑했다.

"그리고 두 번째는…."

그가 낄낄 웃으며 상자를 열자, 마음이 안정되는 청아한 약 향이 피어 나왔다.

라온이 눈매를 좁히며 상자를 보았다. 큰 상자 안에 작은 나무 상자 수십 개가 쌓여 있었다.

'영약인가?'

나무 상자의 고급스러운 생김새와 새어 나오는 씁쓸한 향을 보니, 영약이 분명했다.

"영약이다."

리메르는 고개를 갸웃거리는 수련생들의 궁금증을 바로 풀어 주었다.

"여, 영약이라구요?"

"이게 전부?"

"한 40개는 넘어 보이는데…."

수련생들은 영약이 들었다는 상자들을 살피며 입을 떡 벌렸다.

"그래. 그것도 십지초가 들어간 영약이지."

"십지초!"

"그게 이렇게 많이?"

"우와아아…."

십지초는 잎이 열 갈래로 갈라진 약초로 어느 한 속성에 치우치지 않아 육체와 단전, 마나 회로를 모두 정화시킬 수 있는 귀한 영약이다.

십지초로 만든 영약은 균형이 좋아 가격이 비싸고, 구하기 어려운데 그게 40개가 넘게 있으니, 다들 놀라는 건 당연한 일이었다.

"이건 너희들 거다."

리메르가 턱을 한껏 치켜들었다. 뿌듯함으로 가득 찬 눈빛으로 상자를 가리켰다.

"딱 43개니까. 하나씩 가져가라."

"엑?"

"지, 진짜요? 진짜 우리 거예요?"

"어?"

"음?"

수련생들은 당연하고, 버렌과 마르타조차 놀라서 입을 떡 벌렸다. 루난은 멍하니 서서 강아지처럼 영약의 냄새만 킁킁거렸다.

"아, 이것들이 속고만 살았나."

리메르가 혀를 차고서 맨 위에 있던 영약 상자를 라온에게 던졌다.

탁.

라온이 얼떨결에 받은 영약 상자를 열었다. 성인 엄지손가락만 한 녹색 구슬이 들어 있었다.

"십운단이다. 많은 마나가 들어 있지는 않지만, 날 것처럼 순수해. 너희 모두에게 도움이 될 거다."

리메르는 십운단에 대해 설명하며 수련생들에게 영약을 던져 주었다.

"이거 어디서 구하신 겁니까?"

버렌이 십운단을 살피며 눈매를 좁혔다. 영약은 돈이 있다고 쉽게 구해지는 물건이 아니다. 43개의 십운단을 어디서 구했는지 전혀 상상이 안 갔다.

"땄다니까."

"지, 진짜 이걸 도박으로 따셨다는 겁니까?"

"도박은 아니고 내기지. 내기."

리메르가 손가락을 빙글 돌려 텅 비어 버린 상자의 뚜껑을 닫았다.

"대체 누구와 내기를 했길래…."

"진무전주랑."

그는 별일 아니라는 듯 가볍게 대답했다.

"어?"

"지, 진무전주라면…."

"발데르 지그하르트!"

"어어억!"

진무전주의 이름이 나오자 수련생들의 얼굴이 사색이 되었다. 당황하여 영약을 바닥에 떨어뜨린 수련생들도 있었다.

"아아, 괜찮아. 지금은 그쪽은 여기에 신경 쓸 겨를이 없거든. 아마 내가 다 팔아먹을 거라 생각할 테니, 너희들에게 해코지가 가진 않을 거다."

리메르는 안심하고, 오늘은 돌아가서 영약을 먹고 오러 연공을 하라 지시했다.

'하….'

라온이 헛바람을 흘렸다. 글렌의 아들이자, 진무전주인 발데르에게 대놓고 내기를 걸어 영약 43개를 따 오다니, 저 엘프는 자신만큼이나 정상이 아니다.

"감사합니다."

그래도 고마운 건 고마운 것. 라온은 고맙다고 말하며 리메르에게 고개를 숙였다.

"가, 감사합니다. 교관님."

"감사히 받겠습니다."

수련생들은 들뜬 표정으로 라온을 따라 감사 인사를 전했다.

"응. 그래. 그래."

리메르는 손을 흔들며 방긋 웃었다.

"잘 먹겠습니다."

"고마워요."

버렌은 평소의 뚱한 표정을 지우고 고개를 숙였고, 마르타 역시 영약을 만지작거리며 머리를 내렸다.

저렇게 자기 색이 확실한 녀석들이 같은 반응을 하다니, 영약의 힘이란 참 대단했다.

"자, 그럼 모두 돌아가. 내가 숙취 때문에 이러는 건 아니고, 영약은 바로 먹어야 좋거든."

리메르가 가슴을 부여잡은 채 손을 휘휘 저었다. 자랑을 끝내니 숙취가 몰려오는 것 같았다.

평소처럼 한심한 모습을 보이지만, 리메르에게 뭐라 하는 사람은 없었다. 오늘만큼은 리메르가 수련생들의 영웅이었으니까.

"감사합니다!"

수련생들은 다시 한번 감사 인사를 하고 돌아갔다.

"넌 남아."

라온도 그들을 따라가려고 할 때 얼굴이 퍼렇게 변한 리메르가 어깨를 잡았다.

"얼굴빛이 안 좋아 보이십니다."

"어으, 어제 좀 달렸거든."

그러고 보니 리메르만이 아니라, 교관들의 표정도 퍼렇다. 저들과 함께 술을 진탕 마신 것 같았다.

"그거 돌려줘."

리메르가 라온의 손에 든 영약 상자를 가리켰다.

"네 건 이거니까."

그는 품에서 새로운 영약 상자를 꺼내 뚜껑을 열었다. 씁쓸한 향이 십운단보다 더 진하게 풍겨 나왔다.

"이건…."

"십지초를 두 개 넣은 단이다. 원래는 레이든이 먹어야 할 물건인데, 네가 가져가다니 세상은 참 신기하다니까."

"저를 주셔도 되는 겁니까?"

"너 때문에 내가 부자가 됐으니까. 아무래도 난 도박에 재주가 있었던 모양이야."

리메르가 다시 한번 양손을 털었다. 반지와 팔찌들이 부딪치며 부터 나는 소리가 울렸다.

'얼마 못 가겠군.'

라온은 그 모습을 보며 리메르가 곧 도박으로 저 재산들을 다시 날리리라 확신했다.

"십운단은 효율이 좋은 영약이다. 가진 마나의 50%는 흡수할 수 있지. 하지만 영약 자체의 마나가 적어. 너처럼 두 속성의 오러를 모두 가진 녀석은 간에 기별도 가지 않을 거다."

리메르는 두 속성이라는 말을 할 때 누구에게도 들리지 않게 목소리를 낮췄다.

"그건 다른 십운단에 비해 두 배가량 마나가 많으니, 냉기와 화기 전부 키울 수 있을 거다."

"…감사합니다."

라온이 고개를 숙였다. 그냥 영약을 주어도 될 텐데, 그 안에서 또 다른 배려를 해 주니, 그저 감사한 마음만 들었다.

"가라. 내일 보자."

리메르가 손을 흔들었다.

"교관님. 너무 과음하지 마십시오."

"오, 내 걱정해 주는 거야? 아직 10년은 일러 인마!"

그는 자신의 어깨를 툭 치고 수석 교관실로 걸어갔다.

"음…."

라온은 리메르의 등을 보며 십운단이 든 상자를 만지작거렸다.

'이게 스승인가….'

전생에서 자신을 키운 건 교관이다. 그와의 관계는 사육사와 개 혹은 조련사와 늑대였을 뿐이다.

그는 자신에게 아무런 감정을 가지지 않았고, 자신은 그를 죽이겠다는 악의만을 가슴에 새겼다.

'여기도 다르지 않다고 생각했는데.'

지그하르트는 대륙에서도 악명이 높은 가문. 수련생들을 개처럼 육성할 거라고 생각했는데, 인간답게 아이들 하나하나의 개성을 유지시키며 키워 냈다.

예전 수련생 시험에서 떨어진 아이들 역시 버림받지 않고 6 연무장에서 훈련을 받고 있었다. 예상과 달리 지그하르트는 너무도 인간적인 곳이었다.

특히 리메르는 교관이라기보다 스승이라는 말이 어울리는 사람이었다. 그 덕분에 많은 것을 이뤘고, 더 빨리 성장할 수 있었다.

라온은 멀어지는 리메르에게 다시 고개를 숙인 뒤 연무장을 떠났다.

리메르는 교관실에서 낮잠을 세 시간 때린 뒤 점심시간 무렵 가주전으로 찾아

갔다.

"오랜만에 오셨군요."

로엔이 활짝 웃으며 알현실의 문을 열어 주었다.

"예. 오랜만입니다."

리메르는 씩 웃으며 열 손가락을 들어 올렸다. 로엔은 관심이 없다는 듯 옅게 웃으며 알현실로 들어갔다.

"흠…."

이 빛나는 보석들을 알아주지 못하는 로엔이 실망스러워 입이 튀어나왔다. 작게 한숨을 내쉬고 그를 따라 안으로 들어갔다.

글렌은 평소와 같았다. 스스로 세운 옥좌에 앉아 지루한 표정으로 세상을 굽어보고 있었다.

"가주님을 뵙습니다!"

리메르는 열 손가락에 손목까지 들어 올린 채 고개를 숙였다.

"너는 나이를 먹을수록 한심한 짓만 하는구나."

"허…."

리메르가 어처구니없다는 듯 눈매를 찡그리며 일어섰다.

"아니, 부하가 돈 좀 땄으면 칭찬 좀 해 주시죠. 오랜만에 호구 좀 털었는데."

"그 호구가 내 아들인데 칭찬을 하라는 건가?"

"저한테 털려야 나중에 진짜 사기꾼에게 안 당합니다."

"말은 잘하는군."

글렌이 서늘한 눈빛으로 턱을 틀었다.

"그래서 오늘은 또 무슨 일이냐."

"아이들에게 십운단을 나누어 주었습니다."

"예상은 했지만, 그런 영약을 정말 쉽게 넘기는군."

"뭐라고 해야 할까. 애들이 생각 이상으로 성장해 주니까. 하나라도 더 먹이고 싶더라구요. 이게 부모 마음인가."

리메르가 낄낄 웃었고, 글렌은 그런 그를 묘한 눈빛으로 지켜보았다.

"일단 제 가르침이 어마어마한 것도 있지만, 수련생들은 여러 가지 일들을 겪으며 다른 어떤 세대의 아이들보다도 강해졌습니다."

글렌도 동의하는지 살짝 고개를 끄덕였다.

"그래서 제안드리고 싶은 게 있습니다."

"제안? 수련은 전부 네게 일임했을 텐데?"

"수련이 아니기 때문입니다."

장난기 가득했던 리메르의 목소리에 진한 열기가 치솟았다.

"수련생들의 졸업 시험 내용을 바꾸도록 허락해 주십시오."

제99화

"시험을 바꾼다?"

글렌이 등받이에서 몸을 일으키며 고개를 들었다.

"예."

리메르가 부복하며 고개를 끄덕였다. 광혈귀와의 전투 이후 처음으로 그의 눈빛에 정광이 어렸다.

"지금 졸업 시험은 교관의 인정 혹은 수련생들끼리의 대련이었나?"

"맞습니다."

수련생들의 졸업 시험은 교관이 만들어 낸 시험 코스를 통과하거나, 수련생들끼리 일대일의 대련을 통해 인정을 받은 자만이 검사가 될 수 있었다.

"그럼 시험 내용을 무엇으로 바꾸겠다는 거지?"

"생존입니다."

리메르가 기다렸다는 듯 즉답했다.

"수련생들을 지그하르트의 이름을 뗀 채 외부에 내보내고 싶습니다."

"외부에 내보낸다?"

흥미가 동했는지 글렌의 상체가 조금 앞으로 나왔다.

"예. 5 연무장의 아이들은 기세의 시험을 통과했고, 오웬 왕국의 수련 기사들과 명예를 건 결투에서 이겼습니다. 둘 모두 졸업 시험에 나와도 이상하지 않은 일들이죠."

"네 녀석이 여러모로 수를 썼지."

"맞습니다. 하지만 제 예상을 벗어난 일들도 있었죠. 수련생들은 두 번째 임무에서 목숨을 건 전투를 치르고, 살인이라는 큰 산까지 넘었습니다."

리메르가 미소를 지었다. 우연이 겹쳐 늦게 움직였지만, 그 덕분에 아이들은 육체적, 정신적인 성장을 이룰 수 있었다.

"전 시험을 단순한 통과 의례가 아닌, 아이들을 성장시킬 기회로 만들고 싶습니다. 검사가 되는 시기가 조금 늦어지더라도 더 높이 올라갈 토대를 만들어 주고 싶습니다."

"그건 네 말이 맞다. 언제 검사가 되느냐보다 어떻게 검사가 되느냐가 중요하지."

글렌도 공감했는지 눈을 내리감았다.

"이해해 주시니 다행입니다. 지금의 아이들에겐 기존의 것이 아닌, 새로운 시련이 필요합니다."

리메르가 길쭉한 검지를 들어 올렸다.

"가문의 힘도, 교관의 도움도, 잘난 지그하르트의 이름도 없이 홀로 살아가는 일은 아이들의 성장에 큰 도움이 될 겁니다."

"변했구나."

글렌은 무릎 꿇은 채 당당한 눈빛을 발하는 리메르를 보며 살짝 입매를 올렸다.

"예?"

"아이들을 키워 보겠다고 했지만, 그 일에 그리 흥미를 느끼지 못하는 것처럼 보였다. 준비도 대충대충이었지."

"어, 음…."

찔리는지 리메르가 눈을 휙 돌렸다.

"아이들을 만난 이후 너는 그 아이들과 함께 변하기 시작했다. 이전의 너와 지금의 네 표정이 얼마나 달라졌는지 넌 알지 못할 거다."

"으, 창피하게…."

"저도 동의합니다."

기둥 옆에 서서 흐뭇하게 웃던 로엔이 고개를 끄덕였다.

"리메르 님. 표정이 정말 좋아지셨습니다."

"내가 검 말고도, 애들 키우는 데 재능이 좀 있더라구요."

리메르는 민망한 표정을 숨기며 옆머리를 긁적였다.

"곧 있으면 가주님 다음의 왕을 제 손으로 만들 수도 있을 겁니다. 이른바 킹메이커가 되는 거죠."

"그게 라온이냐?"

"그거야 모르죠. 버렌이 될 수도 있고, 마르타나 루난이 올라갈 수도 있는 거고."

"그런가."

글렌이 드물게도 확연한 미소를 지었다. 그는 한때 가장 가까이에 서서 검을 휘둘렀던 리메르의 새로운 즐거움에 기꺼워하고 있었다.

11장

"일주일 내로 아이들을 어디로 보내고, 어떻게 성장시킬지 보고서를 작성해서 와라. 못 하면 없는 일로 하겠다."

"그야 물론."

리메르가 자신감 있는 웃음을 지으며 품속에 있던 서류철을 꺼냈다.

"이미 준비해서 왔습니다."

라온은 십운단을 가지고 별관이나 숙소가 아닌, 북망산에 올랐다. 시원하다 못해 찬바람을 맞으며 숯가마가 있던 곳으로 향했다.

'여기가 편하다니까.'

만화공과 혹한의 냉기를 처음 익힌 곳이었기 때문인지 이곳에서 연공을 하면 마음이 편하고, 마나도 더 잘 느껴졌다.

이젠 터만 남은 숯가마 앞에 앉았다. 나무와 수풀이 바람에 스치는 선선한 소리를 들으며 눈을 감았다.

기감을 쭉 펼쳐서 주변을 살폈다. 역시 근처에는 사람도, 동물도 없었다. 발칸이 위치 하나는 기가 막히게 잡은 것 같다.

"후…."

라온은 불의 고리를 회전시켜 몸의 기운을 끌어 올린 뒤 눈을 떴다. 연공을 하기에 바람도, 시간도 딱 좋았다.

탁.

리메르에게 받은 목갑을 열자, 후각을 마비시킬 정도로 청아한 향기가 피어올랐다.

'50%인가.'

십운단은 50%의 영약이라 불린다.

다른 영약들이 가진 기운의 30% 정도를 흡수한다면 십운단은 들어 있는 마나의 50%가량을 흡수할 수 있다.

뛰어난 흡수 효과와 순도 높은 기운 덕분에 십운단은 성장해 나가는 무인에게 가장 좋은 영약 중 하나였다.

-그러면 뭣하느냐. 안에 든 내용물이 티끌조차 되지 않는데.

라스는 영약을 보며 코웃음을 쳤다.

'물론 양은 적지.'

모든 것이 좋기만 할 수는 없는 법. 십운단은 다른 영약에 비해 가진 마나의 양이 적었다.

다만 리메르가 전해 준 이 십운단은 십지초 두 개를 넣어 마나가 적다는 단점을 상쇄시켰다.

웬만한 중급 영약과 비슷한 수준의 기운을 가지고 있어서 제대로 흡수한다면 크게 성장할 수 있을 거다.

"그럼…."

라온이 영약을 손가락으로 쥐었다. 산에 부는 찬바람과 반대되는 온기를 느끼며 십운단을 입안에 넣었다.

영약은 혀에 닿자마자, 물처럼 녹아 목구멍으로 내려갔다. 자연의 마나를 뚝 떼

다가 배 속에 집어넣은 듯 배꼽 위에서 따스하고 순수한 기운이 느껴졌다.

만화공을 운용하여 끓어오르기 시작한 십운단의 기운을 휘돌렸다.

고오오오!

십운단의 기운은 어느 한 속성에 치우치지 않은 영약답게 마나 회로를 부드럽게 내달렸다.

영약의 기운이 파도처럼 솟아오르자, 마나 회로의 냉기가 녹아내리고, 그간의 전투에 남아 있던 탁한 기운들이 외부로 배출되었다.

'밀도가 높아.'

십지초 두 개가 들어 있는 영약이라고 해도 마나의 양은 적었다. 하지만 그 안의 마나는 자연 그 자체처럼 순수했고, 따스하면서도 부드러웠다.

만화공의 화기와 혹한의 냉기가 단전을 공유하는 불완전한 자신의 육체에는 딱 맞는 영약이었다.

라온은 화기와 냉기를 번갈아 끌어 올리며 십운단의 순수한 기운을 단전에 쌓아 갔다.

모래성을 쌓듯 기운이 조금씩 모였지만, 마나 농도는 그 어떤 영약을 먹었을 때보다 정심했다.

이슬이 모여 만들어진다는 선인호처럼 티끌 하나 없이 맑은 기운이 마나 회로를 달리는 희열을 즐기며 더 깊은 연공으로 빠져들었다.

북망산의 밤을 알리는 가느다란 새소리에 라온이 두 눈을 떴다.

번쩍!

그의 눈동자가 화로의 불꽃처럼 황금빛 광채를 터트렸다.

'전부 얻었어.'

일반적으로 영약을 먹을 때 그 기운의 40%만 받아들여도 대박이라 칭한다.

하지만 방금 자신은 십운단의 60% 이상을 단전에 쌓았다. 대박 수준이 아니라, 기적이 일어났다고 봐도 과언이 아니었다.

"후욱…."

라온이 눈을 감은 채 불의 고리와 만화공 그리고 혹한의 냉기의 상태를 살피고 다시 눈을 떴을 때 메시지가 주르륵 올라왔다.

> 새로운 불의 고리가 연성되었습니다.
> <불의 고리>가 5성에 올랐습니다.
> 육체의 격이 상승합니다.
> 더 효율적으로 움직일 수 있게 되었습니다.
> 근력이 크게 상승합니다.
> 민첩성이 크게 상승합니다.
> 체력이 크게 상승합니다.

육체 능력치가 증가하자 손끝부터 시작된 기분 좋은 떨림이 어깨까지 이어졌다.

> 영혼의 격이 상승합니다.
> 정신력이 크게 상승합니다.
> 감각이 크게 상승합니다.
> 기력이 크게 상승합니다.

기쁨을 즐기기 전에 두 번째 메시지가 올라왔다.

넓어진 단전과 마나 회로를 정심한 오러가 흘러간다. 새로운 고리가 생겼기 때문인지 1.5배는 커진 것 같았다.

"후우우!"

라온이 들뜬 숨을 뱉어 내며 일어섰다. 주먹을 움켜쥐고, 만화공을 끌어 올렸다.

'굉장해.'

육체의 반응과 오러의 반응이 이전보다 훨씬 빨라졌다. 지금이라면 광혈귀를 꺾지는 못해도 이전처럼 일방적으로 농락당하진 않을 거라는 확신이 들었다.

-이게 무슨!

연공하는 동안 힘을 빼앗길까 봐 조용히 있던 라스가 팔찌에서 불쑥 튀어나왔다.

-또 영혼의 격이 상승하다니! 네놈 대체 뭘 익히고 있는 거냐! 불의 고리가 대체 무엇이냐!

"글쎄?"

-본왕이 오기 전에 대체 어떤 삶을 살았던 것이냐!

라스가 머리를 뒤흔들었다.

'어찌 이런 일이…'

영혼의 격은 강자를 꺾거나, 위기를 이겨 내거나 혹은 어떠한 업적을 쌓은 자만이 상승시킬 수 있다.

물론 단련으로도 상승시킬 수 있다. 하지만 그건 단순히 시간이라 표현할 수 없는 긴 세월이 필요하다.

이런 꼬마 놈이 연공으로 격을 상승시키는 건 마계에서도 있을 수 없는 일이었다.

"내가 알려 주겠냐?"

라온이 벌레를 쫓듯 휙휙 손을 저었다.

뿌드득!

라스가 어금니를 깨물었다.

'이러면 놈을 먹어 치우기 더 힘들어지는데….'

라온은 뛰어난 정신력과 무언지 알 수 없는 연공법 그리고 수속성 저항력을 통해 자신의 분노와 빙의를 막아냈다.

놈이 가진 영혼의 격이 상승했다면 분노를 받아들이기 전과 비슷할 정도로 놈을 제압하기 힘들어질 것이다.

-크으, 거만 떨지 마라! 어떤 노력을 하고 무엇을 얻는다고 해도 네놈의 영육은 결국 본왕의 것이 될 테니까!

"울지 말고 말해."

-누가 울었단 말이냐! 본왕은 마계의….

"그래. 분노의 군주시지. 알겠다. 알겠어."

-끄으으윽!

라온은 코웃음을 치며 먼지 붙은 옷을 털어 냈다. 복장을 정리한 뒤 별관으로 돌아가려 할 때 바닥에 떨어진 상자가 보였다.

바닥에 떨어진 영약 상자를 주우며 머리를 쓸어 넘겼다.

"정말이지…."

누군가는 자신을 씹어 삼키기 위해 난리를 치고, 누군가는 도와주지 못해서 안달이 나 있다.

그중 누구를 보고, 어떻게 움직여야 할지는 당연히 정해져 있었다.

"아무래도 네가 날 집어삼키는 일은 아예 안 올지도 모르겠다."

라온은 이를 가는 라스를 무시하고 북망산을 내려갔다.

다음 날.

버렌은 가슴 가득 차오르는 뿌듯함을 느끼며 연무장으로 향했다. 어제 연공이 정말 잘되어 십운단의 기운 중 절반 이상을 흡수했다.

단전이 꽉 차오르니, 하루 만에 자신이 다른 사람이 된 것 같았다.

'지금이라면….'

라온을 이기긴 힘들어도 좋은 승부를 낼 수 있지 않을까 하는 생각에 미소가 지어졌다.

"흠흠."

버렌은 허리를 당당하게 편 채로 라온이 오기를 기다렸다. 녀석이 감탄하는 눈빛을 보고 싶었다.

끼이익!

연무장 문이 열리는 소리에 뒤를 돌아보았다. 기다리던 라온이 아니라, 마르타였다.

'저 녀석도 많이 흡수했군.'

마르타에게서 바위처럼 단단하면서도 예리한 기운이 느껴졌다. 그녀 역시 상당한 양의 기운을 흡수한 것 같았다.

"아침부터 짜증 나게 뭘 꼬라봐."

"……."

버렌은 기분 좋은 감정을 진흙에 처박기 싫어 고개를 돌렸다.

'성질은 더럽지만, 실력은 확실해.'

마르타에게서 느껴지는 기운이 어제와 다르다. 자신만은 못하지만, 꽤 많은 기운을 흡수한 것 같았다.

끼이익!

다시 문이 열리는 소리가 들렸다. 한 사람이 걷는 듯한 두 사람의 걸음 소리. 라온과 루난이 확실했다.

"어디…."

버렌이 자신감이 차오른 미소를 지으며 뒤를 돌았다. 그리고 그의 표정은 순식간에 유리창처럼 깨져 나갔다.

'저, 저놈 뭐야….'

라온의 주변을 맴도는 기운이 물 흐르듯 자연스럽다. 고수들에게서나 보일 법한 매끄러움에 꼴깍 마른침이 넘어갔다.

오러의 양, 육체 그걸 이루는 균형까지. 모든 게 어제와 달랐다.

이쪽이 5가 변했다면 저 녀석은 10의 변화를 이루고 돌아왔다.

'괴물 같은 놈….'

버렌이 이를 악물었다. 놈에게 감탄을 느끼게 해 주려 했는데 역으로 경악을 해 버렸다. 어이가 없어 말이 나오지 않았다.

"으으…."

인상을 찌푸리며 라온을 노려봤지만, 녀석은 왜 보냐는 듯 고개를 갸웃거렸다. 놈의 노력도, 재능도 인정했지만, 저렇게 평온한 표정을 보면 열받는다.

'그래도 포기하지 않는다.'

라온이 얼마나 빨리 성장하든, 얼마나 강해지든 놈을 뒤쫓는 것을 멈출 생각은 없다.

상대가 아무리 강해도 끝까지 달리는 게 자신이 생각한 지그하르트 검사의 모습이니까.

"자!"

앞에서 리메르의 목소리가 들려왔다. 너무 신경을 썼기 때문일까. 그가 왔는지도 모르고 있었다.

"다들 달라졌네."

리메르는 단상 위에서 수련생들을 쭉 둘러보고 씩 미소 지었다. 강해진 수련생들의 성취에 만족스러운 표정이었다.

"이제 거리낌 없이 시작해도 되겠어."

"시작이요?"

"뭘 시작하신다는…."

"이제 이 생활도 끝을 내야 하니까."

그는 손가락을 내려 연무장을 가리켰다.

"네?"

"끝이요?"

"그, 그게 무슨 말씀…."

수련생들은 갑작스럽게 들린 끝이라는 소리에 불안한 듯 눈동자를 떨었다.

"졸업 시험 쳐야지. 아무리 내가 좋아도 계속 수련생으로 살 수는 없잖냐."

"어?"

"아하!"

"졸업 시험!"

시험이라는 것을 듣자, 수련생들의 표정이 다시 밝아졌다. 이제 진짜 검사가 될 수 있다는 생각에 모두의 눈빛이 태양을 본 해바라기처럼 변했다.

"그리 좋아하긴 일러."

리메르가 칫칫 혀를 차며 손가락을 흔들었다. 수련생들을 보며 심술 맞은 미소를 지었다.

"너희들이 치러야 할 시험은 지금까지의 졸업 시험과는 전혀 다르니까."

제100화

"다른 시험?"

라온이 고개를 갸웃거렸다. 지그하르트 수련생의 졸업 시험은 보통 수련생들 간의 대련이나, 교관이 만든 코스를 통과하는 간단한 방식이다.

리메르의 능글맞은 표정을 보니, 아무래도 보통의 시험이 아닌 것 같았다.

"너희들은 다른 수련생보다 훨씬 경험이 많잖냐."

리메르가 칫칫 혀를 차며 손가락을 흔들었다.

"명예를 건 대련, 목숨을 건 전투, 격을 이용해서 싸우는 방법까지. 정식 검사들이나 할 법한 경험을 모두 치렀어."

그 말은 맞았다.

5 연무장의 수련생들은 전생의 자신만큼은 아니지만, 로베르트 가문이나 다른 연무장 수련생보다 훨씬 많은 경험을 쌓았다.

그런 아이들에게 평범한 시험을 내어 봤자, 전부 어렵지 않게 통과할 거다.

"시험이라는 건 평소보다 성장을 가속화할 수 있는 기회다. 어설픈 시험은 너희들에게 도움이 되지 않아서 시험 내용을 바꾸었다."

"음…."

"확실히."

리메르의 설명에 모두가 고개를 끄덕였다. 라온의 활약을 지켜보고, 함께한 수련생들은 평범한 검사가 되는 것보다 더 높은 곳을 오르고 싶어 했으니, 당연한 반응이었다.

"그래서 저희가 치러야 할 시험은 어떤 겁니까?"

버렌이 손을 들어 올리며 몸을 앞으로 기울였다.

"생존."

리메르의 표정이 급변했다. 농담 따먹던 동네 아저씨는 사라졌다. 묵직하면서도 날카로운 기운이 그의 등에 비쳤다.

"생존이다. 너희는 지그하르트의 수련생이라는 신분을 버리고, 이름과 칼 한 자루만 가지고 외부에 나가 살아가게 될 거다."

"새, 생존…."

"억!"

"이름과 칼만 가지고 나가라고?"

생존이라니, 조금도 예상하지 못한 시험이었기 때문에 수련생들 모두가 입을 떡 벌렸다.

"당황하는 것도 이해해. 너희가 예상했던 졸업 시험과는 결이 다를 테니까. 하지만 이건 분명 필요한 시련이다."

리메르가 단상에 걸터앉으며 수련생 모두를 내려다보았다.

"너희는 지금 자신감이 넘치는 상태다. 오웬 왕국의 수련 기사를 꺾었고, 에덴과의 전쟁에서 살아남았으며, 영약을 먹어 오러와 육체까지 성장했지. 자잘하게는 6연무장과의 전투도 있었고. 뭐, 누군가의 힘이 크긴 했지만."

그가 슬쩍 눈을 돌려 라온을 살폈다.

"그렇게 자신감이 차오른 너희들의 눈으로 세상이 얼마나 크고 넓은지를 확인하고 와라."

"음…."

수련생들은 당황하여 말을 하지 못했지만, 라온은 홀로 고개를 끄덕였다.

'맞는 말이야.'

리메르의 말대로 육체와 정신 모두 강해진 수련생들에게 지금 가장 필요한 건 실전이다.

가문의 힘과 상관없이 스스로의 힘으로 싸우는 실전은 그들을 더 높은 곳으로 이끌어 줄 것이다.

"다만 거절도 받아들인다."

리메르가 눈썹을 올리며 빙긋 웃었다.

"가문이 차려 준 밥을 먹고, 가문이 설치해 준 침대에서 잠을 자던 너희들이 외부에서 살아간다는 건 쉽지 않은 일이지. 이번에는 나나 교관도 따라가지 않아. 정말 목숨을 잃을 수도 있다."

그가 느릿하게 고개를 끄덕였다.

"그러니 겁나는 사람들을 위해 다른 졸업 시험도 생각해 놓으마. 혹시라도 거절할 사람은 잘 생각해 본 뒤 내일 말하도록."

"음…."

"어, 다른 시험?"

"그딴 건 필요 없어."

눈동자를 굴리며 고민하는 수련생들과 달리 마르타는 머리카락을 툭 치며 고개를 저었다. 앞으로 나서는 그녀의 검은 눈동자가 번쩍였다.

"생존? 그딴 건 걸음마를 시작할 때부터 해 왔어. 얼마든지 해 봐."

마르타는 무슨 시험을 내도 상관없다는 듯 코웃음을 쳤다.

"저도 괜찮습니다."

버렌이 담담한 목소리를 흘리며 앞으로 나왔다. 깊게 가라앉은 눈동자엔 흔들림이 없었다.

"생존이라는 테마의 졸업 시험. 교관님의 말씀대로 분명 한 단계 성장할 기회라고 생각합니다. 전 받아들이겠습니다."

"벌써 두 명인가?"

리메르는 씩 웃으며 두 손가락을 들어 올렸다.

"저, 저도 하겠습니다!"

"저도!"

"제 이름도 넣어 주십시오!"

버렌과 마르타가 참여하자 수련생들은 너 나 할 것 없이 손을 들고 참여하겠다고 외쳤다.

"좋네. 좋아."

리메르는 수련생들이 참여하겠다고 할 때마다 박수를 치며 미소 지었다.

"루난."

라온은 뒤를 돌아 멍하니 서 있는 루난을 불렀다. 그녀는 뭐가 되어도 상관없다는 듯 리메르의 박수를 발 구름으로 리듬을 맞췄다.

"너는 어떻게 할래?"

"라온은?"

"해야지."

"그럼 나도 할래."

그녀는 앞으로 나가서 시험에 참여하겠다고 말했다. 그렇게 수련생 42명 모두가 손을 들었고, 라온 홀로 남았다.

"라온. 넌 어때?"

"당연히 갑니다."

"흐음, 수석인 너까지 그렇게 무지성으로 대답해도 될까? 내가 너희들을 어디에 보낼 줄 알고?"

리메르가 능글맞은 표정으로 입을 툭 내밀었다.

"괜찮습니다."

라온은 그의 도발에 넘어가지 않고, 미소를 지었다.

"분명 죽을 만큼 힘들겠지만, 교관님은 저희가 이겨 내지 못할 시련을 내주시진 않으니까요."

"너…."

확신을 가지고 한 말에 리메르의 표정이 급변했다. 좋아한다기보다는 살짝 당황한 눈빛이었다.

리메르는 수련생 한 명 한 명의 장단점과 특징을 모두 파악하고 있고, 그에 따른 교육을 해 왔다.

얼마 전에 알게 된 것이지만, 그가 움직이는 일의 대부분은 수련생을 위한 것들이었다.

행동도, 어조도 가볍지만, 생각은 무거운 리메르를 믿지 않을 이유가 없었다.

"저도 마찬가지입니다."

버렌이 라온의 옆에 서며 고개를 끄덕였다.

"게으르고, 시간 약속을 못 지키고, 술과 도박에 빠져 있지만, 교육만큼은 확실하니까요."

"흥."

마르타는 고개를 돌렸지만, 딱히 별말은 하지 않았다. 버렌과 라온의 말에 어느 정도 동의한다는 뜻이었다.

"내 제자들이 그렇게 생각했다니, 가슴에 찡하고 와 닿네."

리메르는 입으로 훌쩍훌쩍 소리를 내며 우는 척을 했다. 장난으로 넘기려는 것 같았지만, 입매가 초승달처럼 변한 걸 보면 분명 기뻐하고 있었다.

"그렇다고 봐주는 일은 없다. 준비 단단히 해야 할 거야."

그가 뒤로 손을 내밀자, 교관이 서류를 건네주었다.

"원래라면 일주일 뒤에 알려 줘야겠지만, 모두 동의했으니, 너희들이 어디로 갈지 바로 알려 주마."

"저희 전부 같은 곳에 가는 겁니까?"

버렌이 손을 들고 질문했다.

"그럴 리가."

리메르가 손가락을 저었다.

"너희들은 아닌 척하지만 한 녀석에게 의지하는 경향이 강해."

그의 시선이 라온을 향했고, 수련생들도 그 시선을 따라갔다.

"음…."

"그, 그렇죠…."

"확실히 좀 그렇긴 한데."

리메르의 말에 어느 정도 동의했는지 수련생들이 입맛을 다셨다.

처음에는 라온을 질투하고 미워했지만, 함께 수련을 하고, 실전을 겪고, 위기를 넘기며 수련생들은 라온을 진심으로 따르고 있었다.

"너희들의 관계가 좋아진 건 고무적인 일이지만, 일방적인 의지는 좋지 않아."

리메르가 부드럽게 웃으며 수련생들을 하나하나 살폈다.

"이번 시험을 치르며 너희 스스로가 남에게 의지가 될 수 있는 검사가 되어라."

"예!"

"알겠습니다!"

교관인 그의 진심이 느껴졌기에 수련생들은 연무장이 떠나가라 목청을 높였다.

"자, 그럼…."

리메르가 교관에게 받은 책자를 펼쳤다.

"버렌 지그하르트."

"예!"

"넌 서쪽 레뷘 사막이다."

"알겠습니다."

"마르타 지그하르트. 넌 동쪽 사이안 협곡. 그리고…."

리메르는 수련생들의 대답을 기다리지 않고, 그들이 가야 할 곳을 주르륵 불러 주었다.

"…루난 슬리온. 넌 서북쪽에 있는 카탐 정글이다."

"네."

"이제 마지막이네. 라온 지그하르트."

모든 수련생들의 이름이 불렸고, 이제 라온 혼자만 남았다.

"예."

"너는 북동쪽. 하분 성이다."

"하분 성…."

라온이 눈매를 좁혔다.

'징한 곳으로 보내는군.'

하분 성은 지그하르트보다 더 북쪽에 있는 성으로 북해와 스터린산에서 나오는 몬스터들과 1년 365일을 싸우는 전쟁터 중 하나였다.

'분명 도움은 되겠어.'

아무리 불의 고리가 있고, 만화공을 익혔어도 아직 전생의 감각을 모두 되찾지는 못했다.

그 전쟁터에 몸을 맡기게 된다면 전생 이상의 살기와 감각을 가지게 될지도 모른다.

"출발까지 남은 시간은 한 달. 너희가 가야 할 곳에 대한 정보를 모으고, 어떻게 대비할지, 무엇을 준비할지도 직접 생각하고 결정해라. 이 모든 게 전부 시험이다."

리메르가 책자를 덮으며 턱을 들어 올렸다.

"예! 알겠습니다!"

우렁차게 대답하는 수련생들의 눈빛에는 성장에 대한 기대감과 미지에 대한 걱정이 동시에 담겨 있었다.

"다른 녀석들도 그렇지만 넌 고생 좀 할 거다."

리메르가 라온의 앞에 내려와 살벌한 눈빛을 보냈다.

"거긴 칼을 집어넣을 틈이 없어서 전투의 지옥이라고 불리는 곳이니까."

"히이이익!"

함께 하분 성에 걸린 도리안이 기겁하며 다리를 떨었다. 라온은 그 모습을 보며 피식 웃었다.

"지옥이라면 괜찮네요."

"어?"

"지옥을 이겨 내고 온다면 얼마나 강해지겠습니까. 그리고…."

라온이 기대감으로 넘치는 눈빛을 발하며 고개를 끄덕였다.

'진짜 지옥도 겪어 보았으니까.'

"그, 그거 진짜 해야 하나요?"

졸업 시험에 관한 이야기를 가지고, 별관으로 돌아가자 헬렌이 바들바들 떨며 고개를 저었다.

"하분 성은 지그하르트의 장벽 중 하나라, 강한 몬스터들이 끝없이 쏟아진다고 들었어요. 다른 시험도 준비해 준다는데 꼭 그곳에 갈 필요가 있는지…."

"이건 나를…."

"가야지."

라온이 말을 하기 전에 실비아가 포크와 나이프를 내려놓고 고개를 끄덕였다.

"하지만 거긴 엄청 위험한 곳인데…."

"그래도 가야지."

실비아는 헬렌에게 고개를 젓고서 라온을 보았다.

"라온이 성장할 기회니까."

그녀는 레이든과의 대련 이후로 라온을 더 이상 어린아이로 보지 않았다. 검사. 자격을 갖춘 검사처럼 여겨 주었다.

물론 그렇다고 실비아가 걱정이 없는 건 아니었다. 물 잔을 쥔 손이 미세하게 떨리고 있었다.

"엄마 말이 맞아."

라온은 실비아, 헬렌 그리고 시녀들의 걱정 어린 시선을 받으며 눈을 내리감았다.

"교관님의 말대로 이건 시험이라기보다 성장할 기회야. 기회가 왔으면 잡아야지."

"그래. 잘 생각했어."

헬렌과 시녀들은 여전히 할 말이 많아 보였지만, 무인의 삶을 살았던 실비아는 달랐다. 이제 자신을 확실하게 인정해 주고 있었다.

'편하네.'

시녀장인 헬렌의 발언권도 강하지만, 실비아는 이기지 못한다. 그녀의 동의를 얻었으니, 앞으로 수련을 할 때 훨씬 편해질 것 같았다.

"그럼 난 수련하러 가 볼게."

라온은 다 먹은 접시를 옆으로 치운 뒤 일어섰다.

"라온."

그가 방으로 돌아가려 할 때 실비아가 고개를 돌렸다.

"할 거면 준비 단단히 해. 무슨 일이 일어나도 대비할 수 있도록."

"응."

라온은 믿음직스럽게 고개를 끄덕이고서 방으로 들어갔다.

"마님. 정말 괜찮으세요?"

"하아, 괜찮을 리가 있겠어?"

실비아가 물 잔을 움켜쥔 두 손을 바르르 떨었다. 하나뿐인 아들이 위험한 곳에 간다는데 마음이 놓일 리가 없었다.

'다만…'

헬렌과 달리 무인이 어떤 사람인지, 검사가 무엇에 미치는지 알고 있기 때문에 싫어도 라온을 보내 줄 수밖에 없었다.

어차피 자신이 막아도 라온은 간다. 시원하게 보내 주는 게 저 아이를 위해서도 옳은 일이었다.

"그래도 전 걱정이 되네요. 너무 위험한 곳이다 보니…"

"걱정되는 건 당연한 일이야."

실비아가 고개를 끄덕였다.

"그러니 우리가 할 일이 있어."

"할 일이요?"

"그래. 라온이 돌아왔을 때 편안하게 쉴 수 있게 최선을 다해서 지금을 유지해야지."

그녀는 시녀들을 쭉 둘러본 후 방긋 웃었다. 어머니이자, 별관의 주인으로서 보일 수 있는 불안함을 감춘 미소였다.

"마님…."

시녀들은 그녀의 말에 공감하며 묵묵히 고개를 끄덕였다.

주디엘은 실비아와 헬렌을 보며 조용히 주먹을 움켜쥐었다.

한 달 뒤에 전쟁터라 불리는 곳으로 떠난다는 걸 알아도 라온의 생활은 그대로였다.

평소처럼 새벽 훈련을 하고, 5 연무장에 가서 리메르와 교관들에게 교육을 받고, 저녁에는 가장 마지막까지 남아 수련을 이어 갔다.

다만 그 강도는 이전과는 격이 다를 정도로 격해졌다.

지켜보던 버렌과 마르타가 질리고, 루난이 지쳐 떨어져 나갈 정도였다.

"후우…."

라온은 그 강한 정신력이 깎일 정도로 힘든 수련을 일주일 내내 진행한 뒤 별관으로 돌아갔다.

모두가 자고 있을 시간이라 창문을 열고 방으로 들어갔다.

"음…."

방은 먼지 하나 보이지 않을 정도로 깔끔했고, 옷과 침구에선 부드러운 향이 솔솔 풍겼다.

'이럴 필요 없는데.'

속마음과 달리 미소가 지어졌다.

언제 돌아와도 편한 시간을 보낼 수 있게 배려해 준 실비아와 시녀들이 고마웠다.

"하아…."

라온은 숨을 내쉬며 침대에 걸터앉았다. 최근 수련은 그에게도 힘들었기 때문에 잠이 솔솔 쏟아졌다.

그대로 누우려고 할 때 침대에 있는 무언가가 느껴졌다.

"뭐지?"

고개를 갸웃거리며 이불을 들추자, 작은 책자가 보였다.

"이건…."

책자를 읽는 라온의 눈이 화등잔만 해졌다. 책자에는 그가 가야 할 하분 성에 대한 정보가 적혀 있었다.

지리적인 정보, 나오는 몬스터들의 정보 그리고 그곳에 있는 인물들에 관한 정보까지. 이걸 누가 주었는지는 확연했다.

'주디엘.'

자신이 하분 성에 간다는 걸 안 그녀가 준비한 정보였다.

"쯥."

라온은 혀끝을 적시는 씁쓸함에 입맛을 다셨다.

"떠나기 전에 맺음을 확실하게 해야겠네."

제101화

라온은 주디엘이 준비해 준 책자의 내용을 전부 머리에 집어넣은 뒤 태워 버렸다. 책자를 남겨 두었다가 별관 외의 사람에게 들키면 귀찮아지기 때문에 없애 버리는 게 나았다.

"흠…."

불꽃에 휩싸여 허공에서 녹아내리는 책자를 보며 손가락으로 바닥을 두드렸다.

"새로운 검술을 익혀야 하나."

주디엘의 책자에 의하면 하분 성에 나오는 몬스터들은 검으로도 베기 힘들 정도로 가죽이 질기고, 체구도 크다고 적혀 있었다.

지그하르트 기본 검술은 공격과 방어가 5:5인 균형 잡힌 검법. 우르르 몰려들거나, 가죽이 두꺼운 대형 몬스터를 상대하기엔 그리 적합하지 않았다.

만화공의 검술이 있지만, 그건 하나하나가 필살의 검술이라 오러 소모가 너무

심했다.

평소에도 사용할 수 있는 공격 위주의 검술이 필요했다.

'하긴 기본 검술은 익힐 만큼 익혔으니까.'

지금까지 지그하르트 기본 검술만을 사용하고 수련해 왔다. 토대는 충분히 닦았으니 그 위에 층을 쌓을 때가 됐다.

"흐음…."

라온이 가장 아래에 있는 책상 서랍을 열고, 은빛으로 번쩍이는 패를 꺼냈다. 패의 중앙엔 검날이 불꽃에 타오르는 화검의 문양이 새겨져 있었다.

두 번째 임무에서 녹전귀를 베고, 모두를 구한 대가로 받은 은패였다.

달그락.

은패를 만지작거리며 입맛을 다셨다. 언젠가 실비아를 직계의 위치에 돌려놓을 때 쓰려고 남겨 두었는데, 지금 생각해 보면 그럴 필요 없을 것 같다.

'보통 일이 아니니까.'

방계인 실비아가 직계로 돌아가려면 은패가 아니라, 금패가 필요하다. 그것도 한두 개가 아니라 많은 수의 금패가.

지금은 사용할 수 있는 수단은 모두 사용해서 강해질 때다. 즉, 모을 때가 아니라 투자를 할 상황이다.

"가야겠군."

라온은 은패를 주머니에 넣고 일어섰다. 방을 나가 로비로 가는 길에 주디엘과 마주쳤다.

"일어나셨습니까."

주디엘이 허리를 굽히고 고개를 숙였다.

"고마워."

"아닙니다."

인사를 받으며 고맙다고 말하자, 그녀가 무표정한 얼굴로 고개를 저었다.

주디엘이 옅게 웃던 모습은 역시 그녀의 진짜 얼굴이었던 것 같다.

"어디에 가십니까?"

"이것 좀 쓰려고."

라온이 주머니 속에서도 반짝이는 은패를 보여 주었다.

"뽑아 먹을 건 확실하게 뽑아 먹어야지."

라온은 그 길로 바로 가주전으로 향했다. 문지기가 길을 막았지만, 은패를 보여 주자 알현실 앞까지 안내해 주었다.

'이래서 성공해야 하는군.'

방계라고 길을 막아 놓고, 패가 있다는 거 하나로 이리 대접이 달라진다. 억울해서라도 공을 세우고, 성공을 해야 할 것 같다.

"흠…."

라온은 알현실로 걸어가며 따가운 시선을 느꼈다. 가주전 내부의 검사들 그리고 사무원들 모두가 그를 힐끔거리며 바라보았다.

예전에는 무시하듯 쳐다도 보지 않았는데, 저렇게 시선을 보내는 걸 보면 약간이나마 인식이 바뀌긴 한 것 같다.

"도착했습니다."

사람들의 시선에 대해 생각하고 있을 때 문지기의 걸음이 멈췄다. 고개를 들어 올리니, 알현실의 거대한 철문이 있었다.

알현실 앞의 문지기에게 사정을 말하자 안쪽에 기별을 보냈고, 곧 답이 왔다.

"들어가십시오."

문지기가 문에 손을 대자, 천장까지 솟구친 거대한 철문이 양쪽으로 갈라지기 시작했다. 그와 동시에 뿜어지는 글렌의 막대한 기파. 이건 몇 번을 와도 적응되지 않았다.

라온은 바닥의 황금색 카펫을 걸어 알현실 중앙에 섰다. 글렌은 평소와 같이 알 수 없는 시선으로 자신을 보고 있었다.

"가주님을 뵙습니다!"

"되었다."

무릎을 꿇고 고개를 숙이려 할 때 글렌이 손을 저었다. 엉거주춤 섰다가 천천히 일어섰다.

"본론이나 말해라."

-저 건방지고도 반복되는 모습을 보니, 본왕이 마계에 있을 때가 생각나는군. 수많은 귀족들이 본왕의 압도적인 기운에 질려….

"알겠습니다."

라온은 옆에서 떠드는 놈을 무시하고 가지고 온 은패를 꺼내 놓았다.

"이전에 받은 은패를 사용하고자 합니다."

"은패를 사용하는 건 네 마음이다만, 그것으로 할 일이 있다고 하지 않았나."

글렌의 상체가 살짝 앞으로 나왔다. 알현실 내부의 공기가 차게 가라앉았다.

"맞습니다. 어머니를 다시 직계의 위치에 올리기 위해 패를 모으려고 했습니다."

"그걸 쓰겠다는 건가?"

"이번에 큰 임무를 치르고, 직계와 결투를 하면서 깨달은 게 있습니다."

라온이 덤덤한 눈빛을 발하며 입을 열었다.

"깨달았다?"

"예. 나름 감탄할 만한 성과를 보였어도 직계에 관한 이야기는 단 한마디도 나오지 않았습니다. 그때서야 가주님이 힘든 일이 될 거라고 말씀하셨던 게 생각났습니다."

글렌의 말대로 직계가 되는 일은 모두의 인정을 받아야 한다. 동패나 은패를 받는 정도로는 간에 기별도 가지 않는다.

"큰 영향도 주지 않을 은패를 모을 바에는 은패를 사용해서 강해진 다음 금패를 모으는 게 낫다고 생각했습니다."

"투자를 할 때라는 건가?"

"그렇습니다."

"흠."

글렌은 별 관심 없다는 듯 느릿하게 고개를 끄덕였다. 표정도, 분위기도 조금도 변하지 않았다.

"그래서 그 은패로 무엇을 받아 갈 생각이지?"

"검술입니다. 제가 졸업 시험으로 갈 곳은 하분 성. 끊임없이 몰려드는 몬스터를 벨 수 있게 공격 위주의 검술이 필요합니다."

"공격형 검술이라…."

글렌은 고개를 끄덕이고서 옥좌에서 일어섰다. 옆에 있는 책자들을 쭉 둘러보던 그의 시선이 중간에 있는 검은색 책에서 뚝 멈췄다.

"이게 좋겠군."

그가 손가락을 튕기자, 책이 구름처럼 둥실 떠올라 라온에게 날아갔다.

"이건…."

라온이 눈매를 좁혔다. 이전처럼 그 원형의 서고를 열어 줄 줄 알았는데, 글렌은 직접 책을 골라 주었다. 생각지도 못한 일이라 머리가 쭈뼛 섰다.

'광아검.'

검은색 책의 표지에는 광아검이라는 글자가 살벌한 필체로 새겨져 있었다. 들어 보지 못한 검술이다.

"가져가겠나? 아니면 네가 직접 고를 거냐."

"……."

라온은 오른손을 펴서 검술서를 쓰다듬었다. 거친 표지가 이름대로 짐승의 이빨을 만지는 것 같았다.

'이런 건 확실했지.'

글렌이 자신을 좋아하지 않는 건 확실하지만 거대 가문의 가주답게 보상만큼은 확실하게 챙겨 준다. 그가 잘못되거나 허접한 검술서를 주진 않았을 것 같았다.

"받겠습니다."

검술서의 이름도 마음에 들었겠다. 바로 고개를 끄덕였다.

"네게 잘 맞을 거다."

"감사합니다. 그럼…."

"잠깐."

라온이 허리를 굽힌 후 돌아가려 할 때 글렌이 손을 들어 올렸다.

"한 가지만 묻지."

"예."

"졸업 시험 장소가 하분 성이라는 걸 듣고 겁이 나진 않았던 거냐."

글렌이 앞으로 한 걸음 나온다. 기세를 뿜어내지 않았어도 거인이 내려다보는 듯 압박감이 흘러나왔다.

"검술서를 얻기 위해 온 걸 보면 하분 성이 어떤 곳인지 모르지 않을 텐데, 거절할 생각은 하지 않았던 건가?"

"하지 않았습니다."

라온이 고개를 저었다. 위험할지도 모른다는 생각은 했지만, 겁을 먹거나, 거절할 생각은 조금도 들지 않았다.

'시련이 없다면 강해질 수 없지.'

전생에서 가장 빨리 강해졌을 때는 위기의 순간을 넘기고 나서였다.

현생에서도 녹전귀와 싸우고, 광혈귀에게 살아남은 이후 가장 큰 성장을 이루지 않았던가.

평범한 속도로 강해진다면 훈련장에서 남들과 맞춰서 수련하면 된다. 남들보다 빨리 더 높이 가야 한다면 위기를 기회로 이용해야 한다.

"에덴과 부딪치고 알게 된 게 있습니다."

"알게 된 것?"

"예. 그 짧은 순간 목숨을 걸고 싸우는 게 연무장에서 1년 동안 수련한 것과 비슷할 정도로 저를 성장시켰습니다. 이번에도 그런 경험을 얻게 된다면 고마울 뿐이죠."

라온은 솔직한 생각을 그대로 입에 담았다.

"그리고 리메르 교관은 제가 이겨 내지 못할 시련을 주는 사람이 아닙니다. 분명 힘들고, 고생하겠지만 나중에는 가길 잘했다고 생각할 정도로 강해질 수 있을 겁니다."

"그런가."

글렌의 표정은 변하지 않았다. 고개조차 끄덕이지 않았지만, 알현실 공기가 조금은 가벼워진 것 같았다.

"알겠다. 가 보거라."

"예."

라온은 아까 못한 인사를 정식으로 한 뒤 일어섰다.

"라온 지그하르트."

문을 열고 돌아가려고 할 때 글렌이 그의 이름을 불렀다.

"검술을 사용하는 방법은 한 가지가 아니다. 생각의 범위를 늘려라."

"…알겠습니다."

조언 같지만 정확한 의미를 알 수가 없는 말이었다. 일단 고개를 끄덕였다.

글렌은 이제 가라는 듯 손을 저었다. 마지막으로 고개를 꾸벅인 뒤 알현실을 나섰다.

"흠흠흠."

글렌이 앉아 있는 옥좌 바로 옆 기둥 뒤에서 히죽이는 소리가 들려왔다.

"그리 좋으냐."

"제자가 스승의 마음을 알아주는데 당연히 좋죠."

리메르가 입가에 미소를 숨기지 않은 채로 기둥 뒤에서 나타났다.

"제 의도를 전부 알고 있지 않습니까. 역시 착하고 똑똑한 아이라니까. 잔소리쟁이 버렌이나 욕쟁이 마르타랑은 달라요. 챙겨 주지 않을 수가 없어."

"뒤에서 제자 욕을 하고 다니는 너랑도 맞지 않다고 생각되는군."

글렌은 활짝 웃는 리메르가 마음에 들지 않는 듯 코웃음을 쳤다.

"욕은 무슨 욕입니까. 다 귀여운 녀석들이니 장난치는 거죠. 전 수련생 모두를 똑같이 아낍니다."

리메르가 낄낄 웃었다.

"어쨌든 라온도 알았네요. 목숨을 건 사투가 성장하는 것에 큰 도움이 된다는 걸."

"그걸 아는 사람은 많다. 알고도 두려움 없이 앞으로 나아가는 사람이 드물 뿐이지."

글렌은 조금 전까지 라온이 서 있던 알현실 중앙을 내려다보았다.

'두려움이 없었지.'

라온의 눈동자에 공포는 보이지 않았다. 말과 달리 공명심도 없었다. 그저 냉정함. 상황을 파악해서 할 수 있는 일을 하겠다는 침착함만이 어려 있었다.

'어찌 저럴 수가 있는 건지.'

저 어린 나이에 저런 마음가짐이라니, 긴 세월을 살면서도 보지 못한 재능이다. 특히 그 아이가 자신의 손자라는 게 기꺼웠다.

"가주님도 라온이 마음에 차셨나 보네요. 입꼬리가 씰룩이시는데요?"

기분 좋게 라온을 생각하고 있을 때 리메르의 능글거리는 목소리가 들려왔다.

"넌 좀 닥치거라."

글렌이 인상을 찌푸렸다. 저 엘프 녀석은 분위기를 모른다.

"그건 그렇고 광아검을 주셨네요."

리메르가 안쪽에 있는 서고를 보고 빙긋 웃었다.

"있지도 않던 서고까지 만들어서 금패 수준의 검술서를 챙겨 주다니, 손주 사랑이 지극하십니다."

"넌 입이 참 가볍군."

"원래 그렇지 않습니까. 오히려 좀 줄었는데요."

"후…."

글렌이 질렸다는 듯 고개를 저었다.

"광아검은 뛰어난 검술서지만, 굉장히 흉폭하죠. 라온이 잘 제어할 수 있을까요?"

"검술서를 주었으면 그만이다. 제어하든, 익히지 못해 버려지든 그건 저 녀석의 손에 달려 있지."

"오…."

리메르가 감탄했다는 듯 손뼉을 쳤다.

"그렇게 말씀하신 것치고는 확실한 조언을 해 주셨던데 역시 손주 사랑은 할아버지…."

"안 되겠군."

글렌이 혀를 차고서 손을 들었다.

"어억!"

히죽이던 리메르가 실이 달린 것처럼 글렌에게 끌려오기 시작했다.

"환자라 봐주었더니 끝이 없구나."

"자, 잠깐만요! 가주님!"

"몸이 좀 나았으니, 타작을 해도 되겠지."

리메르가 버둥거렸지만 끌려가는 힘을 이겨 내진 못했다.

"로엔 님! 그 영감님 어디 갔어! 나 좀 살려… 끄헉!"

알현실에서 근 30년 만에 리메르가 얻어터지는 소리가 울려 퍼졌다.

라온은 검술서를 챙긴 뒤 별관으로 돌아왔다. 방에 들르지도 않은 채 바로 뒤편 공터에 자리를 잡았다.

'어디…'

검술서를 펼치자, 저자로 보이는 자의 글귀가 적혀 있었다.

-검을 잡아먹는 검사가 되어라.

무슨 말인지 모르겠지만, 조금 전 글렌이 해 주었던 조언과 비슷한 느낌이다.

뭔지 모를 내용을 계속 읽어 봐야 시간 낭비다. 바로 다음 장을 넘겼다. 글과 그림으로 검술에 대한 설명이 나왔다.

'읽어 볼까.'

불의 고리를 운용하며 검술서를 읽었다. 그렇게 다섯 시간이 지난 후 고개를 든 그의 눈빛에는 감탄이 어려 있었다.

'이런 검술을 주다니….'

제102화

검술서를 덮은 라온의 눈에 희열의 불길이 타올랐다.

'감각검이었어.'

감각검은 검술의 한 종류로 검술의 초식을 반복해서 단련하는 방식이 아니라, 실전을 치르며 검술의 경지를 높이는 방식이다.

예전 6 연무장의 수련생들이 버렌을 꺾을 뻔했던 검술이 바로 감각검이다.

검술을 익히자마자 실전에서 사용할 수 있고, 성취 속도가 빨라서 뛰어난 수준의 감각검은 돈 주고도 구하기 어려운 물건이다.

'이건 감각검 중에서도 상급이야.'

전생에서 감각검을 익혀 봤기 때문에 알 수 있다. 광아검은 감각검 중에서도 상급이라 불릴 법한 높은 수준의 검술이었다.

'다만 사나워.'

천금을 주고도 못 구할 물건이지만 상당히 흉폭했다.

광아. 미친 이빨이라는 이름 그대로 상대의 모가지에 검을 박아 넣으려는 기세가 강했다.

'조심해야겠어.'

감각검을 잘못 익히면 상대만이 아니라, 자신의 목에 검이 박힐 수도 있다. 주의하면서 익혀야 할 것 같다.

라온은 다시 검술서를 펼쳐 읽기 시작했다. 혹시라도 놓친 부분이 있을지도 몰라 하나하나 꼼꼼히 살폈다.

'이상한데.'

검술서를 읽을 때마다 뒤통수가 간질간질했다. 이 광아검이라는 검술은 감각검만이 아니라, 다른 것도 조금 섞여 있는 것 같았다.

'그게 뭔지는 모르겠지만.'

혹시나 해서 그림과 글씨 모든 걸 세세하게 보았지만 무엇을 놓치고 있는지 모르겠다.

"어쨌든 좋은 걸 얻었어."

하분 성에 가게 되면 숨을 쉬듯이 검을 휘둘러야 한다. 그곳에서 싸우게 된다면 이 광아검을 완성하게 될지도 모른다.

'일단 자세부터.'

라온은 검술서를 바닥에 놓고 일어섰다. 검을 쥐고, 책에서 본 광아검의 기본자세를 하나씩 연습해 보았다.

어떤 검술이든 가장 중요한 건 기본이다. 기본자세가 완성되어야 응용을 할 수 있다. 형태가 단순한 감각검일수록 기본이 중요했다.

라온은 검술서를 보며 완벽한 자세를 잡을 때까지 연습하고 검을 집어넣었다.

자세를 잡았다면 이제 실전을 치를 차례다. 감각검을 홀로 익혀 봐야 아무 소용도 없으니까.

'실전이라…'

라온이 허리춤에 찬 검을 툭툭 치며 웃었다.

"오랜만에 녀석들과 대련을 하는 것도 괜찮겠는데."

❈❈❈❈❈

다음 날.

라온은 새벽 연공을 끝낸 뒤 5 연무장으로 향했다. 연무장은 텅 비어 있었다.

가볍게 몸을 풀고, 어제 익혔던 광아검의 자세와 구결을 풀어내고 있을 때 연무장 문이 열리고 버렌이 들어왔다.

"내가 제일 빨리 온 줄 알았는데…."

버렌은 인상을 찌푸리다가 몸을 풀기 시작했다. 훈련이 자율이었기 때문에 시간이 지나도 오는 사람은 거의 없었다.

라온이 광아검의 기본자세를 확실하게 다듬고 버렌을 보았다. 못 보던 검술을 수련하고 있는 걸 보니, 그도 새로운 검술을 배운 모양이다.

버렌의 수련을 잠시 지켜보다가 다시 광아검의 연습을 시작했다. 2시간 정도 지났을까. 훈련장 문이 거칠게 열렸다. 리메르가 뒷짐을 진 채로 걸어왔다.

"너희는 여전하구나."

하품하며 팔자걸음을 걷는 걸 보면 영락없는 백수의 모습이다. 다만 왼쪽 눈 쪽이 살짝 어두웠다. 멍이 든 것 같았다.

도박장에서 얻어맞았나?

"나는 잘 테니까. 무슨 일 있으면…."

그가 수석 교관실로 걸어갈 때 라온이 그 앞을 막아섰다.

"대련 좀 봐주시겠습니까?"

"대련? 누구랑?"

리메르가 고개를 돌리며 그 상대를 찾았다. 하지만 손을 드는 사람은 없었다.

"버렌이랑 하겠습니다."

"엉? 나?"

당황한 버렌이 보름달처럼 눈을 동그랗게 떴다.

"갑자기?"

"싫어?"

"아, 아니! 아니다!"

버렌이 재빠르게 고개를 흔들었다.

"할게! 아니, 하겠다!"

놓칠 수 없어.

예전 임시 수련생 시험에서 얻어터진 이후 라온과는 한 번도 싸운 적 없었다. 그가 강하다는 건 알고 있지만, 꼭 한번 싸워 보고 싶었다.

"흠, 귀찮은데."

리메르는 볼을 긁적이며 인상을 찌푸렸다.

"교관님."

"에휴, 알겠어. 준비해라."

"예!"

버렌이 고개를 끄덕이고서 연무장 중앙으로 달려갔다.

"넌 안 가냐?"

"교관님. 혹시라도 제가 버렌을 다치게 할 것 같으면 막아 주세요."

"막아 달라고?"

"예."

리메르가 올 때까지 버렌에게 대련 신청을 하지 않은 이유가 바로 이것 때문이다.

감각검은 제어하기 어려운 검술. 자칫 잘못하면 버렌에게 큰 상처를 입힐 수도 있었다.

"아, 진짜 귀찮은데…."

"부탁드립니다."

고개를 숙이고 임시로 만든 대련장으로 향했다. 저렇게 말해도 리메르는 확실하게 막아 줄 사람이다.

라온은 날을 세우지 않은 수련검을 들고, 버렌과 마주 섰다. 훈련하던 수련생들이 모두 물러서서 두 사람을 지켜보았다.

"에휴, 대련을, 후우, 시작한다."

리메르는 하기 싫은 티를 팍팍 내면서 손을 들었다.

"심한 살수는 쓰지 말고, 발전을 위해 검을 휘두르도록."

"예!"

"예."

"서로에게 할 말은?"

그는 빨리하라는 듯 손가락을 까딱였다.

"새로운 검술을 사용할 거다. 위험할 수 있으니, 조심해라."

"난 익혔던 걸 사용하지. 오늘은 그때와 다를 거야."

라온은 새로운 검술을 말했고, 버렌은 익히고 있던 검술을 사용하겠노라 말했다.

"됐지? 그럼 시작!"

그 말과 함께 리메르가 손을 내렸고, 버렌과 라온이 동시에 땅을 박찼다.

으득!

버렌이 이를 악물었다.

'이건 기회야.'

라온에게 패한 이후 매일 같이 그와의 대련을 꿈꿨다.

녀석의 성장은 눈부실 정도였지만, 자신도 끝없이 노력해 왔다. 이전처럼 허무하게 지진 않을 것이다.

"흐아아아!"

버렌은 새로 배운 검술이 아니라, 직계 수련에서 배웠던 키린 검술을 사용했다.

후우웅!

승리의 의지가 담긴 검에 속도가 붙는다. 검날이 순식간에 라온의 미간에 이르렀다.

'어?'

버렌이 눈을 부릅떴다. 자신의 검이 라온에게 닿기 전에 놈의 검이 벼락처럼 치솟았다.

쩌어엉!

격렬한 충격이 일어나며 두 검의 궤도가 동시에 틀어졌다.

"윽….."

버렌이 재빠르게 물러서며 입술을 깨물었다.

'이 녀석이 먼저 나온다고?'

라온은 항상 상대를 파악한 뒤 움직이는 방식의 전투를 해 왔다. 먼저 공격하다니, 생각 못 한 일이다.

"좋다! 받아 주마!"

버렌이 밀려 나간 검을 다잡았을 때, 라온이 발을 구르고 돌진해 왔다.

사선으로 쏟아지는 라온의 검을 향해 키린 검술의 두 번째 초식을 펼쳤다.

쩌어엉!

라온의 검에 담긴 거력에 손이 덜덜 떨렸다. 하지만 버렌을 당황시키는 건 검의 위력이 아니다.

라온의 흉폭한 기세. 지금까지의 녀석과는 어울리지 않는 사나움에 소름이 돋아 올랐다.

쩡! 쩌저정!

버렌은 폭풍처럼 휘몰아치는 라온의 검격을 막아내며 이를 갈았다.

'이렇게 지려고 지금까지 수련한 게 아니야!'

오러를 모조리 끌어 올렸다. 하체에서부터 시작된 회전을 손에 쥔 검까지 이어 그대로 내질렀다.

키린 검술. 절착살.

회전력이 담긴 검격이 라온을 향해 쏘아졌다.

"후욱…."

라온은 물러서지 않았다. 더 사나운 기세를 두른 채 절착살을 향해 돌진했다.

쩡! 쩌정!

그는 검을 연속으로 내리쳐 절착살을 그대로 찢어 버렸다. 흡사 맹수가 어금니로 물어뜯는 듯한 모습이었다.

하지만 라온의 검은 절착살이라는 먹이를 먹고도 배를 채우지 못했다. 더 큰 먹이를 씹기 위해 버렌을 향해 질주했다.

"이익!"

버렌이 바드득 이를 갈았다. 하체 중심을 내리고, 바람의 예리함을 담아 검을 내질렀다.

쿠구구구!

지금 사용할 수 있는 최강의 검격을 쏘아 냈지만, 라온의 검은 그보다 더한 흉폭함을 두르고 그어졌다.

쩌저저적!

라온의 검에 담긴 지독한 기세에 버렌의 마지막 검격이 너무도 손쉽게 찢어졌다.

'저, 저 검은 뭐야!'

버렌이 입을 떡 벌렸다. 라온의 검은 자신의 검술의 빈틈만 찾는 독사 같았다. 빠르고, 집요하며, 강해서 도망갈 수가 없었다.

"이익!"

버렌이 다급하게 검을 휘두르려 했지만 라온의 검이 빨랐다.

눈앞에서 검광이 번쩍인다. 녀석의 검이 코앞까지 쇄도해 왔다.

'아직이다!'

예전이라면 눈을 감았겠지만, 지금의 버렌은 다르다. 억지로 몸을 비틀어 물러섰다. 하지만 라온의 검은 예상했다는 듯 바로 쫓아왔다. 꼭 살아 있는 짐승처럼.

쩌엉!

라온의 검은 기습적으로 내지른 초식을 뚫어 버리고, 목을 향해 질주해 왔다. 멈출 생각이 없는 듯 기세가 줄질 않았다.

'미, 미친! 이건 대련이라고!'

버렌이 속으로 비명을 지를 때 푸른 바람이 일었다.

캬아아앙!

거친 쇳소리와 함께 라온이 멀리 튕겨 나갔다.

"에이…."

버렌의 앞엔 귀찮은 표정의 리메르가 서 있었다.

"후, 감사합니다."

라온이 비틀거리며 일어서서 리메르에게 고개를 숙였다.

"이, 이 자식! 날 죽일 셈이었냐!"

버렌이 떨리는 손가락으로 라온을 가리켰다.

"말했잖아. 아직 검에 익숙하지 않으니 조심하라고."

"그건 보통 인사말이잖아!"

"난 진짜였어."

라온은 옷에 묻은 먼지를 털어 내며 덤덤하게 말했다.

"이런 미친놈…."

버렌은 아직 정신을 차리지 못했는지, 평소 가장 싫어하는 상스러운 말투를 쓰고 있었다.

"자, 됐지?"

리메르는 검을 집어넣고 하품을 했다.

"난 그럼 자러…."

"아직입니다."

라온이 리메르의 앞을 막아서고 고개를 저었다.

"엥? 이제 대련 상대도 없잖아. 버렌은 안 해 줄 거 같은데?"

"저기 있잖아요."

그가 뒤를 돌아 구경을 하던 수련생들을 가리켰다.

"우, 우리?"

"우리가 왜?"

갑자기 지목을 당한 수련생들은 뒷걸음질을 치며 물러났다.

"명색이 수석 수련생인데, 너희에게 너무 관심이 없었다. 출발하기 전에 실력을 확인해 보는 게 좋겠지."

"아니, 나는…."

"어? 어어?"

"자, 잠시만! 나 숙소에 일이…."

"거절은 거절한다. 크레인 너부터 시작하지."

라온은 거절을 거절하고, 가장 만만한 크레인을 끌고 왔다.

"자, 잠깐만 진짜야?"

크레인이 입술을 떨었다. 방금 그 흉폭한 검술을 보여 주고 싸워 보자니, 미친 것 같았다.

"누, 누가 좀! 버렌 님!"

"으음…."

크레인이 도움을 요청했지만, 버렌은 모른 척 고개를 돌렸다.

"교관님?"

"뭐, 내가 좀 귀찮기는 한데, 이런 검술과 마주하면 분명 실력은 늘 거야."

리메르도 할 거면 빨리하라며 크레인의 등을 떠밀었다.

"걱정하지 마. 위험할 때는 교관님이 멈춰 주시니까."

라온이 미소를 지으며 검을 뽑았다.

"그럼 간다."

"으아아악!"

그날 5 연무장에선 수련생들의 비명이 끝없이 울려 퍼졌다.

"쯧."

라온이 연무장에 걸터앉아 혀를 찼다. 넓은 연무장은 텅 비어 오직 그 혼자만 쓸쓸하게 있었다.

"이제 대련하기도 힘드네."

2주일 동안 연무장에 출근하며 수련생들과 계속해서 대련을 해 왔다.

수련생들의 실력도 올리고, 광아검의 성취도 높이는 일석이조의 계책이라 생각했는데, 자신만의 생각이었나 보다.

2주가 지난 지금은 아무도 자신을 상대해 주지 않는다.

버렌은 일곱 번의 대련 이후 연무장에 나오지 않았고, 마르타는 10번을 패배한 이후 '씨이이이발!'이라고 외치고 사라졌다.

그리고 루난은 연무장의 문틈에 얼굴을 반쯤 가리고 자신을 보고 있었다.

"이제 대련 안 해?"

저 아이가 저렇게 묻는 걸 보니, 꽤 충격이 컸던 모양이다.

"안 해."

고개를 끄덕이자, 루난이 연무장으로 들어왔다. 종종걸음으로 다가와 자신의 옆에 앉았다.

"후…."

라온이 고개를 저었다.

'수련생들과 하는 것도 무리군.'

저들이 무서워하는 것도 있지만, 실력 차이가 너무 벌어져 이제 의미가 없었다.

'그래도 알게 된 건 있으니.'

수련생들과 대련을 하며 광아검의 성질을 알았다.

'흉폭한 늑대.'

광아검은 상대의 검술 중 흐름이 어긋나거나, 부족한 부분을 파고들어 집요하게 찢어 버리는 무시무시한 검술이었다.

수련생들은 광아검의 흉폭함 이상으로 약점을 찾는 그 본능을 무서워했다.

물론 버렌이나 마르타는 잊을 만하면 와서 다시 덤비고 도망갔지만.

'그런데….'

라온이 옆에 앉은 루난을 슬쩍 보았다. 그녀는 버렌이나 마르타와 달리 한 번의 대련 이후 다시 싸우자는 말을 하지 않았다.

아니, 자신과 싸우는 것 자체를 거북해하는 것 같았다.

"루난."

"응?"

"대려…."

대련이라는 말이 끝나기도 전에 루난이 스르륵 멀어졌다. 의자에 엉덩이를 붙인 채로 보법을 사용하는 신기를 보여 주었다.

"안 해. 안 할게."

안 한다고 하자 루난이 다시 옆에 붙었다.

'시리아 때문이겠지.'

시리아 슬리온. 그 미친놈 때문에 루난은 친한 사람과는 대련이라도 싸우고 싶어 하지 않는 것 같다.

-본왕이라면 밤새도록 상대해 줄 수 있다. 물론 네놈은 본왕의 새끼손가락에 짓눌려 죽게 되겠지만.

'상대해 줄 수 있다고?'

-그래. 몸을 넘겨라. 본왕이 정신세계를 만들어서 너를.

'기각.'

-이, 이놈! 본왕은 진심으로….

손부채를 흔들어 라스를 멀리 날려 버렸다. 바람에 흘러간 녀석이 욕을 뱉었지만 무시했다. 어차피 곧 돌아오니까.

"후…."

라온이 한숨을 내쉬었다.

'그건 그렇고 이제 어떻게 수련해야 하나.'

광아검의 성취를 어떻게 높여야 하나 고민할 때 연무장의 문이 쾅 열렸다.

"야, 한숨 소리가 내 방까지 들린다!"

리메르였다. 그는 머리를 벅벅 긁으며 다가와 라온의 앞에 섰다.

"대련 상대 없지?"

"예. 다 도망갔습니다."

"그래, 그러면…."

그가 씩 웃으며 손가락으로 본인을 가리켰다.

"나랑 붙자."

제103화

라온은 연무장 중앙에서 리메르와 마주 선 채 검집을 만졌다.
"무슨 바람이 부셨습니까? 귀찮아서 관전도 안 하시던 분이."
"가끔은 몸 좀 풀어 줘야 관절에 녹이 안 슬거든. 그리고…."
리메르가 히죽 웃으며 검을 뽑았다.
"대련 상대가 다 도망가서 어깨가 축 처진 제자를 보는 것도 마음이 쓰려."
"그렇군요."
라온이 고개를 끄덕이고서, 검을 뽑았다.
'역시 순수한 사람이군.'
리메르가 귀차니스트인 건 분명하지만, 그 이상으로 제자들을 생각하는 마음이 각별했다. 그는 어떤 의도 없이 순수하게 도와주러 이곳에 온 것 같았다.
'광아검의 성취를 단번에 올릴 기회야.'

리메르는 자신보다 훨씬 높은 곳에 서 있는 검사다. 그와 대련을 하게 되면 광아검의 성취만이 아니라, 실력 자체가 상승하게 될 거다.

"관전자가 한 명인 건 조금 아쉽지만, 시작할까?"

"좋습니다."

두 사람은 중앙에 서 있는 루난을 바라보았다.

"시작."

그 시선을 받은 루난이 고개를 끄덕이고, 올렸던 손을 내렸다.

"흐읍!"

라온이 이를 꽉 깨물고, 발을 굴렀다. 만화공의 기운을 휘돌린 육체에 광아검의 구결을 운용하여 검을 내리쳤다.

나무를 가르는 톱니처럼 대기가 깎여 나갔다.

"이야, 많이 늘었어."

리메르가 감탄하며 검을 그었다. 둥글게 펼쳐진 녹색 기운이 허공을 수놓았다.

치이이잉!

광아검의 흉폭한 검격과 리메르가 펼친 부드러운 기운이 맞부딪쳤다.

'이건….'

라온이 눈매를 좁혔다. 리메르는 광아검의 검격을 흘리지도, 막아내지도 않고, 검세에 담긴 힘을 가라앉혔다.

광아검 같은 사나운 기세의 검격의 힘을 줄이다니, 역시 보통이 아니다.

"신기하냐?"

리메르가 진녹색으로 빛나는 검을 휘돌리며 빙긋 웃었다.

"얇게 편 검기를 다발로 퍼뜨려 상대의 검격을 제어하는 검술이다. 검이 검을 상대하는 방법은 다양해. 자신의 검만이 아니라, 상대의 검을 이용하는 방법도 생각해 볼 만하지."

"그렇군요."

라온이 고개를 끄덕이고, 광아검의 구결이 어린 칼날을 더 날카롭게 갈아 쏘아 냈다.

뒤를 이어 바로 다음 검술을 준비했다. 광아검의 다섯 번째 형 운형참이었다.

막강한 기세를 품은 검격이 연속으로 뿜어져 나왔다.

쾅! 콰아앙!

리메르는 자세를 낮춘 채 검을 사선으로 세워 수비에 힘을 쏟았다.

'그럼 이쪽이 좋지.'

라온의 눈동자에 불꽃이 튀었다. 광아검은 상대가 수세로 나올수록 빛을 발하는 검술. 승세를 잡았다고 봐도 된다.

쩌어어엉!

리메르의 방어를 뚫어 내기 위해 광아검의 모든 초식을 사용했다.

거대한 늑대가 먹이를 물어뜯듯 강렬한 검격이 폭발했지만, 리메르의 방어는 철벽처럼 깨지지 않았다.

"칫!"

라온이 입술을 깨물며 광아검의 모든 초식을 쏟아 냈지만, 틈이 보이질 않았다.

"조금씩 답답하지?"

리메르가 검을 맞댄 틈 사이로 씩 웃었다.

"네가 익힌 감각검의 위력은 대단해. 아직 성취가 낮음에도 다른 검술들을 손쉽게 부술 정도지. 하지만 너무 편향적이다!"

"큽!"

리메르가 손목을 비틀었다. 강력한 반탄력에 라온이 뒤로 튕겨 나갔다.

"음…."

라온이 검에 휘감긴 리메르의 기운을 풀어낸 뒤 자세를 다잡았다.

"감각검은 이름 그대로 감각에 의지하는 검술이지만 생각을 하지 말라는 건 아니야. 특히 네가 익힌 건 더더욱 생각하며 검을 휘둘러야 하지. 왜 그 이름인지를 생각해 봐라."

"이름? 그게 무슨 말입니까."

"이 정도 알려 줬으면 됐지. 아예 밑천까지 달라는 건 좀 아니잖아?"

리메르가 어깨를 으쓱였다.

"후…."

라온이 탁한 숨을 뱉으며 고개를 끄덕였다.

'그 말도 맞지.'

스승에게만 의존하면 결국 홀로 할 수 있는 일이 없어져 버린다. 저런 힌트를 받았다면 스스로 생각해서 움직여야 한다.

'이름. 이름….'

최근 광아검을 사용하면 할수록 위력은 확실히 강해졌지만, 생각이 단순해지는 기분이 들었다.

보이는 틈에 검을 박아 버린다는 열망만 가득했다.

'방금도 그랬어.'

리메르가 만들어 내는 빈틈을 향해 검을 찔러 넣다가 대련이 끝났다. 이런 방식으로 성장할 수 없다.

"조금 더 해 봐야겠습니다."

"그래. 와라."

리메르가 웃으면서 모은 네 손가락을 까딱였다.

"흡!"

숨을 깊게 들이켜고 땅을 박찼다. 여전히 방어 자세를 하는 리메르를 향해 검을 내질렀다.

쩌어엉!

검과 검이 맞부딪치며 진한 쇳소리가 연무장을 울렸다.

촤아악!

라온이 살짝 밀려 나간 검을 뒤집어 그대로 내리그었다. 리메르의 검이 우측으로 돌아간다. 완벽한 방어. 이전처럼 뚫을 수밖에 없는 수비였다.

라온이 불의 고리를 운용했다. 검술은 여전히 사납지만, 마음은 차분해졌다.

그 순간 공격만 생각하던 시야에 리메르의 좌측 허리가 들어왔다. 빈틈은 아니다. 단단하게 방어를 갖춘 곳이다.

'다만.'

빈틈을 만들 수 있다는 예감이 뇌리를 관통했다.

후우웅!

라온이 검을 사선으로 그어 내렸다. 폭포처럼 격하게 떨어지는 검격에 리메르가 어깨를 부드럽게 세웠다.

쩌어엉!

검과 검이 맞부딪친 반탄력에 손목이 밀려 나간 순간 리메르의 왼쪽 허리에 빈틈이 생겨났다.

라온은 곧바로 발목을 틀어 검의 궤도를 바꿨다. 종아리부터 허벅지까지 이어지는 회전력을 담아 검을 내질렀다.

"헉!"

리메르의 눈에 처음으로 당황의 빛이 돋아났다. 뒤로 물러서며 검을 재빠르게 휘돌렸다.

쩌저정!

그는 라온의 검에 담긴 격렬한 기운을 이겨 내지 못하고 뒤로 세 걸음 물러섰다.

"바, 방금 뭐냐? 왜 갑자기 검로를….'

"보였습니다."

"보여?"

"네."

광아검의 공격에 매몰되어 있던 머리를 여유롭게 풀어 주니, 상대의 틈이 보이기 시작했다.

아니, 틈이 아니라, 틈을 만들 방법이 보였다. 즉, 수를 읽을 수 있게 되었다.

"어떻게?"

"그걸 전부 알려 드릴 수는 없죠."

리메르가 했던 말을 그대로 읊으며 웃었다.

"말까지 가르칠 생각은 없었는데?"

"원래 애들은 보는 대로 배우는 법입니다."

라온은 발로 땅을 툭툭 두드린 후 아직 자세를 다 잡지 못한 리메르를 향해 돌진했다.

"그럼 다시 가겠습니다!"

❈❈❈❈❈

휘익.

리메르는 달려오는 라온을 보고 휘파람을 불었다. 그는 그대로 검을 올려 쳐 왔다.

"아직 멀었어."

검을 눕혀 완벽한 방어 자세를 잡았을 때 라온의 움직임이 변했다. 허리를 올려 치던 검을 틀어 좌측 손목을 노려 왔다.

'이런!'

리메르가 인상을 찌푸리고, 몸을 돌렸다. 검 끝에 오러를 만들어 방어하고, 역공을 노렸다.

치이잉!

하지만 라온의 검은 다시 떨어져 내리고 있었다. 본능만이 아니라, 경험을 통해 상대의 빈틈을 찾는 조련된 야수의 움직임 같았다.

'이 녀석은 진짜…'

자그마한 힌트를 주었을 뿐인데, 벌써 광아검의 진짜 모습을 깨우치기 시작했다. 놀랍다 못해 머리가 쭈뼛 설 지경이다.

후우웅!

리메르가 검을 세차게 그었다. 검날에 맺힌 녹색 기운이 펼쳐지며 전방의 모든 방위를 막았다. 딱 하나 눈에 보이지 않을 틈을 제외하고.

라온의 눈동자가 새빨갛게 번쩍였다. 광폭하게 휘두르던 검을 돌려 유일한 틈을 노려 왔다.

'확실해!'

헛웃음이 나왔다. 라온은 이 짧은 대련을 통해 진짜 광아검을 깨달았다.

'그럼 그 길을 더 빨리 갈 수 있게 도와주는 게 스승의 역할이겠지.'

처음 맡은 교관이지만 라온 그리고 다른 수련생들 덕분에 매 순간이 즐거웠다.

"좋다. 계속 덤벼 봐!"

리메르가 끊임없이 검을 휘두르며 고수가 아닌 이상 찾을 수 없는 딱 하나의 틈을 만들었다.

라온은 그의 마음을 읽는 것처럼 그 작은 틈에 살벌한 칼날을 찔러 왔다.

'미쳤군.'

헉 소리가 절로 나온다. 검로는 세밀한데 검격은 사납다. 저 검이 완성된다면 보통의 무인으론 견디지도 못할 것이다.

"하지만 너무 쉬우면 재미없지."

리메르가 빈틈을 지웠다. 지금의 라온으로는 뚫어 내지 못할 검술을 펼치며 그를 압박해 나갔다.

검의 위력도, 검로의 명확함도 전부 자신이 위였지만, 라온은 포기하지 않았다.

섬뜩한 눈빛으로 검을 휘두르며 빈틈을 찾는 게 아니라, 만들어 내기 시작했다.

'그렇지.'

리메르가 고개를 끄덕였다. 전장에서 상대는 일부러 빈틈을 만들어 주지 않는다. 스스로 찾아야 한다. 광아검은 그 틈을 만들기에 가장 좋은 검술이었다.

콰앙! 콰아앙!

리메르는 라온과 근접 거리에서 서로를 향해 끝없이 검을 휘둘렀다.

'점점 강해지고 있어.'

검세가 강해지고, 흐름에 빈틈이 없다. 녀석의 성취가 폭발적으로 상승하고 있었다.

"흐아압!"

라온이 기합을 내지르며 검을 내리쳤다. 방어 태세를 갖추자마자, 그 방어를 비틀어 버릴 공격을 해 온다. 무서울 정도로 빠른 변화다.

'뭐 이런 놈이…'

방어를 계속 뚫고 오니, 봐주고 있음에도 등줄기가 섬뜩했다.

하지만 아직 녀석에게 승리를 줄 수는 없었다.

"밥 더 먹고 와라!"

리메르가 검에 폭풍 같은 바람을 휘감았다. 검날에 응집된 오러를 그대로 쏘아 냈다. 절기 풍혼참이었다.

'어떻게 할 거냐.'

방금 펼친 검은 아직은 라온이 이겨 내기 버거운 위력이다. 어떻게 처리할지 기대하며 입맛을 다셨다.

후웅!

라온이 검을 뒤로 젖힌 채 달려온다. 풍혼참의 바람에 옷이 갈려져도 상관없이 검을 내리쳤다.

쿠웅!

풍혼참은 강렬한 검격을 맞고도 베어지지 않았다. 하지만 라온도 멈추지 않는다. 보법을 밟아 물러서며 계속해서 검을 휘둘렀다.

조금씩 갈라지던 풍혼참이 결국 파탄을 드러내고, 틈이 만들어졌다.

콰아아!

라온이 긴 숨을 뱉어 내며 검을 그었다. 작열하는 태양 같은 붉은빛이 번쩍이고 풍혼참이 허공에서 녹아내렸다.

"허!"

리메르가 입을 떡 벌렸다.

'저놈 방금 뭘 한 거야?'

풍혼참을 보고, 광아검을 발전시키라고 한 건데 아예 깨 버렸다. 뭐 저런 미친놈이 있나 싶었다.

후우욱!

라온은 거센 먼지가 피어오르는 연무장의 중심에 당당하게 서 있었다.

"야. 너…."

"안 돼."

라온에게 다가가려 할 때 루난이 다가와 팔을 붙잡았다.

"응?"

"지금은 안 돼."

그 말에 앞을 보았다. 라온의 동공이 풀려 있었다.

'무아지경?'

녀석은 풍혼참과 싸우다가 깨달음을 얻은 것 같았다.

'뭐 이런….'

남들은 평생에 한두 번 오는 깨달음이 저 녀석에겐 왜 이렇게 많이 보이는 건지 모르겠다.

루난은 리메르의 손을 놓고, 연무장 밖으로 나갔다. 혹시라도 다가올 사람들을 막으려는 것 같았다.

'어떻게 알아차린 거지?'

라온이 무아지경에 빠진 건 자신도 몰랐다. 더 멀리 있던 루난이 어떻게 본 건지 의문이었다.

"복 많은 녀석이라니까."

리메르는 고개를 절레절레 흔들고 그 자리에 주저앉았다. 어쩔 수 없이 라온을 지켜 줘야 할 것 같다.

"빨리 끝내고, 술 마시러 가려고 했는데."

그는 지는 해를 바라보며 입맛을 쩝 다셨다.

후우우우.

라온은 깊게 가라앉은 숨을 흘리며 눈을 떴다. 어두웠다. 하늘에 떠 있던 해가 달로 바뀌었지만 놀라진 않았다.

'무아지경에 들었으니까.'

마지막 너무도 강했던 리메르의 검을 상대하며 순간적인 깨달음이 일어났다.

더 앞으로 나아갈지 이미 얻은 깨달음을 지켜야 할지. 두 상황에서 앞으로 나아가는 걸 택했고, 더 큰 깨달음을 얻을 수 있었다.

"좋아 보인다?"

바닥에 드러누워 있던 리메르가 인상을 찡그렸다.

"감사합니다."

라온은 들고 있던 검을 집어넣고, 정중하게 고개를 숙였다.

저리 여유롭게 있어도 리메르의 기운은 이 주변을 덮고 있었다. 계속 자신을 지켜준 게 분명했다.

"저쪽에도 말해."

리메르가 손가락을 들어 뒤를 가리켰다. 연무장 문에서 은빛 머리칼이 팔랑였다.

"끝났어?"

문을 열고 루난이 들어왔다.

"저 녀석이 네 무아지경을 나보다 먼저 알아차렸다."

라온이 고개를 끄덕이고 루난의 앞에 섰다.

"고마워."

"강해졌어?"

"그래."

"이제 대련 안 해도 돼?"

빙긋 웃으며 고개를 끄덕이자, 루난의 얼굴이 조금 밝아졌다.

"강해졌다고 자신하는 걸 보니, 확실하게 깨달음은 얻었나 보네."

리메르가 일어서서 옷에 묻은 먼지와 흙을 툭툭 털었다.

"네. 광아검은 미친 맹수의 이빨도 되지만, 순간적인 번뜩임도 됩니다. 차가운 이성을 지닌 맹수가 바로 광아검이더군요."

광아검은 단순히 사납고 흉폭한 감각검이 아니다. 감만이 아니라, 경험과 정신을 이용해서 상대의 틈을 비틀어 낼 수 있는 특별한 검술이었다.

아직 멀었지만, 그래도 진짜 광아검에 첫발을 내디딘 것 같다.

"시간을 쓴 보람이 있네. 오늘은 술맛 좀 있겠어."

리메르는 씩 웃고서 연무장 출구로 향했다.

"감사합니다."

다시 인사를 하자, 손을 흔들고 그대로 연무장을 나갔다.

"라온, 수련하자."

그녀는 옆으로 다가와 검을 뽑았다. 대련이 아닌 검술을 수련하자는 의미였다.

"알겠어."

루난에게 또 빚을 졌다. 수련 정도는 얼마든지 도와줄 수 있었다.

라온은 루난의 검술을 쭉 살펴보았다. 광아검을 익힌 덕분인지 뭐가 모자라는지 한눈에 보였다.

"두 번째 초식을 펼칠 때 발을 손가락 한 마디 정도 더 내밀고, 무릎을 조금 더 펴."

"응."

루난의 검술이 더 세밀하고, 예리해졌다. 조언 하나로 바뀌는 걸 보면 역시 그녀의 재능은 대륙에 닿을 정도였다.

라온은 루난에게 몇 가지 조언을 더 해 준 뒤 고개를 들었다. 큼지막한 달이 연무장을 비추는 걸 보며 작게 고개를 끄덕였다.

'떠날 준비는 거의 끝났군.'

딱 하나만 빼고.

제104화

라온은 광아검 수련을 마치고 별관의 방으로 돌아왔다. 훈련은 끝났지만 달아오른 육체와 정신의 열기는 아직 꺼지지 않았다.

'대단한 검술이야.'

-그런 짐승 같은 검술이 뭐가 좋다는 게냐.

라스는 잡스러운 검술이라고 툴툴거렸다.

'단순한 짐승이 아니야. 날카로운 발톱을 지니고, 머리를 쓸 줄 아는 우두머리 호랑이지.'

감각검은 전투의 후각을 키워 상대의 약점을 노리는 검술. 대부분 극단적인 공격형 검술이라 허초에 말려들거나 반격을 당하는 경우가 흔했다.

'광아검은 다르지.'

광아검은 그런 평범한 감각검에서 한발 더 나아가 상대의 허초에 속지 않고, 없는 빈틈을 만들어 내는 검술이다. 성취가 높아진다면 상대가 누구라도 방어를 뚫고 검을 박아 넣을 수 있을 것이다.

-감각 하니까. 생각나는군. 본왕이 마계에 있을 때 타고난 감각으로 마족들을 쓰러뜨리는 강한 꼬마가 나타났다. 하지만 본왕이 누구인가. 마계의 왕이자, 분노의 군주. 가볍게 냉기를 뿜어내서 그 마족을 굴복….

'아흠.'

라온이 입을 떡 벌리며 하품했다. 라스의 수다를 듣고 있으니, 갑자기 졸음이 오기 시작했다.

-들어라. 다 피가 되고 살이 되는 이야기다!

'내 피와 살은 아니니까.'

손을 흔들며 무시할 때 똑똑 작은 노크 소리가 들려왔다.

"들어와."

노크만큼이나 낮은 음성으로 대꾸하자 문이 열리고 주디엘이 들어왔다.

"부르셨습니까?"

그녀가 침대 아래에 부복하며 고개를 숙였다.

"떠나기 전에 정리할 일이 있어서 불렀어."

"말씀하십시오."

라온은 무표정한 주디엘을 보며 눈을 내리감았다가 떴다.

"첫날 네게 먹였던 레이지 웜은 가짜다."

주디엘의 목이 살짝 떨렸다. 놀란 반응이라기보다는 역시라는 느낌이다.

"알고 있었나?"

"확신하진 않았고 의심 정도였습니다."

"의심?"

"예. 사실 도련님의 진짜 얼굴을 처음 보았던 날은 공포에 질려 아무 생각도 할 수 없었습니다. 그게 거짓이라고는 생각 못 했습니다."

그녀가 턱을 들어 올렸다. 가라앉은 눈동자가 인상적이었다.

"도련님이 너무 무서워 그저 살아야겠다는 생각만 했지만, 별관 사람들의 따스함에 조금씩 마음이 놓였습니다. 이상한 요구를 할 거라 생각했던 도련님도 저를 인간적으로 대해 주셨고, 중무전에 의심을 받지 않을 방법을 마련해 주셨죠."

주디엘의 굳은 입매가 치즈처럼 느슨해졌다.

"그래도 도련님에 대한 경계는 풀지 않았습니다. 마님이나 헬렌 님에게 보여 주시는 조금 어른스러운 아이다운 모습이 다 연기라고 생각했죠. 하지만 몇 가지 일을 겪으며 그게 아니라는 걸 깨달았습니다."

"흠."

"실비아 님에게 보여 준 얼굴도, 저를 협박했던 눈빛도 모두 진짜였습니다. 당신은 그저 이 별관을 지키고 싶었을 뿐이었습니다."

라온은 말없이 고개를 끄덕였다. 주디엘의 말대로다. 그녀를 협박했던 것도, 겁에 질리게 만든 것도, 이중 첩자로 만든 것도 모두 별관을 지키기 위해서였다.

"그래서 도련님이 레이지 웜을 쓸 정도로 사악한 사람이 아닐지도 모른다고 생각하게 되었습니다."

이건 틀렸다. 데루스 로베르트 때문에 레이지 웜은 평생 쓸 생각이 없지만, 별관을 지키기 위해서라면 그 이상의 일도 할 수 있었다.

"다만 그건 의심일 뿐. 이렇게 말씀해 주시지 않았다면 확신은 하지 못했을 겁니다. 왜 말씀하신 겁니까?"

주디엘은 이해할 수 없다는 듯 고개를 갸웃거렸다.

"네가 변했으니까."

"예?"

"네가 날 지켜봤듯이 나도 널 지켜봤다."

라온은 담담한 눈빛으로 말을 이었다.

"별관의 특별함 덕분인지. 가면을 쓴 채 연기하던 네 얼굴에 진심이 깃들기 시작했다."

"그건…."

"넌 이미 나한테 정체를 들켜서 다른 사람에게 잘 보일 필요가 없었다. 무슨 짓을 해도 내 한마디면 쫓겨나거나 죽으니까. 그런 네가 엄마와 헬렌을 몸으로 감싸려 들었지. 그때의 넌 연기가 아니었어."

주디엘의 몸이 움찔했다.

"네가 진짜 모습을 보여 주었듯이 나도 진실을 밝혔을 뿐이다."

"……."

그녀는 고개를 숙인 채 한동안 말을 잇지 못했다. 라온은 가만히 앉아 그녀의 말을 기다렸다.

"동생이 하나 있습니다. 팔려 왔을 때 헤어져서 어디에 있는지, 무얼 하고 있는지 모르지만, 언젠가 만나게 해 준다는 말에 그들의 지시를 따를 수밖에 없었습니다."

물기에 젖은 주디엘의 목소리가 가슴에 와닿았다.

'비슷하군.'

동생이 있고, 납치가 아니라 팔려 온 거였지만, 주디엘의 사연은 전생의 자신과 비슷했다. 왜 그녀의 눈빛이 익숙했는지 이해가 갔다.

"구해 주지."

"예?"

주디엘이 깜짝 놀라 고개를 획 들었다.

"봐서 알겠지만, 난 맞고만 있는 성격이 아니야. 카룬 역시 나와 별관을 노리는 걸 포기할 생각이 없을 테니, 언젠가는 부딪친다."

카룬은 단순히 정보를 캐는 정도가 아니라, 실전 훈련 때 치명적인 상처를 입히려고 마법사까지 매수했었다. 그런 그가 쉽게 물러날 리 없다.

"카룬과 결착을 맺고 나면 네 동생을 찾아 주마. 살아만 있다면 어떻게 해서든."

가족을 잃어버린 적은 없지만, 그녀가 어떤 마음으로 살아가는지는 알 것 같았다. 자신에게도 소중한 사람이 생겼으니까.

"네가 믿건 믿지 않건 상관없다."

전생의 나와 너무도 닮은 삶을 사는 그녀를 구제해 주고 싶은 마음은 진심이었다. 한 번 실패했기에 더더욱.

주디엘은 팔로 땅을 짚은 채 한참 엎드려 있다가 고개를 들었다.

눈매는 여우처럼 가늘어졌고, 빨간 입술이 축 내려갔다. 조금의 웃음기도 없는 얼굴. 이전에 본 그녀의 진짜 표정이다.

"한 가지만 여쭈어보겠습니다. 제가 카룬 지그하르트에게 도련님에 대한 정보를 전하면 어쩌시려고 레이지 웜에 대한 사실을 밝히신 겁니까."

"안 그럴 거 같아서."

네 눈빛이 나와 똑같았으니까.

"어이가 없는 대답이군요."

"그래서 할 건가?"

"…따르겠습니다."

주디엘의 목소리가 달라졌다. 평소의 다정함이 조금도 느껴지지 않는 마른 낙엽처럼 건조한 목소리였다.

-끝났군.

'그래.'

첩자가 진짜 얼굴과 목소리를 드러낸다는 건 진심으로 복종을 했다는 뜻이다. 라스의 말대로 주디엘은 진짜 내 사람이 되었다고 봐도 좋았다.

"필요한 게 있다면 언제라도 말씀해 주십시오."

주디엘은 가주에게 하듯 정중한 예를 차렸다. 죽어 있던 눈빛에 하얀 선이 빛났다.

"내가 없는 동안 별관을 부탁한다."

"예."

그녀는 다시 고개를 꾸벅이고 방을 나갔다.

"후…."

라온은 침대에 드러누우며 한숨을 내쉬었다.

'좀 다르군.'

주디엘과는 비슷한 삶을 살았지만, 원하는 건 달랐다. 자신이 자유를 원했던 것과 달리 그녀는 동생을 구하길 원했다. 어떻게 보면 더 힘들지도 모른다.

"할 일이 많네."

실비아를 직계의 위에 올려야 하고, 데루스의 목을 베어야 하며, 시리아에게서 루난을 떼어 놓아야 하고, 주디엘의 동생도 구해야 한다.

"방법은 하나로군."

-그게 무엇이냐.

"내가 강해져야지."

몸을 일으키고, 벽에 놓아둔 수련검을 허리에 찼다.

-뭐 하는 거냐. 설마….

"그래. 수련하러 가야지."

라온이 크게 고개를 끄덕이고 문을 열었다.

-수련에 미친놈이로다! 마계에도 네놈 같은 별종은 없다! 잠 좀 자자! 잠 좀!

❈❈❈❈❈

2주가 지나고 생존 시험을 떠나는 날 아침이 밝았다.

라온은 오랜만에 진검을 허리에 차고, 낡은 코트를 걸쳤다. 복장만 보면 검사라기보다 용병이나 모험가 같았다.

마지막으로 경량화 마법이 걸린 배낭을 메고 방을 쭉 둘러 본 뒤 나갔다. 로비에는 아무도 없었다. 피식 웃으며 현관을 열었다.

실비아와 헬렌 그리고 시녀들이 입구 앞에 줄을 지어 서 있었다.

"도, 도련님. 이제 가시는 거죠. 안 가시면 안 되죠…."

헬렌이 훌쩍이며 도시락과 육포를 비롯한 식량을 챙겨 주었다.

"도련님. 조심하셔야 해요."

"절대 무리하지 마세요."

"힘들면 도망치시구요."

시녀들은 말 한 마디와 준비해 둔 여행 물품들을 건네주었다. 미리 다 챙겼지만 전부 받아 배낭에 넣었다.

"고마워."

"잘 다녀오시길."

주디엘도 인사를 하며 무언가를 담은 보자기를 주었다.

라온은 시녀들의 인사를 모두 받고서 가장 끝에 선 실비아에게 다가갔다.

"라온. 잘 다녀와. 엄마는 여기에서 기다리고 있을게."

그녀는 기다린다고 말하며 웃었다. 시녀들 모두가 눈물을 글썽였지만 홀로 미소 지었다.

"응."

실비아가 어떤 마음으로 웃는지 알고 있었기에 라온은 고개를 숙이며 그녀를 가볍게 안았다.

"그럼 다녀올게."

라온은 떨리기 시작하는 실비아의 눈가를 문질러 주고 몸을 돌렸다.

"도련님! 조심하세요!"

"건강하게 돌아오셔야 해요!"

"밥 굶지 마시구요!"

뒤에서 들려오는 시녀들의 목소리에 손을 흔들어 화답하고 연무장으로 향했다.

-고작 1년 가지고, 뭘 그리 걱정이 많은 건지 모르겠군.

'위험한 곳이니까.'

주디엘을 제외한 모든 시녀들은 자신이 태어났을 때부터 저 별관에 있었다. 아들같이 생각하던 아이가 위험한 곳에 간다고 하니, 걱정하는 건 당연했다.

-본왕은 수천 년의 삶을 살며 지독하고도 지독한 위험과 싸워 왔다. 인간들은 상상도 하지 못한….

'그렇군요.'

-제발 좀 들어 다오. 이건 정말 중요한….

'예. 예.'

라스를 놀리며 연무장 문을 열었다. 수련생들과 교관 모두가 중앙에 모여 있었다.

"늦어!"

단상에 걸터앉아 있던 리메르가 씩 웃으며 손짓했다.

"전부 왔으니, 다시 한번 너희들의 졸업 시험을 발표한다. 기간은 1년. 각자 정해진 장소에서 살아남아라. 간단하지?"

"그, 그 장소가 정상이 아니잖아요!"

라온과 함께 하분 성에 가는 도리안이 입술을 바들바들 떨었다.

"쉬우면 시험이 아니지."

"으으윽!"

"진짜 얄미워…."

"추가로 너희들은 지그하르트의 이름을 사용하지 못한다. 성을 버리고 이름만 사용하도록. 직업은 용병이나, 수련 검사 정도로 정하면 될 거다."

리메르는 한번 고생해 보라고 말하며 허공에 발장구를 쳤다. 인상을 찌푸리는 수련생들을 쭉 둘러보며 시원한 미소를 흘렸다.

"마지막으로 솔직하게 말해 주마. 너희들의 실력은 이미 신입 검사와 큰 차이 없다. 이 시련을 이겨 낸다면 더 높이 올라갈 수 있을 거다."

진중해진 그의 눈빛과 목소리에 수련생들이 허리를 곧게 세웠다.

"그리고 이건 선물이다."

리메르가 단상 앞에 있는 사자의 머리가 그려진 상자를 가리켰다. 교관이 뚜껑을 여니, 회색 장갑이 수십 개가 들어 있었다.

"오웬 왕국을 이겼을 때 받기로 했던 기사 장갑이다. 늦지 않게 와서 다행이야."

그가 장갑을 만지며 씩 웃었다.

"가벼운 데다가 손과 손목의 보호 효과도 있지. 돈이 있어도 구하기 힘든 물건이니, 고맙게 받도록."

리메르는 직접 장갑을 챙겨서 수련생들에게 하나하나 나누어 주었다.

"음."

장갑을 손에 낀 라온이 고개를 끄덕였다. 손에 딱 맞아서 검을 쓰는 데 조금의 불편함도 없었다. 수공업으로 이름 높은 오웬의 물건다웠다.

"몸 건강히 다시 보기를 바란다. 이상."

다시 단상 위로 올라간 리메르가 빙긋 웃었다.

"정렬."

라온의 지시에 수련생들이 단상 앞에 줄을 맞춰 섰다.

"교관님께 경례."

"감사했습니다!"

수련생들이 교관들에게 머리를 숙였다. 진심이 담긴 외침에 연무장이 들썩였다.

"성장해서 돌아와라. 이 자리에서 기다리고 있으마."

리메르는 실비아와 같은 말을 하며 연무장을 떠났다. 교관들도 한마디씩 격려하며 그 뒤를 따랐다.

라온이 몸을 돌려 수련생들을 보았다. 각자의 의지가 다져진 눈빛들을 마주하며 고개를 끄덕였다.

"난 특별히 할 말 없다."

"엥?"

"야! 오늘까지 그럴 거냐!"

"마지막일지도 모르는데, 수석이면 한마디는 해야지!"

"평소에는 말 잘하면서!"

많은 것을 함께하며 가까워진 수련생들은 화난 원숭이처럼 발을 굴러 댔다.

"그럼 한마디만."

라온이 손을 올리자, 모두가 입을 다물었다. 교관의 말을 듣듯 뻣뻣하게 목을 들었다.

"첫 실전에서 살아남은 무인들은 쉽게 죽지 않는다는 말이 있다. 우연이었지만 우린 진짜 실전을 겪었다."

수련생들의 눈빛이 1년 전 광혈귀와 마주했던 때로 돌아갔다. 공포를 느끼는 이도, 호승심을 느끼는 이도, 아쉬움을 느끼는 이도 있었다.

"죽을 수밖에 없는 상황에서 모두 살아남고, 임무를 완수했지. 대륙의 속설처럼 너희는 죽지 않는다. 5연무장의 이름에 부끄럽지 않게 강해져서 돌아와라."

"으아아아아!"

"이겨서 살아남자!"

"가즈아!"

수련생들이 검을 뽑아 들었다. 모두가 한마음이 되어 함성을 터트렸다.

라온은 뜨거워진 수련생들을 보며 옆으로 물러섰다. 이제 각자의 시간이었다.

"라온 지그하르트."

버렌이 긴장 어린 표정으로 다가왔다.

"이 1년. 죽을힘을 다해서 성장할 거다. 돌아오자마자 네게 대련을 신청할 테니, 날 실망시키지 마라."

"또 도망치려고?"

"그, 그건! 네놈이 날 죽이려고 드니까. 그런 거고!"

당당했던 목소리가 배고픈 아이처럼 줄어들었다.

"그런 적 없어. 그냥 검술 수련을 했을 뿐이지."

"어쨌든! 먼저 간다. 무조건 강해져라! 내가 네놈을 따라잡고 만족할 수 있게!"

그는 어딜 가든 지그하르트 검사답게 살라고 외치며 떠나갔다. 그와 함께 가는 크레인이 고개를 까딱였다.

"야."

이번에는 마르타가 다가왔다. 콧등을 잔뜩 좁힌 상태였다.

"난 빚도 원수도 잊지 않아. 너한테는 둘 다 있으니 까먹을 수가 없지."

"그래."

"둘 다 갚아야 하니까 가서 뒈지지 마라. 뒈지면 찾아가서 죽여 버릴 테니까."

"아, 그리고 엄마가 고기 고맙다고 하신다. 다음에 별관으로 오래."

"이럴 때 그런 말을…."

"잘 다녀와라. 죽지 말고."

"큽."

그녀는 고개를 숙인 채 알 수 없는 말을 중얼거렸다.

"너도 죽지 마. 절대!"

마르타는 손가락을 겨눈 채 마지막 말을 남기고 홀로 연무장을 나갔다.

흥흥.

이젠 귀엽게까지 느껴지는 콧소리. 뒤를 돌아보니 예상대로 루난이 서 있었다.

"자."

그녀가 손에 들고 있던 아이스크림 상자를 내밀었다.

-아이스크림 소녀여! 너는 본왕이 세계를 지배할 때도 특별히 챙겨 주도록 하겠노라.

라스는 아이스크림을 먹을 생각에 입맛을 길게 다셨다. 그는 매번 아이스크림을 주는 루난에게는 큰 호감을 가지고 있었다.

하나 먹으라는 것 같아서 뚜껑을 열려고 할 때 루난이 상자를 통째로 내밀었다.

"다 가져가라고?"

"응."

-오오! 아이스크림 소녀여! 본왕이 너를 첫 번째 하녀로 임명하겠다. 너는 모르겠지만….

'좀 가라.'

라온은 주접을 떠는 라스를 팔찌에 밀어 넣었다.

"이거 다 줘도 돼? 넌?"

"여기."

루난이 가방에서 아이스크림 박스를 꺼낸다. 하나, 둘, 셋, 넷. 네 개였다. 네 상자를 보여 주며 고개를 크게 끄덕였다. 어떠냐는 표정이다.

"대단하네."

라온은 피식 웃으며 가방에서 수제 육포를 꺼내 루난의 상자 위에 올려 주었다.

"직접 만든 거라 맛있을 거야. 가다가 심심할 때 먹어."

루난은 육포 주머니를 맹하게 바라보다가 고개를 끄덕였다.

"고마워."

"나도 고맙다."

"응."

얼음처럼 굳어 있던 그녀의 입매가 살짝 올라갔다.

"잘 다녀와."

루난은 풍선을 흔들듯이 손을 돌리고 연무장을 떠났다.

그렇게 수련생들은 하나둘씩 떠나갔고, 연무장엔 라온과 도리안만이 남았다.

"으으, 가기 싫어. 진짜 싫어."

벌써 겁에 질린 도리안이 바닥에 머리를 박고 있었다.

"그러면 다른 곳 좀 들를까."

라온이 도리안의 뒷덜미를 잡아 올렸다. 녀석은 눈물을 흘리기 직전의 상태였다.

"에? 예? 어딜요?"

"상업 도시 카멜룬."

남쪽을 가리키며 웃었다.

"싸우기 전에 장비 좀 든든하게 맞추고 가자."

제105화

첨탑처럼 높은 건물들을 회색 성벽이 둘러싸고 있다. 성벽은 낮지만 두꺼워 단단하다는 인상을 주었고, 그 위에 치솟은 건물들은 세련된 느낌을 뿜어냈다.

묵직함과 화려함이 어우러진 이 성이 바로 도시 국가 카멜룬이었다.

카멜룬 성벽 중앙에 열린 거대한 성문 앞에 두 명의 청년이 말을 탄 채 서 있었다.

"아오, 말 타는 게 이렇게 힘들 줄이야."

도리안이 입매를 비틀었다.

"허리고, 다리고 목이고 아프지 않은 곳이 없어요."

"처음은 원래 힘든 법이지. 이제 적응됐으니 괜찮을 거다."

라온이 피식 웃으며 고개를 끄덕였다.

'그래도 저 정도면 적응이 빨라.'

도리안은 처음 말을 탄 것치고는 굉장히 빨리 적응을 끝냈다. 덕분에 3주는 걸릴 거라 생각했던 경로를 2주 만에 돌파할 수 있었다.

"그런데 도련님은 대체 언제 말을 배우신 겁니까? 별관에도 말은 없었는데."

"예전에."

말이라면 전생에 수없이 타 봐서 안장에 몸을 적응시키는 것 빼고는 어려운 점이 없었다.

"진짜 못 하시는 게 없네요."

도리안이 히죽 웃으며 옆으로 다가왔다. 바로 싸우러 가지 않기 때문인지 녀석의 떨림은 멈춰 있었다.

"오늘은 편하게 들어가겠네요. 경계 등급이 낮아요."

"그렇군."

라온이 성문 앞에 있는 두 명의 경비를 보고 고개를 끄덕였다. 카멜룬은 상황에 따라 도시 경계 등급이 다른데. 지금은 가장 낮은 수준이었다.

라온과 도리안은 리메르가 주었던 용병패를 이용해서 어렵지 않게 카멜룬 안에 들어갈 수 있었다.

도로와 길목마다 사람으로 가득 차 있었다. 관광을 온 사람들도 있었지만, 대부분은 물품의 판매자와 구매자로 보였다.

라온은 오랜만에 온 카멜룬 시장과 상가를 쭉 돌아보았다. 특별한 것을 찾아보려 했지만, 대부분이 생필품과 식량이라 눈에 띄는 건 없었다.

'역시 거길 가야겠네.'

전생에서도 이 양지에서 무언가를 산 적은 거의 없었다. 필요한 물건을 찾으려면 아무래도 밑으로 내려가야 할 것 같다.

"아래로 가실 겁니까?"

그 생각을 알아차린 것처럼 도리안이 물어 왔다.

"아래? 너 암시장에 대해 알고 있었어?"

상업 도시 카멜룬의 지하에는 양지에서 팔기 어려운 물건이나, 비싼 물건들을 판매하는 암시장이 있다.

엄청난 비밀은 아니지만, 도리안이 암시장에 대해 알고 있을 줄은 몰랐다.

"물론이죠."

"어떻게?"

"제가 이리 보여도 상가의 후예 아닙니까. 이런 정보는 밝죠."

도리안이 손가락으로 본인을 가리키며 씩 웃었다. 상가 출신이라고 예상은 했지만, 실제로 듣는 건 처음이었다.

'괜히 돌아다녔군.'

대충 구경하는 척하다가 도리안을 숙소에 놓고 갈 생각이었는데, 암시장에 대해 알고 있다면 딱히 그럴 필요가 없었다.

"그럼 가자."

"어? 도련님 아시는 통로도 있어요?"

"그래. 들었어."

라온이 고개를 끄덕이고 도시 우측에 있는 육류 시장으로 향했다.

피비린내가 풀풀 풍기는 가판대를 가로질러 시장의 끝에 있는 식당으로 들어갔다. 시장과 반대로 입맛을 돋우게 만드는 막 구운 고기의 기름진 냄새가 진동했다.

"돼지 통구이. 껍질은 바삭하게 튀기고, 소스를 부어서 육질은 부드럽게. 흑맥주는 시원하게 식혀서 2잔씩."

입구에 서 있는 점원에게 평소에는 시키지 않을 음식을 주문했다.

"…아!"

그녀가 고개를 갸웃거리다가 무언가가 생각난 듯 손바닥을 탁 쳤다.

"이쪽으로 오세요."

점원이 옅게 웃으며 안쪽의 룸으로 안내를 해 주었다. 다섯 명이 앉아도 모자라지 않는 둥근 테이블이 있었다.

그녀는 방문을 조심스럽게 닫고, 벽의 한 부분을 살짝 눌렀다.

바닥이 아주 살짝 진동하며 중앙의 테이블이 들리고, 아래로 내려갈 수 있는 계단이 나타났다.

"저희 할머니 때 암호를 사용하셔서 깜짝 놀랐네요. 한참 전에 은퇴하신 분에게 암호를 들으신 건가요?"

"네."

라온이 고개를 끄덕였다. 이 암호는 전생에 사용했던 암호 중 하나였다. 아무리 암시장이 많은 사람에게 노출되어 있다고 해도 10년 동안 같은 암호를 사용할 리가 없었다.

다만 그 당시 암호를 말한 건 다른 이유가 있었다.

"그 할머니께서는…."

"10년 전에 돌아가셨어요."

10년이 지났기 때문일까. 점원의 반응은 담담했다.

"그렇군요."

그 할머니라는 사람은 전생의 자신을 볼 때마다 눈이 죽어 있다고 말하며 먹을 것을 하나씩 주었던 암시장의 안내인이었다.

지금의 날 보면 어떤 말을 할지 궁금해서 왔는데, 아쉽게 되었다. 입맛이 썼다.

'평온히 갔기를.'

라온은 잠시 눈을 감고, 그녀의 명복을 빌었다.

"암시장의 암호는 특별한 일이 없어도 2년마다 바꾸고 있어요. 제가 예전 암호를 외우고 있어서 다행이지 다른 사람이었으면 얄짤 없었어요."

점원은 옛 암호 몇 가지를 말하고서 웃었다.

"잘생겨서 봐드리는 거라구요."

"얼굴을 가렸는데."

라온이 푹 눌러쓴 후드를 가리켰다.

"잘생긴 사람은 숨겨도 태가 나는 법이죠."

그리고 그녀의 시선이 도리안을 향했다. 애매하다는 표정이다.

"어쨌든 지금의 암호는 고추와 양파를 뺀 다른 닭볶음이랑 잘 익은 키튼 포도주 3잔이에요."

"알겠습니다."

"그럼 좋은 쇼핑 되시길."

"고마워요."

점원은 암호를 잘 기억하라고 말하며 방문을 닫고 나갔다.

"이래서 잘생기고 봐야 한다니까."

도리안이 볼을 쓱쓱 문지르며 인상을 찌푸렸다.

"그런데 여긴 누구한테 들으신 겁니까?"

"리메르 교관."

"아, 그럴 만하네요."

리메르의 이름을 파니, 도리안이 고개를 끄덕였다.

"내려가자."

"예."

라온이 먼저 계단을 밟았다. 어둠을 등불 삼아 2분 정도 천천히 내려갔을 때 계단이 끝나고 회색 커튼 같은 것이 나타났다.

펄럭!

커튼을 걷어 내자, 암시장의 전경이 드러났다.

"적응이 안 되네요. 위보다 훨씬 깔끔해요."

"확실히."

라온이 고개를 끄덕였다. 암시장은 양지에 있는 시장보다 훨씬 깔끔하고 세련된 공간이었다.

흡사 귀부인들이 자주 간다는 귀금속 전문 상가 같은 느낌이다.

가운데 도자기 같은 세련된 형태의 건물이 하나 있고, 그 주변을 화려한 빛을 뿜어내는 상점들이 둘러싸고 있었다.

저 가운데 있는 게 경매장과 도박장이고, 주변의 상점들이 암시장에서 판매 허가를 받은 암상인들이었다.

"어디부터 가실 겁니까?"

"일단 경매 물품부터."

아직 경매를 할 시간은 아니었지만, 혹시 필요한 물건이 있을지도 모르기 때문에 먼저 경매장으로 들어갔다.

라온은 카탈로그를 구매해서 오늘 경매장에 어떤 물건이 나올지를 쭉 살폈다. 목록을 살피던 그의 눈이 중앙에서 우뚝 멈췄다.

'있다.'

블랙 버터플라이라는 경매 물품을 보고 라온이 주먹을 움켜쥐었다. 혹시나 해서 한번 들러 보았는데, 다행히도 찾던 녀석이 딱 있었다.

'이틀 뒤로군.'

블랙 버터플라이가 경매에 나오는 건 내일모레였다.

'가격은… 금화 10개에서 20개.'

싼 가격은 아니지만, 암시장 경매품치고는 그리 비싼 가격은 아니었다.

'돈이 좀 모자라네.'

두 임무에 큰 공적을 세워 돈을 받았지만, 블랙 버터플라이를 낙찰받기에는 상당히 모자랐다.

-돈이 모자라다? 본왕의 빙의체가 거지라니, 통탄스럽도다.

하품을 하며 일어난 라스가 한심하다는 듯 혀를 쯧쯧 찼다.

'시끄러.'

라온이 경매장 옆에 있는 카지노를 보며 입맛을 다셨다. 아무래도 저기서 돈을 좀 벌어 와야 할 것 같다.

"엑? 도련님 카지노 가시게요? 안 돼요!"

카탈로그를 보며 침을 흘리던 도리안이 세차게 고개를 저었다.

"왜?"

"저긴 도박의 프로들만 있는 곳이라구요! 왕국에서 주름잡는 도박꾼들도 먼지만 남도록 털털 털려서 쫓겨나기로 유명해요! 저기 갔다간 저희 밥 먹을 돈도 없이 다 잃을 거예요!"

"아, 나도 알아. 근데 괜찮아."

라온이 앞을 막은 도리안의 어깨를 툭툭 두드렸다.

'전생에서 내 돈줄이었거든.'

피식 웃으며 라스가 들어 있는 꽃팔찌를 빙글 흔들었다.

이번에는 비밀 무기도 하나 있고.

전생에서 암살자 라온으로 살아갈 때 목표물을 죽였다고 돌아오는 보상 따위는 없었다. 그저 며칠의 휴식 기간이 주어지거나, 심할 때는 휴식 없이 바로 다음 암살을 나가기도 했다.

로베르트 가문 놈들은 암살자를 사람으로 보지 않았기 때문에 임무에 나갈 때도 딱 필요할 정도의 돈만 제공했다. 죽어도 손해가 적어지도록.

세뇌에 걸려 있을 땐 그게 이상한 건지 몰랐지만, 풀린 이후에는 로베르트 놈들이 지독한 개새끼들이라는 걸 깨달았다.

'그래서 나갈 기회가 있을 때마다 돈을 모아 두었지.'

도망칠 기회를 잡기 위해서 휴가가 주어질 때마다 도박장에 가서 돈을 번 뒤 안가에 숨겨 두었다. 지금은 거리가 있어서 힘들지만, 기회가 될 때 가서 찾아올 생각이다.

'그러면.'

라온은 겁에 질린 도리안을 데리고 도박장을 쭉 둘러보았다. 익숙한 도박이 보여서 우측 테이블로 향했다.

테이블에는 드레스를 입은 늘씬한 젊은 여성과 깔끔한 정복을 입은 노인이 앉아 있었다. 뒤에는 호위로 보이는 남자들이 뒷짐을 진 채 서 있었다.

'괜찮겠네.'

라온은 도박이 돌아가는 걸 10번 동안 구경한 뒤 판에 앉았다. 지금 진행 중인 건 철제 컵 안에서 흔드는 주사위의 눈을 맞추는 도박이었다.

"아, 이래서 아래로 갔어야 했는데, 요즘엔 카지노 물 관리 안 하나 봐?"

검은 드레스를 입고 여우 가면을 착용한 여인이 이쪽을 힐끗 보고 인상을 찌푸렸다.

"도박에는 남녀노소는 물론이고, 왕도, 거지도 없지. 환영하네."

반대로 노신사는 빙그레 웃으며 목을 살짝 까딱였다.

라온은 노신사에게만 마주 인사를 하고서 판을 보았다. 쯧 하고 여자가 혀를 차는 소리가 들렸지만, 신경 쓰지 않았다.

"음…."

다만 딜러는 여성의 반응에 몸을 움찔거렸다. 아무래도 저 여우 가면 여자는 꽤 잘나가는 집안 출신인 것 같았다.

"어욱, 분위기가…."

도리안은 테이블에서 피어나는 서늘한 공기를 느끼고, 목젖을 떨었다.

"그럼 시작하겠습니다."

딜러가 철제 컵과 주사위를 세 사람에게 보여 준 뒤 컵 안에 주사위를 넣고 흔들기 시작했다. 손이 빠르다. 손목과 어깨가 동시에 움직여서 컵이 제대로 보이지 않을 정도.

그는 검무를 추듯 우아하게 컵을 돌리고, 바닥에 내려놓았다. 베팅을 하라는 듯 손을 뗐다.

"2."

"난 4로 하지."

여자와 노인이 컵을 살피고 앞에 둔 칩을 밀어 넣었다.

"…3."

라온은 3이라는 숫자를 부르며 가지고 있던 칩의 절반을 베팅했다.

"전 5로 하겠습니다."

딜러는 모두의 숫자를 확인한 뒤 천천히 컵을 열었다.

"눈의 숫자는 3입니다. 축하드립니다."

딜러가 빙긋 웃으며 투자했던 칩의 2배를 돌려주었다.

"쯧, 운은 좋네."

여성이 혀를 차며 눈을 흘겼다.

"난 오늘 금화 20개를 잃었는데, 자네는 첫 끗발이 좋구만."

노신사는 축하한다는 듯 고개를 끄덕였다.

"다음 게임 시작하겠습니다."

딜러가 다시 컵에 주사위를 넣고, 흔들었다. 이전보다 더 빠르고, 경쾌하게 돌린 뒤 테이블에 내려놓았다. 딱 소리가 시원하게 울렸다.

"3."

"이번엔 5가 좋겠어."

"1."

라온이 1을 부른 순간 딜러의 손가락이 살짝 떨렸다.

"전 4로 하겠습니다."

딜러가 천천히 컵을 들었다. 하늘을 보고 있는 주사위의 눈은 하나였다.

"1입니다. 축하드립니다."

딜러가 베팅한 칩의 두 배를 돌려주었다.

"뭐야."

"오, 자네 진짜 좀 하는구만!"

여자는 이제 고개를 돌려 노골적으로 노려보고, 노신사는 눈을 동그랗게 떴다.

"우왁! 2연승?"

도리안이 깜짝 놀라서 펄쩍 뛰고는 옆으로 다가왔다.

"도련님. 도망가야 해요. 이거 100% 초보라 봐준 겁니다. 저것들 꾼이에요. 꾼! 조금 더 했다간 속옷까지 다 털려요!"

"그래. 알아. 그래도 조금만 더 해 볼게."

라온이 빙긋 웃고서 땄던 칩을 모조리 배팅했다.

"아이고."

도리안이 눈을 탁 치며 한숨을 내쉬었다.

"흥. 멍청하긴."

"흐음."

드레스 여성은 코웃음을 쳤고, 노신사는 느릿하게 고개를 주억였다.

세 사람 모두 딜러가 라온을 봐주고 있고, 이제 본 실력을 드러낼 때라고 생각했다.

하지만.

세 번째 판, 네 번째 판 그리고 다섯 번째 판이 지나고 라온의 앞엔 그의 가슴에 닿을 정도의 칩이 모여 있었다.

"뭐, 뭐야! 무슨 짓을 한 거야!"

"아니, 이게 어떻게…."

드레스 여성과 노신사가 라온의 칩을 보고 입을 떡 벌렸다.

"도, 도련님! 크르륵."

도리안은 입에 거품을 문 채 빨리 도망가자고 라온의 어깨를 두드렸다.

"오늘 운빨이 좋네."

라온은 칩을 손가락으로 훑으며 빙긋 웃었다.

-어, 어떻게 하는 것이냐! 방법이 무엇이야!

'소리.'

-소리?

'주사위의 꼭짓점마다 닳은 정도가 달라서 컵에 부딪힐 때의 소리도 제각각 달라. 그 차이를 파악해서 주사위 눈을 예측하는 거다.'

청각을 극대화한 다음 주사위와 컵의 충돌 소리를 이용해서 주사위의 눈을 파악하는 도박 기술이다.

물론 대부분은 알고도 사용하지 못하지만, 감각을 발달시킨 자신은 그리 어렵지 않게 할 수 있었다.

-그런 미친 짓으로 주사위 눈을 알았다고?

라스가 헛바람을 흘렸다. 소리의 차이를 파악하고, 그 소리를 기억한다는 자체가 놀라웠다.

-아, 그러면 네놈이 이 도박을 계속 구경만 했던 게….

'그래. 소리를 파악하기 위해서였지.'

-역시 네놈은 사기꾼이었어! 본왕이 매번 속은 이유가 있었구나!

'사기꾼은 아니지. 실력으로 따는 거니까.'

라온은 피식 웃으며 칩을 챙겼다.

"전 여기까지. 수고하세요."

노신사와 여자에게 손을 흔들어 주고, 일어섰다.

-벌써?

'한 자리에서 계속 이기면 시비가 걸려 올 수 있어서.'

도박 테이블을 쭉 둘러보다가 포커를 하는 곳에 앉았다.

-포커? 여기에서도 사기를 칠 거냐?

'아니. 난 사기 안 쳐.'

라온이 돌아가는 패를 보며 두 눈을 빛냈다.

-뭐?

'이번에는 네 차례야. 가서 사람들 패 좀 보고 와.'

-이런 정신 나간 놈이!

라스가 팔찌에서 튀어나와 무시무시한 기운을 뿜어냈다.

-본왕은 마계의 군주이니라! 감히 인간 따위가 명령하겠다는 거냐! 그것도 도박 패를 보고 오라니!

'아니.'

라온은 공간을 가득 채우는 냉기에서도 평온했다. 담담하게 고개를 저었다.

'거래다.'

-거래?

'그래. 네가 도와주면 이곳에서 네가 원하는 음식을 모두 먹겠어.'

-정말이지 미친놈이로다! 본왕이 명성 있는 미식가라고 하지만 그딴 제안을 받

아들일….

'아까 구슬 아이스크림 판매점이 있던데. 신제품도 나왔고.'

라스가 잠깐 멈칫했다.

-소용없다! 구슬 아이스크림 따위야 먹지 않아도 그만….

'2개.'

-다, 닥치거라! 마계의 군주인 이 몸이 그딴….

'3개.'

-…….

'4개에 네가 먹고 싶은 음식 추가.'

라스의 말이 없어졌다. 라온은 이제 끝을 맺을 때라는 걸 느꼈다.

-어딜 보면 되냐?

구슬 아이스크림 4개에 음식 하나.

마계의 군주를 이용하기란 참으로 쉬웠다.

제106화

포커.

딜러가 임의로 보내는 카드로 족보를 맞추고, 칩을 건 뒤에 패를 열어 가장 높은 족보를 가진 사람이 모든 판돈을 먹어 치우는 아주 간단한 게임이다.

족보만 외운다면 딱히 룰을 배울 필요도 없기 때문에 포커는 카지노에서 가장 인기 많은 도박 중 하나였다.

암시장 카지노에서도 그 인기대로 포커 테이블이 20개가 넘었는데, 신기하게도 구경꾼들은 가장 끝자리에 있는 테이블에만 모여 있었다.

"지, 지금 몇 연승이지? 4? 5?"

"내가 봤을 때 6연승이었는데."

"멍청이들아. 지금 연승이 중요한 게 아니야. 상대 패를 전부 아는 것처럼 게임을 하고 있잖아!"

"그러니까 어떻게 저렇게 잘하냐?"

구경꾼들은 테이블 중앙에 앉은 검은 로브의 남자를 보고 혀를 내둘렀다.

"연승만이 아니라, 승률도 미쳤어. 10판에서 7판 넘게 이겼을걸?"

"끗발 장난 아니네. 나도 저럴 때가 있었지."

"지랄. 넌 항상 빈털터리였잖아!"

"와, 칩 봐라. 아주 산더미처럼 쌓였어. 부럽구만."

그 말대로 검은 로브를 입은 남자의 앞에는 칩이 언덕처럼 솟구쳐 있었다.

"후!"

"음…."

"젠장."

그걸 지켜보는 같은 테이블의 도박꾼들은 식은땀을 흘리거나, 인상을 찌푸리고 있었다.

"꾼 아니야? 타짜라고 하던가?"

"멍청아! 암시장 카지노 내부는 마법 처리가 되어 있어서 마나를 못 써. 그리고 타짜였으면 이미 저 딜러가 잡았겠지! 저 딜러도 경력이 20년이 넘는데!"

"아, 그러고 보니 딜러도 바뀌었지."

저 로브의 남자가 연속으로 따다 보니, 다른 손님의 항의에 딜러가 한 번 교체되었다. 물론 그 이후에도 남자는 돈을 잃지 않았지만.

"그럼 진짜 운이라는 거네?"

"와, 나한테 저런 끗발 좀 섰으면…."

"뭐 운이야 당연한 거고. 판단력도 좋아 보여. 눈빛이 장난이 아니야."

"끄으윽…."

구경꾼들의 말을 듣던 도리안이 손톱을 물어뜯다가 검은 로브의 남자, 라온에게 다가갔다.

"도, 도련님. 이제 그만하죠. 초심자의 행운이 고무줄처럼 늘어난 지금이 기회라구요! 다들 운이라고 하잖아요!"

"초심자의 행운이 대체 언제까지 가는 건데."

라온은 도리안의 불안한 눈동자를 보며 피식 웃었다.

'뭐, 그만둘 때가 되긴 했지.'

산더미처럼 쌓인 칩을 손으로 쓸어 올리며 고개를 끄덕였다. 블랙 버터플라이의 경매가는 금화 10개에서 20개. 지금 번 돈이 금화 35개니 그만할 때도 되었다.

'더 했다간 시비가 걸릴 수도 있고.'

시간이 없어서 연승을 했지만, 실제로는 며칠의 시간을 두고 천천히 따는 게 정석이다. 이 이상 땄다간 문제가 생길 수도 있다.

"전 여기까지 하겠습니다. 금화로 바꿔 주세요."

라온이 딜러에게 칩을 밀어 주며 일어섰다.

"잠깐! 그냥 간다고?"

주사위 게임에서 포커판까지 따라온 여우 가면의 여자가 따라 일어섰다.

"뭐, 벌 만큼 벌어서."

"따기만 하고 가는 게 어디 있어!"

"여기 따려고 오는 곳인데?"

"한 판만 더 해. 난 한 번도 못 이겼어!"

"시간이 별로 없거든."

"이익!"

여우 가면의 여자가 살벌한 눈으로 입술을 꽉 깨물었다. 주사위부터 포커까지 내리 20판을 지다 보니, 화가 폭발한 것 같았다.

그러게 누가 따라오래?

오라고 하지도 않았는데, 스스로 와서 덤볐다가 져 놓고 왜 저러는지 모르겠다.

"음…."

"커험."

"다, 다른 데로 가야겠네."

신기하게도 여자가 일어서서 화를 내니, 구경꾼들이 눈동자를 휙 돌렸다. 꼭 두려워하는 것처럼.

예상했던 대로 저 여자는 이름난 가문 출신인 것 같았다.

"아직 돈 많네. 난 신경 쓰지 말고, 재밌게 놀다 가."

"도박 좀 한다고 눈에 뵈는 게 없어? 깝치지 말고 거기 서!"

"아, 그래."

라온은 그녀의 말을 무시하고 뒤를 돌았다. 어차피 떠날 거라 그녀의 지위가 높든 말든 상관없었다. 뒤에서 이를 바득바득 가는 소리를 흘려들으며 출구로 향했다.

"가자."

"아, 예!"

자신의 말이 먹혔다고 생각했는지 도리안이 안도의 한숨을 내쉬며 따라붙었.

-라온 지그하르트. 본왕과의 거래는 기억하고 있겠지?

'물론.'

-잊었다면 죽이려고 했었는데 다행이로구나. 가자. 거래를 끝내러.

묵직하고도 차가운 목소리. 다만 그 거래 대상이 아이스크림과 음식이라는 것에

웃음이 나왔다.

'알겠다. 가자.'

라온은 피식 웃으며 카지노를 떠났다.

여우 가면의 여인이 샛노란 눈동자로 카지노를 나가는 라온의 등을 사납게 노려보았다.

"세타르."

"예."

그녀의 뒤에 서 있던 덩치 큰 남자가 부복했다.

"저 자식 뭐 하는 놈인지, 뭘 노리는지 알아서 와. 전부."

"왕… 아니, 제이나 아가씨. 괜한 문제는 일으키지 말라는 명령이 있었는데…."

"지하 도박장 안 간 걸로 네 부탁은 들어줬을 텐데? 내가 어디까지 참아야 하지?"

카지노는 이곳만 있는 게 아니다. 판돈에 제한이 없어 도박에 목숨을 건 사람들만 가는 진짜가 바로 아래층에 있었다.

"하지만 아가씨. 근신이 아직…."

"닥치고 가. 저 새끼 분명히 사기 쳤어. 확률상 저렇게 이기는 건 말이 안 된다고! 내가 직접 손모가지를 잘라 버릴 거야!"

"후, 알겠습니다."

세타르가 어쩔 수 없다는 듯 한숨을 내쉬고, 그 자리에서 사라졌다.

"흥."

제이나가 코웃음을 치며 몸을 돌렸다. 그대로 도박장을 나가려고 할 때 딜러가 다가왔다.

"치, 칩을 놓고 가셨습니다."

"필요 없어. 당신이나 가져."

그녀는 금화 10개가 넘는 칩들을 보지도 않고 딜러에게 넘겼다.

"예? 아…."

딜러는 어쩔 줄을 몰라 했지만, 제이나는 이미 출구를 향해 걸어가고 있었다.

'돈 따위는 문제가 아니야.'

제이나가 차게 웃었다. 돈은 썩어 문드러질 정도로 많다. 중요한 건 돈이 아니라, 승패. 고귀한 피로 태어난 이상 저런 평범한 인간에게 지고 넘어갈 수는 없었다.

'뭐가 되었든 네 앞길을 막아 주지.'

-흐흠.

라스는 평소보다 목소리 톤이 바짝 올라간 상태로 미소를 흘렸다.

-본왕은 저것이 끌리노라.

그는 푸른 냉기로 손가락을 만들어 한 아이스크림을 가리켰다.

'저거?'

라온이 그 아이스크림을 보고 인상을 찌푸렸다. 초록색인지, 파란색인지 뭔지 모를 바탕에 초콜릿칩이 사이사이에 낀 요상한 형태의 아이스크림이었다.

'이거 루난이 예전에 보여 준 것 같은데.'

-맞다. 네놈이 먹지 않았던 그 아이스크림이다. 본왕의 꿈에서도 나왔었지.

라스는 아이스크림에서 눈을 떼지 못한 채 숨을 헐떡였다.

"일단 이거 하나 주세요."

라온이 살짝 한숨을 내쉬며 라스가 선택한 아이스크림을 주문했다.

"오, 손님. 민트초코를 고르시다니, 아이스크림 좀 드실 줄 아시는 분이군요."

점주로 보이는 덩치 큰 남자가 활짝 웃으며 아이스크림을 꺼냈다.

"민트초코?"

"억!"

딸기 아이스크림을 먹고 있던 도리안이 펄쩍 뛰며 다가왔다.

"도, 도련님. 지금 민트초코를 시키신 거예요?"

"그렇다는데?"

"허, 이런…."

"왜?"

"도련님 박하 아시죠? 그 톡 쏘는 거."

"알고 있어."

"이 아이스크림. 그 박하로 만든 겁니다. 입안이 화해진다구요! 맛대가리 없어요!"

도리안이 고개를 절레절레 저었다. 겁먹은 모습은 많이 보았지만 저렇게 안타까

워하는 표정은 처음이다.

"저 손님은 맛을 잘 모르시는군요. 달달한 초콜릿 맛으로 시작해서 텁텁함 없이 상큼하게 끝나는 민트초코의 즐거움을 모르시다니."

점주는 반대로 도리안을 보며 눈매를 좁혔다.

"여기 민트초코 나왔습니다."

그는 직접 카운터 밖으로 나와서 아이스크림을 전해 주었다. 원뿔 형태의 과자에 아이스크림이 담겨 있었다.

-빨리, 빨리 먹어 보거라. 본왕은 더 이상 참지 못하겠노라!

라스의 냉기가 퍼지고 퍼져 아이스크림 가게 전체를 뒤덮었다.

'알겠으니까. 좀 가만히 있어.'

라온이 한숨을 내쉬고 녹색 아이스크림을 보았다. 옆에서 시선이 느껴진다. 점주와 도리안이 반응을 기다리며 눈을 빛내고 있었다.

'뭐가 뭔지.'

참 별것도 아닌 거 가지고 싸운다는 생각을 하며 아이스크림을 입에 넣었다.

"음."

처음에는 다른 아이스크림처럼 시원하면서도 달달한 맛이 혀를 휘감았다. 그렇지만 그 뒤가 문제였다. 톡 쏘는 듯한 박하 향이 입안 전체로 퍼져 나갔다.

뭐랄까. 맛이 없는 건 아닌데, 굉장히 어중간한 느낌이다.

-오옥! 맛있도다! 달달함과 깔끔함이 조화되는 이 맛은 마계에도 없어. 이건 혁명이다!

라스는 마음에 들었는지 요상한 비명을 지르며 허공에서 춤을 추기 시작했다. 무슨 춤인지는 모르겠지만, 굉장히 기뻐 보였다.

"어떤가요?"

"도련님. 괜찮으세요?"

도리안과 점원이 동시에 다가와 맛을 물었다.

"난 좀 별로네."

"으윽!"

"역시 도련님은 맛을 좀 아시네! 민트초코를 좋아하는 사람은 다 혀에 문제가 있다니까."

점주는 인상을 찌푸렸고, 도리안은 활짝 웃었다.

-무얼 하는 게냐! 더, 더 먹어라! 어서!

'에휴.'

약속은 약속이었다. 라온은 인상을 찌푸리면서도 남은 민트초코 아이스크림을 전부 먹어 치웠다.

"헉! 도련님! 그걸 또 왜 드십니까!"

도리안이 레몬이라도 한 입 씹은 표정으로 팔을 흔들었다.

"크하하하! 입은 속여도, 가슴은 속이지 못하는 법이지! 별로인 것 같다가도 계속 끌리는 게 바로 민초의 매력입니다!"

점주가 민트초코를 하나 더 펐다. 그리고는 공짜라며 손에 억지로 쥐여 주었다.

"매력은 무슨! 그냥 맛이 어중간하고, 요상한 거죠!"

"민초의 훌륭함을 모르는 손님이 불쌍해."

라온은 자기들끼리 싸우는 도리안과 점원을 보고 고개를 절레절레 흔들었다.

-이건 어떤 천재가 만든 것이냐! 당장 물어보거라! 본왕의 부하로 삼겠노라!

"이 아이스크림은 누가 만든 겁니까?"

"아, 이젠 역사까지 관심을 가지시는 겁니까?"

점주는 역시 민초는 위대해라고 중얼거리며 말을 이었다.

"아이스크림으로 유명한 남쪽 지방의 한 영주가 만든 걸로 알고 있습니다. 거기엔 민초단도 있죠?"

"민초단? 도적단인가요?"

"그럴 리가요! 민트초코를 사랑하는 모임입니다!"

"그런 걸 좋아하다니, 도적단이랑 다를 게 없네."

도리안이 점주를 보며 혀를 찼다.

"손님 그 말 취소하시죠!"

점주가 당장이라도 들고 일어날 것처럼 손을 떨었다.

"하아…."

라온이 두 사람을 보며 깊은 한숨을 내쉬었다.

'어딜 가든 이상한 사람들은 있네.'

-라온 지그하르트! 민트초코 하나 더 주문해라! 본왕의 마음에 쏙 드는 디저트니라! 마계에 민트초코 가게를 내겠노라!

물론 제일 이상한 건 요놈이지만.

라온은 경매가 시작되기 1시간 전에 다시 암시장으로 내려갔다.

'아직도 입이 좀 화하네.'

-본왕은 만족하느니라. 훗날 마계의 바다를 민초로 바꾸겠노라.

라스는 이틀 전 민트초코에 단단히 빠져 아이스크림 네 개 전부를 민트초코로 골랐다. 본인의 절대 미각을 만족시킨다나 뭐라나.

어쨌든 별로라고 해 놓고, 민트초코만 네 개를 먹는 미친 짓을 해서 도리안은 고개를 내저었고, 점원 아저씨는 흡족하다며 몇 가지 아이스크림을 공짜로 주었다.

"오늘은 민트초코 안 드십니까?"

"그거 별로라니까."

"그렇게 말씀하시고 4개를 내리 드셨잖아요. 다시 먹어 봤지만, 정말 제 취향은 아니었어요."

도리안은 그날처럼 레몬을 문 표정이 되었다.

"어쩔 수 없는 상황이 있었어."

거래에 대해 말할 수도 없었기에 대충 얼버무렸다.

-민트초코의 맛을 모르다니, 한심한 놈이로다!

라스는 도리안을 보며 겁 많은 놈이 입맛도 별로라고 혀를 찼다.

"음, 아직 경매 시작까지는 시간이 남았는데, 어떻게 하시겠습니까?"

"구경 좀 하자. 어젠 돌아보지도 못했으니까."

"알겠습니다."

블랙 버터플라이를 사고도 돈은 꽤 남기 때문에 암시장을 돌아다니기로 했다.

이곳엔 특별한 물건이 많이 들어오기 때문에 운이 좋다면 싼값에 보물을 구할 수도 있다.

가장 가까운 상점에 들어갔다. 반지와 팔찌, 목걸이, 귀걸이 같은 귀금속이 걸려 있었다. 액세서리를 파는 곳인 것 같다.

상인은 관심이 없는지 테이블에 턱을 괴고, 꾸벅이고 있었다. 훔쳐 가도 신경 쓰지 않을 듯한 모양새였다.

'하지만 훔쳤다간 난리가 나지.'

물건에도, 가판대에도 마나석과 마나를 이용한 감시 및 보안 체계들이 설치되어 있다. 멋모르고 훔쳤다간 바로 제압당해 암시장 지하로 끌려가게 될 거다.

"뭣 좀 보이십니까?"

"별거 없어."

라온이 고개를 저었다. 이곳에 있는 물건들은 좋아 보이지만, 평범하다. 자신이 찾는 건 진짜 능력이 드러나지 않은 보물이었다.

바로 옆에 있는 다른 상점에 들어갔다. 여기도 액세서리를 걸어놓았는데, 방금 본 곳보다는 조금 더 물건들이 낡고 고풍스러워 보였다.

'여기도 없군.'

물건들을 쭉 살펴보았지만, 끌리거나 특별한 건 보이지 않았다. 입맛을 다시고 나가려고 할 때 입구에 놓여 있는 녹슨 반지에 시선이 갔다.

'뭐지?'

저 반지에 대한 기억이 떠오른다.

그런데, 내 기억이 아니다.

머릿속에 박힌 만화공의 지식. 그 안에 저 반지가 새겨져 있었다.

"허!"

라온이 마른침을 꿀꺽 삼키고, 녹슨 반지를 쥐었다.

'이 반지가 여기에 있었다니.'

제107화

길가에 굴러다녀도 줍지 않을 듯한 녹슨 쇠 반지. 다만 이건 이 반지의 본모습이 아니다.

어떠한 조건과 재료가 갖추어지면 금화를 쏟아부어도 구할 수 없는 특별한 반지로 변하게 될 거다.

-흐음, 무언가 알 수 없는 힘이 느껴지는구나. 봉인이라도 되어 있는 건가? 네놈의 눈썰미도 제법이로군.

라스는 반지 안에 있는 기운을 느꼈는지 라온에게 감탄의 눈빛을 보냈다.

"엑? 그걸 사시게요? 녹이 아주 잔뜩 꼈는데. 이거 고물상에 팔아도 은화 1개 아니, 동화 1개도 안 나올 거 같아요."

반면 도리안은 반지를 보고 눈매를 찡그렸다. 상인 가문 출신이라도 이걸 알아볼 눈썰미는 없는 것 같다.

"아닐걸."

라온이 손가락을 흔들고서 점주에게 반지를 가져갔다.

"이거 얼맙니까?"

"좋은 걸 고르셨네. 근력 상승효과와 정신 정화 효과가 있는 마법 장비니까…. 5개만 주쇼."

5개라는 건 금화 5개라는 뜻. 마법 장비지만, 능력과 외형이 구린 걸 생각해 보면 바가지 중에 상 바가지였다.

"도리안. 가자."

라온이 반지를 카운터에 놓고 등을 돌렸다.

"잘 생각하셨어요! 저런 싸구려는 얼마든지 구할 수…."

"잠깐만! 이야기를 끝까지 들으셔야지!"

점주가 카운터를 뛰쳐나와 앞을 막아섰다.

"그물 한 번 던져 본 건데 그렇게 가면 쓰나!"

점주가 헤헤 웃으며 손가락을 접었다가 펴며 가격을 계산하기 시작했다.

"4개! 금화 4개면 딱 좋은 가격…."

"시간 낭비했네."

"아, 잠깐!"

혀를 차고, 나가려 할 때 점주가 팔을 쫙 펴서 길을 막았다.

"3개 반! 아니 3개!"

그는 금화 3개 반이라고 불렀다가 라온의 표정을 보고 다시 금화 3개로 가격을 내렸다. 하지만 라온은 반응하지 않고, 상인을 지그시 내려다보았다.

"으윽! 두, 두 개 반."

"……."

"이게 진짜요. 나도 좀 먹고 살아야지!"

"……."

"아, 알겠어! 알겠다고! 두 개!"

"뭐, 그 정도면….."

"에이! 아니지!"

라온이 고개를 끄덕이려 할 때 도리안이 바람처럼 파고 들어왔다.

"아저씨! 어디서 사기를 치려고 해요! 이거 딱 봐도 은화로 떼어 왔구만!"

"엑?"

"자, 봅시다. 이 반지에서 효과가 있는 건 근력이랑 정신력인데, 정신력이 정말 효과가 좋았으면 이런 곳에 안 있지. 그렇다고 근력이 오거 건틀릿이나 오거 링처럼 강해지는 것도 아닐 테고."

"어어….."

"그럼 뽀대가 나느냐? 그것도 아니야. 저기다 버려 놔도 아무도 안 주워 갈 걸요? 그러니까 우리 합의를 다시 봅시다. 에, 그니까….."

도리안이 반쯤 정신이 나간 상인의 어깨를 붙잡고 뭔지 모를 소리를 중얼거렸다.

"딱 됐네! 금화 하나!"

"으어어….."

도리안의 말빨과 말수에 질렸는지 점주의 고개가 진자처럼 흔들렸다.

"그, 금화 하나 주쇼."

고개를 돌리자, 도리안이 어떠냐는 듯 엄지손가락을 들어 올렸다.

"수고했다."

라온은 피식 웃으며 카운터에 금화 하나를 내려놓았다.

'실제로는 그보다 싸겠지만.'

이 반지는 아마 은화 10개에서 20개 사이로 떼어 왔을 거다. 그걸 알면서도 금화를 주는 건 이 반지의 가치가 금화 100개로도 구할 수 없기 때문이었다.

"어우, 손님들 여기 좀 와 보셨수? 어려 보이는데 장난이 아니네."

점주가 이마에 땀을 닦으며 입김을 불었다.

"제가 상인 가문 출신이거든요! 이런 건 빠삭하죠."

"어쩐지 셈이 빠르더만. 잘 가시게!"

점주는 손을 흔들고서 카운터 앞에 주저앉았다.

"제가 보기엔 별로지만, 도련님이 좋다면 좋은 거겠죠."

"네가 상인 가문 출신이 맞긴 한 거 같은데, 눈썰미는 영 별로네."

라온이 반지를 손에 들고 밖으로 나갈 때 상점 앞에 여우 가면을 착용한 여자와 그녀의 가드들이 서 있었다. 옷은 달라졌지만, 이틀 전 도박판에서 보았던 그 여자였다.

"잠시만요."

그녀의 시선이 오른손에 든 반지로 향했다.

"그 반지 여기서 산 건가요?"

어제와 달리 말투가 정중해졌다. 물론 그 안에 담긴 거만함은 그대로였다.

"그런데요."

존댓말을 하기에 똑같이 말을 높여 주었다.

"그거 저한테 파세요. 얼마에 사셨든 10배로 드리겠습니다."

"에엑!"

뒤에서 미소를 짓고 있던 상인의 비명이었다.

"도, 도련님. 파시죠. 그 싸구려를 10배로 사 준다잖아요!"

도리안이 게걸음으로 다가와 귀에 속삭였다.

'이 여자…'

여우 가면 여자의 노란 눈빛이 번들거린다. 어제의 승부욕과는 다른 감정. 탐욕이다. 이 반지의 가치를 알고 있는 게 분명했다.

"싫습니다."

라온이 단호하게 고개를 저었다.

"그럼 계산을… 뭐요?"

당연히 팔 거라고 생각했는지 여자의 목소리가 한 톤 올라갔다.

"안 판다고요."

손을 저으며 상점을 나가려 할 때 여자 옆에 서 있던 가드가 길을 막았다.

"그럼 20배 아니 30배를 드리죠."

"일없어요."

거절해도 가드는 길을 비키지 않았다.

"금화 50개."

"아, 싫다니까."

점점 귀찮아져서 손을 저었다.

"이, 이봐. 치, 친구."

점주가 덜덜 떨리는 손으로 다가왔.

"뭐, 하는 거야! 빠, 빨리 팔라고! 은화 10개짜리가 금화 50개가 됐잖아. 500배라고! 빨리 팔고 나한테도 뽀찌 좀…."

원래 반지 가격이 은화 10개였군.

점주는 반지를 금화 하나에 판 걸 잊었는지, 은화 10개라고 중얼거렸다.

"난 내 물건 함부로 안 파는 체질이라서."

라온이 픽 웃으며 손으로 반원을 그렸다.

"윽?"

앞을 막고 있던 가드가 본인도 모르게 옆으로 밀려났다. 손짓 한 번에 튕겨 나갈 줄은 몰랐는지 그의 얼굴이 뻘겋게 달아올랐다.

"이익!"

"뭐."

가드가 다시 길을 막으려 할 때 라온이 진각을 밟았다. 쿵 소리와 함께 땅이 출렁였다.

"당신들 여기가 어딘지 잊었어? 암시장에서 문제 일으키면 고달플 텐데?"

"가만히 있어."

"죄, 죄송합니다."

여자의 말에 가드가 움직이려다 말고 고개를 숙였다.

"마지막이에요. 금화 100개 드리죠."

"거절합니다."

라온은 바로 고개를 젓고서 경매장으로 향했다.

'최소 금화 100개라는 거네.'

그녀가 금화 100개를 부른 것 자체가 이 반지의 가치가 그 이상이라는 뜻이다. 거기다 자신에겐 그 이상으로 필요한 물건인데 팔 리가 있겠는가.

"꺼어억!"

"으어헉!"

거절이라는 단어가 나오자마자 반지를 판 점주와 도리안이 동시에 비명을 질렀다.

"거렁뱅이가 도박 좀 한다고, 눈에 뵈는 게 없으신가 보네요."

여우 가면 여자가 허리에 손을 올리며 피식 웃었다.

"내 물건을 안 판다고 그런 소리까지 들을 이유는 없습니다만."

"당신은 세상 무서운 줄을 몰라. 왜 사람들이 숙이고 사는지 잘 생각해 보는 게 좋을 거예요. 객사하기 싫으면."

그럴 리가 있나. 세상이 무서운 건 그 누구보다 잘 알고 있다. 아무것도 모르는 건 자신이 아니라, 성질대로 행동하는 이 여자였다.

"할 말 다했으면 이만 가 보겠습니다."

여우 가면 여자의 서늘한 시선이 느껴졌지만, 무시하고 경매장으로 향했다.

[다테의 목걸이가 금화 70개에 낙찰되었습니다!]

[축하합니다!]

경매가 시작되었다.

경매장은 이곳 말고, 아래층에도 하나 있다. 시작 금액이 보통 금화 20개에서 50개고 경매품들의 가치도 몇 배로 높아 진짜들만 가는 곳이다.

오늘 라온이 구하려는 블랙 버터플라이는 그리 비싼 물품이 아니기에 이곳 1층에서 경매를 진행했다.

1층 경매답게 유일급 물건은 보이지 않았고, 대부분이 마법과 희귀 등급의 물건들이었다.

라온이 눈에 불을 켜고, 괜찮은 물건을 찾아보았지만, 딱히 살 만한 물건은 보이지 않았다.

'뭐 상관없나.'

오늘은 블랙 버터플라이를 사러 왔을 뿐이다. 반지를 구한 것만으로도 대박이니 이 이상 욕심을 부릴 필요는 없었다.

[자, 다음 물건은 마나석을 먹는 고고한 흑색의 나비. 블랙 버터플라이입니다!]

사회자의 들뜬 목소리와 함께 단상 위로 새장이 올라왔다. 새장 안에는 은은한 검은색으로 반짝이는 나비가 마나석에 꼭 달라붙어 있었다.

새장을 통해 나갈 수 있지만, 나비는 마나석 주변을 맴돌며 도망치지 않았다.

[은은한 빛이 아름다워 관상용으로 인기 있는 물건입니다. 물론 오래 살지는 못하고, 마나석이 많이 들어가지만, 아름답기로는 이만한 게 없죠.]

장점을 말할 때와 달리 단점은 거의 들리지 않았다.

[그럼 경매를 시작하겠습니다. 지난번 블랙 버터플라이가 금화 12개에 팔렸으니, 금화 1개부터 시작하겠습니다.]

[네. 15번 금화 2개.]

[21번 금화 3개.]

….

경매가 진행되며 여기저기서 손을 올리기 시작했다. 어느 정도 가격이 올랐을 때 라온도 손가락을 들어 올렸다.

[77번 금화 13개. 금화 13개! 더 없으십니까?]

사회자가 주변을 둘러보았지만, 손을 드는 사람은 보이지 않았다.

'13개면 충분하지.'

사실 13개도 많이 쳐 준 것이다. 저들은 나비를 그저 관상용으로만 사용하고 있었으니까.

[없으시면 금화 13개에 낙찰하겠습니다.]

라온이 자리에서 일어날 준비를 하고, 사회자가 망치를 치려 할 때였다. 중앙에서 누군가가 손을 들어 올렸다.

[15개! 80번 금화 15개를 불렀습니다!]

"음?"

며칠 살지도 못하는 관상용 나비에 누가 금화 15개를 태우는지 보았다.

'저 여자….'

이틀 전 도박장과 오늘 상점에서 마주쳤던 여우 가면을 쓴 여자였다.

'방해하는 건가?'

이쪽을 보고 쓱 웃는다. 반지 때와 달랐다. 필요해서가 아니라, 방해를 하려는 게 분명했다.

"저 여자 대놓고 시비를 거는데요?"

도리안도 알아차렸는지 귀찮아질 것 같다고 중얼거렸다.

"받아 줘야지."

라온이 다시 손을 올렸다.

[오오! 77번 금화 17개! 17개가 나왔… 20개?]

17개로 가격을 올리자마자, 여자가 20개를 불렀다.

[22, 24, 26, 30! 금화 30개까지 나왔습니다! 저희 경매장에서 팔린 블랙 버터플라이 중 최고 기록입니다!]

"쯧."

라온이 혀를 찼다. 가장 비싸게 팔렸던 게 금화 20개였는데, 30까지 올라갔다. 전부 다 저 여자 때문이었다.

"후…."

다시 손가락을 올렸다.

[33개! 77번 금화 33개가 나왔습니다. 어! 80번 37개! 또 올라갑니다!]

그러나 그 말이 끝나기 무섭게 여자가 또 손을 올렸다.

[으아아! 40개! 77번 금화 40개입니다! 이게 꿈은 아니겠죠?]

라온이 무지성으로 금액을 올렸다. 당장 수중에 그만한 금화는 없지만, 가져온 물건 중 몇 가지를 팔면 가능했다.

[40개! 이제 더 없으십니까? 어? 바로요? 80번 금화 50개입니다! 이야아아아!]

[50개! 50개! 금화 50개! 더 없으십니까? 없겠죠! 있을 리가 없죠. 블랙 버터플라이가 최고 기록을 갱신하고 금화 50개에 낙찰되었습니다!]

사회자가 망치를 세 번 두드리고, 블랙 버터플라이가 낙찰되었다고 우렁차게 외쳤다.

"와…."

"이, 이게 뭐야?"

"관상용 나비에 금화 50개를 태운다고?"

"블랙 버터플라이 소유주만 대박 터졌네."

경매에 참여한 사람들은 아래로 내려가는 블랙 버터플라이를 보고 입을 떡 벌렸다.

[다음 물건은 희귀 등급 은빛 마나석으로 수속성 기운을 품고 있습니다. 어 바로 20개! 아니, 30개!]

라온은 사회자가 다음 물건을 소개하자마자 금화 20개를 불렀다. 기다렸다는 듯 여우 가면의 여자가 손을 들었다.

[80번 금화 41개에 낙찰!]

수속성 마나석까지 낙찰받은 여자가 자신을 보며 씩 웃었다. 네가 뭘 해도 소용없다는 표정이다.

그 이후로도 몇 번 더 경매에 참여했지만, 저 여자가 끼어들어 모든 물건을 낙찰받았다. 노골적으로 이쪽의 일을 방해했다.

'액수의 차이가 너무 커.'

카지노에서도 실력이 아니라, 돈으로 도박을 하던 여자다. 지금 가진 자금으로는 이길 수 없었다.

-기분이 좋아서 참으려고 했다만, 안 되겠다. 저년의 가면을 벗기고 눈알을 뽑아라. 죽여라! 본왕에게 싸움을 걸고 있잖느냐!

라스는 승리의 눈웃음을 흘리는 여우 가면의 여자를 보고 분노의 화신이 되어 튀어나왔다. 몸집이 커져서 경매장 전체를 뒤덮었다.

'그러게 손 좀 봐 줘야겠어.'

-그렇다! 본왕에게 시비를 거는 저 눈을 뽑고, 입을 꽁꽁 얼려서…어? 네, 네놈 방금 뭐라고 했느냐?

라스는 의외의 대답에 깜짝 놀랐는지 입을 떡 벌렸다.

'여긴 지그하르트가 아니야. 날 말릴 사람이 없다는 말이지.'

라온이 빙긋 웃으며 손가락을 까딱였다.

"도리안."

"도, 도련님. 일단 진정하시고요. 저런 나비는 금방 구할 수…."

도리안은 자신이 화가 났다고 생각했는지 손을 떨었다. 하지만 지금은 굉장히 냉정한 상태였다.

"걱정하지 말고. 지금 나가서 야행복 좀 구해 와라."

"야행복이요?"

"그래. 위아래에 신발, 복면까지 시꺼먼 걸로."

"살 필요 없어요. 있거든요."

도리안은 배 주머니에서 야행복 세트를 보여 주었다. 이젠 저 주머니에 뭐가 없는지가 궁금할 지경이다.

"그런데 이건 왜요?"

"뭘 물어. 저 여자가 산 나비 훔쳐야지."

"에엑? 거, 걱정하지 말라면서요!"

"응. 걱정할 필요 없어."

"아주 대형 사고를 칠 생각이구만! 여기 암시장이에요!"

도리안의 눈동자가 팽그르르 돌아갔다.

"괜찮아."

라온의 눈빛에 뻘건 불꽃이 일었다.

"안 들키면 돼."

제108화

"미, 미쳤어. 진짜 미쳤다고…."

도리안은 경매장 화장실에서 망을 보며 입술을 떨었다.

'암시장을 털 생각을 하다니, 간땡이가 대륙만 한가?'

어떻게 저런 미친 생각을 하는 건지, 라온의 머리를 뜯어 보고 싶을 정도였다.

'진짜 가진 않겠지?'

아무리 라온이라고 해도 진짜 암시장을 털지는 않을 거라 생각하고 싶었다.

그래. 그렇게 생각하고 싶었다. 근데 이 사람은 한다면 하잖아.

라온은 본인이 했던 말을 어긴 적이 없었다. 녹전귀를 죽이고, 광혈귀에게서 살아남았으며, 레이든을 후려 패지 않았던가.

"후우…."

담배를 피우듯 깊고 긴 한숨을 내쉬었을 때 문이 열리고, 전신에 검은색 야행복을 두른 라온이 나왔다.

'어흑! 진짜 입었어.'

그는 자신의 주머니에 있던 검은 옷을 입고, 복면을 머리에 푹 뒤집어썼다. 만족스럽다는 듯 고개까지 끄덕였다.

"이 정도면 괜찮네. 안 들키겠어."

"아니, 도, 도련님. 제발… 음?"

도리안이 고개를 갸웃거렸다.

'뭐지?'

최근 라온의 키가 커져서 요즘엔 그와 눈높이가 맞았는데, 지금 그의 키는 한참 줄어든 것 같았다. 대충 160 중반 정도로, 눈에 띌 정도로 키가 줄어들었다.

"저, 저 도련님? 키가….'

"좀 줄였어. 들키면 안 되니까."

"아, 그렇군요. 예?"

그렇군요는 개뿔이!

소드 익스퍼트 상급이나, 마스터들도 자기들 마음대로 키를 줄이거나, 늘리지는 못한다. 가문에 있을 때와 사람 자체가 달라진 것 같다.

"그, 그런 걸 누구한테 배우신 겁니까?"

"리메르 교관."

"아…."

리메르가 워낙에 특이한 엘프다 보니, 그럴 수도 있다는 생각이 들었다.

"대충 감시망을 살펴봤는데, 할 만할 것 같아."

라온은 기지개를 피며 씩 웃었다. 꼭 악마의 미소처럼 등골이 서늘했다.

"저, 저기 도련님. 그 나비요. 드물긴 하지만 또 없는 건 아니라고 하던데, 나중에 구하시는 게…."

"아쉽게도 우리한텐 시간이 별로 없잖아. 여기 자주 올 수 있는 것도 아니고."

라온이 부드럽게 웃었지만, 눈에서는 불꽃이 올라오고 있었다.

"거기다 노골적으로 무시와 조롱을 당했는데, 그걸 참을 필요는 없지."

"어우…."

도리안이 뒷머리를 긁적였다. 사실 그 말도 맞다. 그 여자는 대놓고 시비를 걸어 왔고, 경매까지 방해했으니까.

"그 여우 가면 누군지는 알았어?"

"예. 그래서 더 말리고 싶습니다. 솔직히 도련님의 팔다리를 묶어 놓고 싶다구요!"

"누군데?"

"발카르 왕국의 제이나 왕녀랍니다. 마법 재능도 뛰어나지만, 장비를 보는 눈이 탁월해서 현 국왕이 아끼는 딸이라더군요."

"발카르였구나."

발카르의 왕녀라는 말에 라온의 미소가 짙어졌다. 흡사 먹이를 노리는 짐승 같았다.

"그럼 그 왕녀가 산 물건들은 VIP실로 가겠네?"

"예? 아마도 그렇겠죠?"

경매장은 돈을 많이 쓰는 VIP에게 고급 객실을 내주고, 낙찰된 경매 물품을 방으로 배송해 준다. 발카르의 왕녀라면 당연히 전용 객실이 있을 것이다.

"그러면 암시장을 터는 것도 아니네. 그 왕녀 걸 터는 거지. 물건이 객실에 들어가면 소유권이 넘어가니까."

"예? 그, 그게 그렇게 되는 건가요? 저는 이해가 잘 안 되는….'"
"고민 좀 했는데, 가도 되겠다. 기다리고 있어."
"에엑? 도련님!"

라온은 부드럽게 웃은 뒤 화장실에서 사라졌다. 눈앞에서 보고 있었는데, 말 그대로 사라졌다.

"아, 암시장보다 왕녀가 더 위험하지 않나? 내가 미친 건가?"

도리안은 텅 빈 화장실을 보며 고개를 절레절레 저었다.

❈❈❈❈❈

최고의 암살자들의 보법에는 각자마다 특징이 있다.

동쪽의 암살자 카잔은 빠르고, 서쪽의 암살자 도루마는 부드러우며, 북쪽의 암살자 파투는 날카롭다.

그리고 남쪽의 암살자였던 라온은 은밀했다.

그가 익힌 무영보의 특성으로 달이 뜨지 않은 밤의 그림자처럼 존재감과 기척을 최대한으로 줄여 고수들도 그 움직임을 제대로 파악하지 못했다.

라온은 오랜만에 무영보를 전력으로 운용하여 누구의 눈에도 띄지 않고, VIP실이 있는 경매장 4층에 도착할 수 있었다.

'이럴 때는 무영보가 최고지.'

무영보는 바람도, 그림자도 따르지 못하는 은밀한 보법. 속도는 느리지만 기척과 모습을 감추는 데는 이만한 보법이 없었다.

본 컨트롤로 키와 덩치까지 줄이니, 경매에 참여하러 온 사람들도, VIP층을 지키는 가드들도 자신의 존재를 느끼지 못하고 스쳐 지나가기만 했다.

-이상하군. 평소의 네놈의 성격이라면 이런 미친 짓은 하지 않을 터. 집을 떠나니 정말 정신이 나가기라도 한 것이냐.

라스의 말대로 대놓고 시비를 걸어오고, 무시를 당하고, 경매를 방해받았다고 왕녀의 물건을 훔치러 가는 건 미친 짓이다. 평소 자신의 성격을 생각하면 더더욱.

다만 라온은 조금도 흥분하지 않았다. 오히려 북해의 빙하처럼 차갑게 가라앉은 상태.

그런 냉정한 정신을 가지고, 무리하듯 움직이는 이유는 아주 간단했다.

'가 봤으니까.'

전생에 이곳에 와서 VIP실에 있는 고위 귀족을 암살한 적 있었다. 물론 자연사로 위장했기 때문에 자신이 나섰다는 건 들키지 않았다.

그때의 기억이 있기에 성공에 확신을 가질 수 있었다.

'지금이 딱 일을 벌이기 좋은 때이기도 하고.'

곧 그 여자가 낙찰받은 물건이 올라올 거다. 그 물건과 함께 VIP 룸에 들어간다면 누워서 떡 먹는 수준으로 블랙 버터플라이를 훔칠 수 있다.

후우우.

호흡을 조절하면서 로비의 끝에 섰다.

'사실 이것도 여기니까 가능한 일이지만.'

암시장은 지하로 내려갈수록 경매 물품과 경비, 경계의 수준이 기하급수적으로 올라간다. 솔직히 지하 2층이었다면 포기했을 것이다.

위이잉.

잠시 후 경매장 직원이 카트를 밀고 4층에 올라왔다. 카트는 두꺼운 천으로 덮여 있었는데, 그중 하나가 새장의 실루엣을 하고 있었다.

'이거네.'

왕녀의 경매 물품이 확실했다.

카트를 밀고 움직이는 직원을 따라가려 할 때 마법 경계가 돌아가는 소리가 다람쥐 울음소리처럼 가늘게 들려왔다.

소리로 위치를 파악한 뒤 거미줄처럼 퍼진 경계를 조심스럽게 뚫었다.

'사실 위협적인 건 이런 게 아니지.'

정말 위험한 건 마나 실로 만든 경계 따위가 아니라, 마나를 감지하는 트랩과 센서다.

상급 마나석으로 만들어진 트랩과 센서는 등록되지 않은 인간의 마나를 감지한다.

인간이 아무리 마나를 잘 쌓아도 상급 마나석에 있는 마나 수준의 정심함을 가질 수는 없으니까.

'물론 나는 아니지만.'

만화공으로 쌓고, 불의 고리로 정화한 자신의 오러는 자연의 마나까지는 아니어도 상급 마나석보다는 순수하다.

고오오오!

만화공을 아주 얇게 끌어 올린 채로 마나석으로 이루어진 트랩과 센서를 통과했다.

예상대로 센서와 트랩은 자신을 자연의 마나 덩어리라 생각하고 작동되지 않았다.

라온은 트랩, 센서를 모조리 돌파하여 경매 직원의 바로 뒤를 따라갔다.

그는 404호실에서 멈춰서서 문을 두드렸다. 잠시 뒤 문이 열리고, 왕녀 옆에 서 있던 가드 하나가 튀어나왔다.

"VIP께서 구입하신 물건을 가져왔습니다."

"음."

가드가 고개를 끄덕이자, 직원이 카트를 밀고 안으로 들어갔다.

'지금!'

직원과 가드의 시선이 안쪽으로 향했을 때 라온은 무영보를 극성으로 운용하여 방으로 파고들었다.

안에는 그 말고도 다른 가드 2명이 더 있었지만, 자신을 눈치챈 사람은 한 명도 없었다.

"낙찰된 물건은 총 12개입니다. 확인해 보시죠."

직원이 서류를 내밀고, 카트에 담겨 있던 물건들을 차례로 꺼냈다.

블랙 버터플라이를 포함한 물건 12개가 바닥에 깔렸고, 가드가 고개를 끄덕이며 서류에 사인을 해 주었다.

'됐네.'

이제 저 물건의 소유주는 암시장이 아니라, 그 왕녀다. 이제 훔쳐도 아무 문제가 없었다.

"이딴 걸 금화 50개를 주고 사다니."

가드는 블랙 버터플라이를 보고 한심한 표정을 지었다.

"원래 마음에 들면 끝까지 지르잖냐. 뭐, 이번에는 복수였지만."

"하긴 전에는 물건 선점 좀 했다고, 한 가문을 망하게도 했지. 지독하다니까."

"아까 그 녀석도 반지 안 넘기면 곧 얼굴이 바위에 갈려서 죽을걸?"

"그건 내가 할게. 빨래처럼 비벼 주지."

테이블에 앉아 있던 가드들이 낄낄 웃었다.

'똑같은 놈들이네.'

블랙 버터플라이를 훔친 뒤 가드들이 고초를 당할 수도 있다는 생각에 아주 살짝 망설였지만, 별다를 게 없는 놈들이다. 양심의 가책이 사라졌다.

"카드나 계속하자. 내가 이기고 있었지?"

"어제 그놈 진짜 잘하던데. 납치하라는 지시가 내려오면 비법 좀 물어볼까?"

"그러자. 파묻은 채 물어보면 잘 대답해 주겠네."

가드들은 테이블 옆에 경매 물품을 쌓아 놓고 낄낄 웃으며 포커를 치기 시작했다.

'쯧.'

라온이 혀를 찼다.

'너무 가까이에 있는데.'

저렇게 붙어 있으면 다른 물건들을 꺼내 오기 힘들다.

싸우면 이길 수는 있겠지만, 4층에 대기 중인 암시장의 가드들에게 잡힐 위험이 있었다.

'어쩔 수 없네. 블랙 버터플라이만 데리고 가야겠어.'

라온이 개구리처럼 자세를 낮추고, 블랙 버터플라이가 들어 있는 새장을 보았다.

블랙 버터플라이는 밀폐된 공간에 있으면 빠르게 죽기 때문에 저런 새장에 보관한다.

그럼 쉽게 탈출할 수 있는 새장에 있음에도 블랙 버터플라이가 마나석에만 붙어 있는 이유가 뭘까?

답은 간단하다. 마나석에 붙은 순도 높은 마나를 먹기 위해서다.

즉, 마나석의 마나보다 더 질 좋은 마나를 느끼게 해 주면 저 나비는 스스로 새장을 뚫고 날아온다.

고오오오.

라온은 무영보를 유지한 채 불의 고리를 운용하여 오러를 정화시켰다. 정심한 오러를 실처럼 얇게 저며 블랙 버터플라이에게 흘렸다.

마나석에 달라붙어서 마나를 빨아먹던 검은 나비가 움찔 놀라더니, 날개를 펄럭이며 새장을 벗어나 하강했다.

'예상대로.'

자세를 낮추길 잘했다. 만약 선 채로 불렀다면 가드들이 블랙 버터플라이의 날갯짓을 눈치챘을 것이다.

후우우우.

천천히 숨을 들이켰다. 블랙 버터플라이가 새장을 벗어났지만, 아직 방심할 때가 아니다. 녀석이 가드들의 다리가 있는 테이블 아래를 지나고 있었으니까.

혹시라도 블랙 버터플라이의 날개가 가드들의 다리를 스치면 다 끝난다.

라온은 오러를 갓난아이 대하듯 부드럽게 통제하여 블랙 버터플라이를 유혹했다.

우측에서 좌측으로 아래에서 위로. 블랙 버터플라이의 날갯짓이 가드들의 옷조차 흔들지 못하게 이끌었다.

후웅.

풀잎처럼 휘날리던 블랙 버터플라이는 짧지만 긴 여행을 떠나 라온의 손에 내려 앉았다.

'잘 왔다.'

블랙 버터플라이를 안주머니에 넣고, 천천히 일어섰다. 가드들은 아무것도 모른 채 카드에 빠져 있었다.

"아, 또 졌네!"

"너 이걸로 6연패다. 이번 달 월급은 다 나한테 보내."

"아오, 제기랄! 되는 일이… 어?"

카드를 던지던 가드가 블랙 버터플라이가 있던 새장을 보고 눈을 부릅떴다.

"시, 시발! 없어! 없다고!"

"뭐?"

"나비가 없어졌어!"

가드는 새장을 이리저리 보다가 턱을 덜덜 떨었다.

"뒤, 뒤져! 다 뒤지라고! 이거 없어지면 진짜 망한다!"

가드들은 경매품들만이 아니라, 침대, 의자, 모든 가구를 뒤집어엎다가 창문을 열고, 결국 방문까지 열었다.

그 순간 벽에 바짝 붙어 있던 라온이 미소를 지었다.

'이제 움직여도 되겠네.'

그는 난장판이 된 바닥에서 경매 물품 다섯 개를 더 챙긴 뒤 열린 문으로 유유히 빠져나갔다.

-미쳤도다. 네놈은 사기꾼이 아니라, 도둑놈이었구나! 본왕이 오기 전에 대체 어떤 삶을 살았던 것이냐!

'더럽게.'

라온이 차갑게 그리고 쓸쓸하게 웃었다.

'아주 더럽게 살았지.'

※※※※※

라온은 다시 화장실에 가서 옷을 갈아입고, 몸을 원래 크기로 돌린 뒤에 경매장으로 돌아왔다.

마지막 경매가 진행되고 있어서인지 사회자의 목소리가 어느 때보다 컸다.

"으으, 시, 심장이 간지러워…."

도리안은 떨리는 손으로 심장과 어깨를 긁고 있었다.

"그니까 평소에 간식 먹는 것 좀 줄여."

라온이 쯧쯧 혀를 찼다.

"하…."

도리안이 어처구니없다는 듯 입을 떡 벌렸다. 이게 다 너 때문인데 무슨 헛소리를 하냐는 듯한 표정이다.

"저기 도련님."

녀석은 한숨을 내쉬고 남들에게 들리지 않게 옆으로 붙었다.

"정말 안 들킨 거 맞죠?"

"그래."

"후, 그나마 다행입니다. 중간에 포기하셔서, 사실 암시장의 물건을 훔친다는 건 미친 짓…."

"포기 안 했는데?"

"예에?"

그의 목소리가 갑자기 커졌다. 너무 빨리 돌아와서 블랙 버터플라이를 포기했다고 생각한 것 같았다.

"서, 설마…."

"여기 있어."

"끄어어억!"

안주머니를 톡톡 가리키자, 도리안의 눈동자가 빙그르르 돌아갔다. 사람의 눈동자가 저렇게 움직이는 건 오랜만에 보았다.

"으어…."

도리안이 뒤로 넘어가려고 할 때 뒤쪽에 그림자가 졌다. 돌아보니, 여우 가면을 쓴 여자가 서 있었다.

"곤란한 일이 있으신가 봐요."

그녀의 음성에는 짙은 비웃음이 담겨 있었다. 입이 아니라 주둥이라 표현하고 싶을 정도로 노골적이었다.

"그러니까 상대를 잘 봐야죠. 푼돈도 없는 버러지가 자존심만 있어서 어쩌시려고."

가면을 쓰고 있어도 표정이 예상되는 목소리였다.

"세상은 자기 마음대로 흘러가지 않아요. 주제 파악을 잘해야 오래 살 수 있죠."

상황도 모른 채 어설픈 협박을 하고 있으니, 코웃음만 나왔다.

"마지막 기회를 드리죠. 제가 어떤 사람인지 아셨을 테니, 아까 그 반지 넘겨요. 협박은 아니지만, 거절하면 인생이 힘들어질 거예요. 전 노린 물건을 놓친 적이 없거든요.”

그녀가 손바닥을 펼쳤다. 네 주제에 안 줄 수 있겠냐는 듯한 표정이었다.

“협박이 아니라, 협박이 맞잖아. 그리고 귀가 먹었어? 싫다니까.”

라온이 파리를 쫓듯 손을 저었다.

“뭐, 뭐? 너 방금 뭐라고.”

“귀 뚫고 다니라고.”

“너, 너!”

“귀찮게 굴지 말고 가라.”

“이익!”

가면이 바르르 흔들렸다. 왕녀는 화를 참지 못했는지, 마나를 끌어 올리기 시작했다.

“좋게 말하니까 들어 먹질 않네. 네가 노린 물건은 그 나비였지? 경매든 상점이든 나오는 족족 사서 보지도 못하게 만들어 줄까?”

상관없었다. 이미 구했으니까.

“아니면 아예 내일 뜨는 해를 못 보게 해 줘? 너 같은 버러지 용병 따위는 손가락 하나로도 지워 버릴 수 있어. 내가 누구인지….”

여자가 코웃음을 치며 가면을 벗으려 할 때였다.

“저, 저기 아가씨!”

VIP 룸에서 보았던 가드가 심각한 얼굴로 그녀에게 다가갔다.

“자, 잠시 드릴 말씀이 있습니다. 방금….”

“뭐? 그, 그게 무슨 개소리야!”

가드의 귓속말을 들은 여자의 표정이 살벌할 정도로 굳어졌다.

"곤란한 일이 있나 보네?"

라온은 안주머니에 있는 블랙 버터플라이의 기척을 느끼며 씩 웃었다.

제109화

발카르 왕국.

신비로운 마법과 독보적인 아티팩트 제작 능력을 가진 왕국으로 지그하르트와 함께 육황의 한 축을 담당하는 막강한 세력이다.

제이나 루인 발카르는 그 발카르의 왕녀였다.

발카르의 왕녀라는 것만으로도 대단했지만, 어린 나이에 뛰어난 마법 재능과 특별한 능력까지 갖춰 어딜 가든 주목을 받았고, 누구에게나 존중을 받았다.

가면으로 얼굴을 가려도 누구나 알아보는, 대륙에 몇 없는 진짜 왕족이었다.

그녀는 발카르의 왕녀답게 지는 걸 견디지 못했다.

싸움에서 졌으면 수백 골드가 넘는 스크롤을 찢어서라도 이겨야 했고, 도박에 졌으면 수십 배의 돈을 걸어서라도 승리해야 했다.

제이나는 어제 도박판에서 자신을 이겼던 용병이 상점에 있다는 소식을 듣고 찾아갔고, 그가 가진 반지를 보게 되었다.

'황금빛?'

장비의 수준을 보여 주는 그녀의 능력 스티르가 자동으로 발동하며 남자가 들고 있는 녹슨 반지의 실제 등급이 유일 급임을 알려 주었다.

'저런 물건이 왜 여기에 있지?'

이런 시궁창이 아니라, 지하 2층에서나 거래되어야 할 물건이 남자의 손에 잡혀 있었다.

반지는 녹슬었지만, 그게 중요한 게 아니었다. 유일 등급이라면 금괴를 가져가도 구하기 힘든 물건이었으니까.

제이나는 남자에게 반지를 10배의 가격으로 사겠다고 말했다.

솔직히 10배가 아니라, 그냥 바치리라 생각했다. 이제 저 무지렁이도 자신이 누구인지 알았을 테니까.

하지만 그는 단호하게 거절했다.

50배의 가격을 불러도 그의 결정은 변하지 않았다.

제이나는 거절당했지만, 속으로는 미소를 지었다.

'날 모르는 놈이네.'

아직도 자신을 모르는 무지렁이가 나중에 자신의 정체를 알고 벌벌 기는 모습이 기대되어 일단 그를 보내 주었다.

남자는 조롱을 듣고도 별 반응 없이 경매장으로 들어갔다.

계속 경매만 구경하던 그는 블랙 버터플라이라는 나비에 관심이 있는지 처음으로 입찰했다.

'저걸 노린 건가.'

제이나가 빙긋 웃으며 손을 들어 올렸다. 남자가 가격을 올릴 때마다 추가로 입찰해서 돈을 올렸다.

어느새 금화 30개가 넘었고, 남자의 손이 아주 느릿하게 올라갔다. 금화 40개.

'고작 40개인가.'

반지를 가져간 남자의 보유 금액은 금화 35개에서 40개에 정도에 불과했다. 그야말로 푼돈. 비웃음을 흘리며 50개를 불렀다.

"끙…."

남자는 신음을 흘리며 손을 내렸고, 그 손이 다시 올라오는 일은 없었다.

제이나는 그 후에도 남자가 입찰하는 물건을 모조리 2배에 가까운 금액을 주고 낙찰받았다.

자신에게 반항한 남자의 표정은 물을 주지 않은 꽃잎처럼 바싹 말라 갔다. 누구를 건드린 건지 불안해하는 것 같았다.

'저 표정이지.'

돈은 아깝지 않았다. 어차피 금방 벌 수 있는 푼돈이니까. 진짜 보고 싶은 건 인간이 절망하고 당황하는 저 표정이었다.

"후우!"

남자는 짐을 놔둔 채 경매장 밖으로 나갔다.

제이나가 들뜬 미소를 지었다.

'다 보이네.'

저 남자가 이제 자신의 정체를 듣고, 경악할 게 눈에 뻔히 보였다.

정신을 차리기 위해서 찬물로 세수라도 하고 돌아오겠지. 그다음엔 더 뻔하고.

남자는 스스로 무릎을 꿇고, 반지를 바치게 될 것이다. 이 세계에서 발카르에 밀

보이고 살아갈 수 있는 존재는 없으니까.

제이나는 그 모습을 기대하며 긴 다리를 꼬고, 얼마 남지 않은 경매를 즐겼다.

잠시 후 경매가 끝나 갈 때쯤 남자가 돌아왔다.

'역시.'

물기 가득한 얼굴에 피곤이 가득했다. 자신의 정체를 알고 경악한 게 분명했다.

"후후."

제이나는 거만한 미소를 입에 건 채 남자의 뒤에 섰다.

"곤란한 일이 있으신가 봐요?"

빙긋 웃으며 조롱의 말을 건넸다. 이제 그가 무릎을 꿇고 고개를 조아리라 생각했다.

하지만 그의 태도는 예상과 180도 달랐다.

남자는 귀찮은 표정으로 귀가 막혔냐고 말하며 손을 저었다. 흡사 파리를 쫓는 것처럼.

'이 미친놈이?'

아직도 자신이 누구인지 모르는 게 확실했다. 그렇지 않고서 저런 건방진 짓을 할 리 없으니까.

"내가 누구인지 모르나 보네."

가면을 벗으려고 할 때 룸에 보내 놓았던 가드가 허겁지겁 달려왔다.

"아, 아가씨. 객실에 있던 경매품들이 사, 사라졌습니다."

"뭐?"

"나비랑 몇몇 경매품들이 감쪽같이 사라졌습니다. 이, 이게 어떻게 된 일인지…."

가드는 누구도 침입하지 않았는데, 경매품들이 없어졌다고 벌벌 떨었다.

"그게 무슨 개소리…."

"곤란한 일이 있나 보네?"

따지려 할 때 남자가 조금 전 자신이 한 말을 그대로 읊으며 웃었다. 비웃음. 항상 자신이 남에게 보이던 그 미소였다.

'이놈이다!'

거의 틀리지 않는 감이 속삭였다. 이 거렁뱅이가 물건을 훔친 범인이라고.

"너지."

제이나가 확신을 담아 말했다.

"뭐가?"

"네가 훔쳤잖아!"

"뭘 훔쳤다는 건지 모르겠는데?"

남자가 어깨를 으쓱였다. 그 옆에 있는 어벙하게 생긴 놈만 덜덜 떨었다.

"너 사람 잘못 건드렸어."

제이나가 붉은 입술을 지그시 깨물며 여우 가면을 벗었다. 이곳에 있는 사람이라면 모를 수가 없는 얼굴. 하지만 남자의 표정은 뚱했다.

"뭐 하냐?"

"나 몰라?"

"모르는데?"

"하!"

진짜 모르는 표정이라는 게 더 열 받았다.

"나 제이나야. 발카르 왕국의 국왕 로스타스 디루아 발카르의 막내딸이라고!"

"발카르의 공주?"

자존심을 구기고 스스로를 밝혔다. 남자의 머리를 덮은 후드가 크게 흔들렸다. 놈은 이제야 누굴 건드렸는지 알게 된 것 같았다.

"그래. 넌 발카르를 건드렸…."

"그래서 어쩌라고?"

헉 소리를 내며 경악하던 남자가 픽 바람 빠진 웃음을 흘렸다.

"이 새끼가 진짜! 저거 잡아!"

"아가씨?"

"저놈이 경매품을 훔친 게 분명해! 꿇려서 뒈져!"

제이나가 악을 질렀다. 진짜 훔쳤거나 아니거나 상관없다. 저놈의 구겨진 표정을 봐야 속이 시원할 것 같았다.

"실례 좀 하겠소."

예의 바른 말과 달리 가드의 손은 험악했다. 단숨에 뻗어 가 남자의 어깨를 부수려고 할 때, 남자의 손이 반원을 그렸다.

터엉!

가드는 팔이 꺾인 채 바닥에 짓눌렸고, 남자는 가드의 머리에 다리를 올려놓고 코웃음을 쳤다.

"생각 없이 공격부터 하네. 너희들 자신 있어?"

남자가 밑에 깔린 가드를 짓밟으며 탁한 음성을 흘렸다. 그가 주변을 돌아보았지만, 도와주는 사람은 아무도 없었다. 발카르에 밉보이고 싶은 사람이 누가 있겠는가.

"널 도와줄 사람은 아무도 없어. 내가 직접 네놈이 도둑이라는 걸…."

"라온? 라온이 아닌가!"

마법을 쓰려고 할 때 뒤에서 낭랑한 목소리가 들려왔다.

"어?"

화려한 예복을 입은 금발의 사내가 남자에게 다가갔다.

"그리어?"

제이나가 눈을 부릅떴다.

어렸을 때부터 자주 보았던 오웬 왕국의 3왕자 그리어 드 오웬이 반가운 표정으로 거렁뱅이 남자에게 다가갔다.

"맞군! 목소리가 똑같아서 자네일 줄 알았네!"

"오랜만입니다."

남자는 그리어와 안면이 있는 듯 고개를 숙였다.

"그리어 아는 사람이야?"

"알다마다!"

그리어가 고개를 크게 끄덕이고서 남자를 가리켰다.

"내가 예전에 한 번 말한 적 있었지. 지그하르트에 진짜배기 검술의 천재가 있다고. 바로 이 친구야. 라온 지그하르트!"

"지…하르트?"

제이나가 남자의 이름을 듣고 마른침을 삼켰다. 그녀의 동공이 격하게 흔들렸다.

"지, 지그하르트라고?"

"북방의 패자!"

"그, 그럼 지금 발카르가 지그하르트에게 시비를 건 거야?"

"와, 이거….."

옆에서 모른 척 구경하던 사람들이 눈을 빛냈다. 육황인 발카르와 지그하르트의 부딪침에 무서움보다 호기심이 동한 것이다.

"쯧."

라온이라 불린 남자가 후드를 벗었다. 선명한 금발과 붉은 눈동자. 현 지그하르트의 가주인 글렌과 같은 머리 색과 눈빛이었다.

'직계!'

직계가 아니고서야 저런 눈빛과 머리 색이 나올 수가 없었다. 말 그대로 잘못 건드렸다.

"나한테 뭐라고 했더라. 주제를 모른다고도 했고, 도둑놈이라고도 했지. 그런데 이번엔 먼저 공격까지 하네."

라온의 눈동자가 빨갛게 번쩍였다. 그의 발밑에서 타오른 이글거리는 기세가 공간을 잠식하기 시작했다. 숨이 막힐 정도로 사나운 기파였다.

"난 참을 만큼 참은 거 같은데 어떻게 생각하지?"

"그, 그건…."

제이나가 마른침을 삼켰다. 무지렁이 용병을 대하는 것과 지그하르트의 직계를 대하는 건 차원이 다른 이야기였다.

"이거 발카르가 지그하르트에 시비를 건다고 봐도 되는 건가?"

"나, 난 네가 누구인지 몰랐어."

"모르는 사람을 모욕하고, 건드리는 게 더 미친 짓 아닌가? 성격이 특이하군."

라온은 자신을 비꼬듯 말꼬리를 길게 늘어뜨렸다.

'이 새끼가 진짜….'

속에서 열불이 터졌다. 먼저 건드렸다고 해도 역으로 조롱을 당하니, 참을 수가 없었다.

"하, 그래서 어쩌자고, 네가 지그하르트의 이름을 입에 담을 수 있어?"

아무리 직계라고 해도 지그하르트의 이름을 입에 담는 건 쉽지 않은 일이다. 놈도 그냥 넘어갈 수밖에 없을 거다.

"할 수 있는데."

"뭐…."

"지그하르트의 이름을 입에 담을 수 있다고 말했다."

물러설 거라 생각했던 그가 당당하게 고개를 끄덕였다.

"난 지금 여기서 지그하르트의 이름으로 네게 싸움을 걸 수 있는데, 넌 할 수 있나?"

"개, 개소리!"

제이나가 턱을 떨었다.

'거짓말이야. 거짓말이 분명해!'

허세를 부린다고 생각했지만 라온의 눈엔 흔들림이 없었고, 주변을 압도하는 기세를 피워 냈다.

'그러고 보니….'

전에 그리어가 저 라온이라는 놈의 재능과 검술이 뛰어나 언젠가 지그하르트의 가주가 될지도 모른다고 말한 게 생각났다.

'거기다 저렇게 돌아다닌다는 건 검사가 되었다는 건데.'

어려 보이는 외모. 저 나이에 검사가 되었다면 상당한 인망이 있다는 뜻이다.

"지그하르트의 검사를 힘으로 제압하려 하고 도둑으로 몰았다는 건 네 생각보다 파급이 큰 일이다."

"으윽…."

제이나가 입술을 깨물었다.

"마지막 기회를 주지. 사과해라. 이 자리에서 용서를 빈다면 넘어가 주지. 거절한 다면 발카르에 내가 직접 찾아가겠다."

라온의 목소리가 묵직하게 가라앉았다. 폐가 우그러드는 감각. 정말 그리어보다 어린 놈이 맞는지 의심이 될 정도의 기세였다.

"자, 잠깐만 생각 좀⋯."

"5초 주지. 5, 4."

놈은 시간도 끌 수 없게 카운트를 세기 시작했다. 기세, 눈빛, 상황 장악 모두 범상치 않았다. 이런 놈이 거짓을 말할 리가 없었다.

'젠장⋯.'

주변을 돌아보았다. 경매 직원들도, 손님들도 다 이곳을 보고 있었다. 괜히 가면을 벗었다는 생각이 머리를 휩쓸었다.

"3, 2, 1."

"미, 미안해."

라온이 1이라고 말한 순간 허겁지겁 사과의 말을 뱉었다. 하지만 그의 표정은 풀리지 않았다.

"누가 용서를 빌 때 반말을 하지?"

"⋯미, 미안해요."

제이나가 이를 악물고 사과의 말을 건넸다.

"누가 고개를 똑바로 들고 인사를 하지?"

"당신 진짜⋯."

"해라."

라온의 명령 같은 말에 제이나가 부르르 떨다가 고개를 숙였다.

"미, 미안해요."

"뭘?"

"흐으…."

당장 일어나서 라온에게 마법을 쏴 버리고 싶었지만, 꾹 참았다. 여기까지 와서 일을 망칠 수는 없으니까.

"겨, 경매장이랑 카지노에서 시비를 걸고, 도둑으로 의심해서 정말 죄. 죄송…합니다."

답이 없었다. 제이나가 천천히 고개를 들다가 라온과 눈을 마주쳤다. 북해를 마주한 듯한 차가운 눈빛에 소름이 돋아 올랐다.

"나도 일을 크게 벌일 필요 없으니. 여기까지 하지."

"아…."

"왕국을 망신시키고 싶지 않다면 앞으로 언행에 조심하도록."

그가 한심하다는 듯한 손짓을 하며 경매장을 나갔다. 그리어는 자신을 보고 인상을 찌푸리다가 라온을 따라나섰다.

"……."

제이나의 침묵에 경매장에 있는 모두가 숨조차 제대로 쉬지 못하고 입을 막았다.

"지배인."

"에, 예에!"

계단 아래에 있던 경매장 지배인이 꼬리에 불붙은 개 마냥 뛰어왔다.

"오늘 VIP층 경계 센서 작동한 적 없어?"

"어, 없습니다."

"통제실은 어디 있어."

"이, 이쪽으로 오십시오."

지배인은 허리를 반으로 굽힌 채 제이나를 통제실로 안내했다.

"마나석 센서 출입 목록이랑, 경계 내역 전부 가져와!"

제이나가 통제실 안의 테이블을 부수며 악을 내질렀다.

'분명히 있어.'

어쩔 수 없이 당했지만, 놈이 도둑질했다는 확증만 찾으면 역전할 수 있다. 어떻게든 증거를 찾아서 몇 배로 갚아 줄 것이다.

"개미 한 마리까지 전부 확인해! 하나도 놓치지 마!"

하지만 그녀의 가드들과 경매장 직원들이 눈 빠지듯 뒤져도 라온의 모습은 어디에도 발견되지 않았다. 화장실에 들어갔다가 나오는 장면만 등록되었을 뿐이다.

"말도 안 돼…."

제이나가 턱을 떨며 주저앉았다. 자신의 감은 거의 틀리지 않는다. 라온을 도둑이라 확신하고 있었는데, 자그마한 증거도 나오지 않을 줄은 몰랐다.

불온한 느낌, 놈의 부하의 반응, 경매가 딱 끝났을 때 나타난 상황을 보면 라온이 경매품을 훔친 건 확실하다.

하지만 확증이 없다.

아무런 증거도 없이 또 의심했다간 정말 역풍이 불어닥칠 거다.

으득.

제이나가 이를 갈며 발을 굴렀다.

"그 새끼 도대체 뭐야!"

제110화

라온과 오웬 왕국의 3왕자 그리어는 암시장 밖에 있는 한적한 골목의 찻집에 들어갔다.

"음, 내가 좋지 않은 때 온 건가?"

그리어 드 오웬이 찻잔을 만지며 인상을 찌푸렸다.

"아니, 잘 와 주셨습니다."

라온이 고개를 저으며 미소를 지었다.

'아주 딱 맞게 왔지.'

시험 때문에 스스로 이름을 밝힐 수 없는 상태에서 그리어가 와 준 덕분에 위기를 벗어날 수 있었다.

스스로 정체를 밝히지 말라고 했지 남이 밝히는 건 아무 말도 없었으니까 시험 평가엔 아무 문제도 없었다.

'깜빡 속아 넘어갔지.'

그리어가 방계라는 말을 꺼내지 않고, 검술 천재라는 말만 해 주어서 제이나는 자신을 직계라고 생각한 것 같았다. 후드를 벗었을 때 확실히 넘어간 표정이었다.

'뭐, 오지 않아도 방법은 있었지만.'

그리어가 오지 않았어도 그 상황을 빠져나갈 방법은 많았다. 물론 지금이 깔끔한 방법인 건 두말할 필요 없었지만.

-본왕이 잘못 보지 않았구나. 네놈은 역시 사악하기 그지없는 놈이다. 인간보다 악마가 더 어울려.

'그럴지도 모르지.'

리온이 피식 웃었다. 자신은 착한 인간이 아니다. 목표를 위해서라면 라스 이상의 악마가 될 각오도 되어 있었다.

"그래서 이 먼 곳까진 어쩐 일인가."

그리어가 차를 한 잔 마시고 입을 열었다.

"시험을 치르기 전에 장비를 구입하려고 들렀습니다."

"시험?"

"검사가 되기 위한 시험입니다."

"아, 졸업 시험이군. 그럼 내가 한발 빨랐던 건가?"

"예?"

"후후."

그리어가 빙긋 웃으며 허리에 차고 있던 검을 들어 테이블 위에 놓았다. 살짝 뽑은 검에 사자의 문양이 새겨져 있었다.

"오! 기사의 표식!"

정신이 반쯤 나가 있던 도리안이 벌떡 일어섰다.

"뭐, 왕자다 보니 기사라고 하긴 뭐하지만, 일단 실력은 인정받았지."

"축하드립니다."

"하하, 고맙소."

그리어는 사자의 문양을 소중하게 쓰다듬은 뒤 다시 검을 집어넣었다.

"근데 참 별일을 다 겪는군. 지그하르트의 천재 검사가 도둑으로 의심받다니."

그는 말 같지도 않은 일이라고 중얼거렸다.

-저 아둔한 놈! 그거 사실이다. 이 정신 나간 놈은 정말 훔쳤단 말이다!

"으윽!"

라스가 말하지 못하는 것에 화가 난 듯 냉기를 뿜어 냈고, 도리안이 신음을 흘렸다.

"제이나는 너무 신경 쓰지 않아도 될 거야. 워낙에 귀하게 자라서 버릇이 없지. 내가 잘 타이르겠네."

"신경 써 주셔서 감사합니다."

"그런데 장비라면 어떤 걸 구하려고 하는 거지?"

"일단 검을 좀 보려고 합니다. 저희는 정식 검사가 아닌 이상 개인의 검을 가질 수 없어서."

라온이 가지고 있던 검을 툭 쳤다. 나쁘지는 않지만 그렇다고 좋은 검도 아니라, 전투 전에 새로 구하고 싶었다.

"흐음, 그럼 좋은 곳을 하나 소개해 주지. 서쪽 끝에 공방 거리가 있는데, 그 구석에…"

그리어는 여러 번의 손짓을 해서 한 공방을 알려 주었다.

"작고, 지저분하지만 실력은 확실하지. 직접 소개해 주고 싶지만, 할 일을 아직 마치지 못한지라…."

"아닙니다. 소개만으로 충분합니다."

라온이 고개를 저었다. 소개만이 아니라, 오늘 와 준 것만으로도 충분히 고마웠다.

"다시 붙어 보고 싶었는데, 영 아쉽군."

"저도 마찬가지입니다."

기사의 자격을 얻은 그리어의 기도는 이전과는 격이 달랐다. 자신처럼 임무와 수련을 반복하며 벽을 넘은 것 같았다.

"나중에 꼭 오웬으로 찾아오게. 다 떼어 놓고 제대로 한 판 붙어 보고 싶으니."

그는 지그하르트에서 마지막에 보았던 것처럼 웃는 얼굴로 사라졌다. 방향을 보니, 다시 암시장으로 내려가는 것 같았다.

"와, 진짜 겨우 살았네요."

도리안이 실타래처럼 긴 한숨을 뱉어 냈다.

"도련님이 이렇게 막 나가실 줄은 몰랐어요. 어우…."

"다 계획이 있었어."

라온이 빙긋 웃었다. 도리안은 불안했겠지만, 자신은 조금도 당황하지 않았다. 모든 상황은 손바닥 안에 있었다.

"믿기진 않지만, 도련님이 그렇다면 그런 거겠죠. 그럼 일단 공방부터 갈까요?"

"아니."

안주머니에 있는 나비의 작은 꿈틀거림을 느끼며 고개를 저었다.

"먼저 할 일이 있어."

라온은 숙소를 잡은 뒤 안주머니에 넣어 둔 블랙 버터플라이를 꺼냈다.

은은한 흑광을 휘감은 나비가 팔랑이며 손가락에 내려앉았다.

계속 보고 싶을 정도로 아름다운 빛이었지만, 이건 이 나비의 진짜 모습이 아니었다.

-대체 무엇을 하려고 저런 쓸모없는 나비를 훔쳐 온 것이냐.

"세상에 쓸모없는 건 없더라고. 각자 다 필요한 곳이 있어."

-헛소리! 세상에 불필요한 쓰레기는 널리고 널렸노라.

"이걸 보면 그런 생각 못 할걸."

라온이 배낭에서 반은 빨갛고, 반은 푸른 꽃봉오리를 꺼냈다. 예전에 설호채주에게 얻었던 투톤 플라워다.

"네게 선물을 주마."

투톤 플라워를 꺼내서 흔들자, 왼손에 앉아 있던 블랙 버터플라이가 아직 피지 않은 꽃잎 위로 내려앉았다.

꾸웅.

블랙 버터플라이가 투톤 플라워에 머리를 들이밀었다. 꽃잎들의 색이 물감을 칠한 듯 진해진다. 반대로 블랙 버터플라이의 검은 날개는 색을 빼앗기듯 백색으로 물들었다.

화아아아!

블랙 버터플라이의 검은빛이 사그라들고, 투톤 플라워의 꽃잎이 찬란한 빛을 뿜어낸다.

두 영물 사이에서 피어난 빛이 방 전체로 번졌다.

명멸하던 푸른빛이 천천히 가라앉을 때 블랙 버터플라이의 검은 날개는 설원이 되었고, 투톤 플라워의 봉오리 진 꽃잎은 개화하여 청아한 향기를 피워 냈다.

-이, 이건 무엇이냐! 마나만 빨아 먹는 아귀 같은 나비가 꽃을 피워 내다니!

'말했잖아. 쓸모없는 건 없다고.'

라온의 웃음과 동시에 투톤 플라워를 활짝 피워 낸 블랙 버터플라이가 날아올랐다. 처음 봤을 때와 달리 힘찬 날갯짓이다.

"더 예뻐졌네."

손을 올리자, 블랙 버터플라이가 허공을 선회하여 손등에 내려앉았다.

"저주가 풀린 걸 축하한다."

블랙 버터플라이와 투톤 플라워는 각자 다른 저주를 지녔다.

블랙 버터플라이는 마나를 먹기만 하고 소화를 못 하는 저주 그리고 투톤 플라워는 마나를 모으지 못하는 저주.

두 가지 저주 때문에 두 영물의 등급은 희귀에서도 하급이었다.

하지만.

'그 둘이 모이면 달라지지.'

마나를 가득 먹은 블랙 버터플라이가 마나를 응집시키지 못하는 투톤 플라워에게 마나를 넘겨주게 되면 그 둘의 저주가 풀리게 된다.

마나를 넘겨준 채 자유롭게 떠나는 블랙 버터플라이와 찬란한 꽃을 피운 투톤 플라워는 함께여야 완성되는 공생 관계였다.

'이걸 아는 사람은 아무도 없지.'

라온 역시 만화공에 적혀 있던 지식이 아니었다면 절대 이 사실을 알지 못했을 거다.

우우웅.

라온이 투톤 플라워의 선명한 빛을 보고 있을 때 블랙 버터플라이가 손등을 간지럽혔다.

"그래. 알겠다. 알겠어."

웃으며 창문을 열었다. 열린 창에 손을 내밀어 블랙 버터플라이가 나갈 수 있게 해 주었다.

우웅.

블랙 버터플라이가 경쾌한 날갯짓을 하며 천천히 떠올랐다. 건물 주변을 휘돌던 녀석은 다시 아래로 내려와 자신을 천천히 바라보았다.

인사를 하듯 날개를 한 번 접고서 드넓은 창공으로 떠나갔다.

"잘 살아라."

라온은 손을 흔들어 주고서, 창을 닫았다. 바닥에 앉아 활짝 핀 투톤 플라워를 보았다.

네 장의 꽃잎 중 두 장은 붉은색으로, 남은 두 장은 푸른색으로 반짝인다. 이대로 장식해도 좋을 정도로 아름답고 향기로웠다.

'이게 진짜지.'

소량의 화속성 마나와 수속성 마나가 깃들어 있던 투톤 플라워가 블랙 버터플라이에 의해 피어나 많은 마나를 끌어모은 이 상태가 투톤 플라워의 진짜 모습이었다.

'이제 먹어도 되겠어.'

꽃이 핀 걸 확인했으니, 이제 저 꽃잎에 담긴 기운을 자신의 것으로 만들 차례였다.

영약이란 자연의 기운이 모인 것이지만, 응집될 때 불순물이 쌓여 자연의 마나보다 순도가 낮을 수밖에 없다.

하지만 투톤 플라워는 다르다.

홀로 개화한 게 아니라, 다른 영물의 힘을 빌리며 한 차례 정제되었고, 두 속성으로 나뉘었기 때문에 두 마나에 관해서는 날것 자체라고 해도 과언이 아닌 순도를 가지고 있었다.

'내게 딱 맞는 영약이지.'

라온은 불의 고리를 익히고 있고, 만화공과 혹한의 냉기의 오러를 가지고 있다. 투톤 플라워의 기운을 흡수하기에는 누구보다 적합했다.

'그럼.'

투톤 플라워를 알약 먹듯이 입에 털어 넣었다. 씹을 필요도 없었다. 투톤 플라워는 달콤한 꽃향기를 입안에 펼치기도 전에 설탕처럼 녹아 목구멍으로 넘어가 버렸다.

'크으….'

배 속이 뜨거웠다가 차가워졌다가를 반복했다. 불과 얼음을 번갈아 대는 듯한 감각. 배를 찢을 듯 난리 치는 걸 보니, 투톤 플라워의 기운은 진짜였다.

라온은 가는 웃음을 지으며 바닥에 앉고는 불의 고리를 휘돌리며 만화공을 운용했다. 단전에서 치솟은 정심한 기운이 전신을 휘돌자, 배를 후려치던 투톤 플라워의 기운이 잠잠해지기 시작했다.

우우우웅!

만화공의 뜨거운 오러가 마나 회로를 타고 올라 투톤 플라워의 기운을 이끌기 시작했다. 어깨가 뜨겁고, 심장은 차가워졌으며, 팔뚝은 시원했고, 허벅지는 묵직했다.

만화공의 흐름을 따르는 투톤 플라워의 기운이 전신에 퍼지기 시작했다.

'정말 순수하네.'

투톤 플라워에 담겨 있던 두 속성의 기운은 막 내린 눈처럼 깨끗했다. 만화공을 휘돌리기만 해도 자석처럼 척척 달라붙었다.

고오오오오!

라온의 전신이 바르르 흔들렸다. 고통 때문이 아니다.

전신에 퍼져 있던 투톤 플라워의 기운이 단전에 차곡차곡 쌓이는 희열 때문이었다. 그 증거로 그의 입가에는 들뜬 미소가 지어져 있었다.

투웅!

만화공을 반복해서 운용할 때마다 단전과 육체가 진동하여 마나 회로에 녹처럼 끼어 있던 노폐물들이 배출되기 시작했다.

후우우욱!

라온은 육체와 오러의 결이 한 단계 진화하는 것을 느끼며 무아지경 속으로 빠져들었다.

라온이 눈을 떴다. 붉은 눈동자에서 검회색 벼락이 번쩍였다.

┌─────────────────────────────────────┐
│ <혹한의 저주> 한 가닥이 사라집니다.
│ 단전과 마나 회로의 내구성이 상승합니다.
│ 기력이 대폭 상승합니다.
│ 정신력이 대폭 상승합니다.
│ 모든 능력치가 상승합니다.
└─────────────────────────────────────┘

메시지를 볼 필요도 없었다. 단전에 차오른 순도 높은 기운과 더 넓어진 마나 회로 그리고 가뿐한 몸 상태만으로도 현재 자신이 어떤 상태가 되었는지 알 수 있었다.

'생각 이상인데.'

아무리 투톤 플라워라고 해도 전부 흡수할 수는 없다고 생각했지만 큰 오해였다.

투톤 플라워의 순도는 십지초 이상이었다. 낭비 없이 대부분의 기운을 흡수할 수 있었다.

┌─────────────────────────────────────┐
│   <상태창>
│ 이름 : 라온 지그하르트.   칭호 : <꺾이지 않는 자>.
│ 상태 : 혹한의 저주(네 가닥).
│ 특성 : 분노, 불의 고리(5성), 수속성 저항력(4성),
│ 설화의 감각(3성), 만화공(3성), 혹한의 냉기(3성),
│ 화속성 저항력(3성), 블리딩 커스(1성), 암습(1성),
│ 불굴의 의지(1성).
│
│ 근력 : 72.   민첩성 : 73.   체력 : 66.
│ 기력 : 70.   감각 : 79.   분노 : 10.
└─────────────────────────────────────┘

모든 능력치가 전부 상승했지만, 가장 크게 올라간 건 기력이다. 기력 수치가 10이 넘게 오르며 70을 찍었다.

'이 정도라면 반나절은 싸울 수 있을지도.'

단전에 차오른 만화공의 오러와 혹한의 냉기의 크기도 기력 수치만큼 커졌다. 단기 결전이 아니라, 장기로 싸워도 꽤 버틸 수 있을 것 같았다.

'지금 상태라면 소드 익스퍼트 상급도 어렵지 않게 이기겠는데.'

단순히 오러가 늘어서 강해졌다는 게 아니다.

오러가 적어서 쓸 수 없었던 만화공의 다른 검술도 추가로 사용할 수 있으니, 이전보다 2배 이상 강해졌다고 해도 과언이 아니다. 물론 아직 쓸 수 없는 검술이 더 많았지만.

'그건 어쩔 수 없지.'

만화공의 검술은 막대한 오러를 필요로 한다. 아무리 불의 고리로 오러를 정화했다고 해도 양이 부족한 건 어쩔 수 없었다.

'그러니 더 빨리 성장해야 해.'

할 일이 많으니까.

실비아를 직계에 올려야 하고, 주디엘의 동생을 구해야 하며, 데루스 로베르트의 목을 베어야 한다.

그걸 위해서는 최대한 빨리 강해져야 한다. 오러만이 아니라, 육체와 정신 모두.

"후."

라온이 일어서서 창가를 보았다. 오후부터 밤새 연공을 한 건지 얼마 지나지 않아 해가 뜰 것 같았다.

'시험 좀 해 볼까.'

연공으로 밤을 보냈지만, 조금도 피곤하지 않았다.

변한 육체와 내공을 시험해 보기 위해서 아무도 없는 공터를 찾아갔다.

가볍게 몸을 풀고, 진각을 밟았다.

쿠웅!

내리 찍힌 바닥에 발자국이 새겨지고, 모래가 비산한다. 이전과 같은 진각이지만 내공의 질이 달라 공터 전체에 소리가 울렸다.

퍼어엉!

발을 구른 힘을 허리에 연결해 검을 내리그었다. 차가운 새벽 공기가 종잇장처럼 갈라졌다.

우우우웅!

라온의 내뻗은 칼날에 진한 붉은빛이 깃들기 시작했다. 봉오리 져 있던 만화공의 검술이 자유롭게 풀려났다.

펑! 퍼어엉!

검을 휘두를 때마다 벼락같은 검격이 뿜어져 나왔다. 자격을 얻은 검사라고 해도 막지 못할 아찔한 검술의 연계였다.

쿠구구구!

화염의 칼날에서 뿜어지는 폭발적인 열풍에 라온의 주변은 포탄이 떨어진 것처럼 초토화되어 있었다.

"후우…."

연성검술과 광아검, 만화공의 검술을 차례로 펼친 라온이 들뜬 숨을 내쉬며 자세를 바로 했다.

'좋은데.'

라온이 만족스러운 미소를 지었다. 노폐물이 빠져나오면서 육체와 혈도가 한층 개선되었다. 내공도 움직임도 반응이 빨라졌다.

역시 몸을 움직여 봐야 한다니까.

메시지를 보는 것과 직접 몸을 움직이는 건 천지 차이다. 이렇게 직접 몸을 써 봐야 자신이 얼마나 달라졌는지 알 수 있다.

"자, 그럼."

라온은 떠오르는 태양을 보며 검을 툭 쳤다.

"검을 구하러 가 볼까."

제111화

도리안은 나무 뒤에서 라온이 수련하는 모습을 지켜보았다.

"우와…."

다른 사람이 방해하지 못하도록 경계를 서려던 거였는데, 그런 건 한참 전에 까먹었고, 그저 감탄만 흘러나왔다.

'또 강해지신 건가?'

공기를 가르는 검날의 예리함, 대지를 짓누르는 보법의 정심함. 그 둘의 자연스러운 조화까지. 연무장에서 보던 라온의 무력이 한층 진일보한 것 같았다.

'이게 말이 되나?'

라온이 이곳에 와서 한 일이라곤 도박해서 신나게 따고, 민트초코를 신나게 먹고, 남의 물건을 신나게 훔친 것뿐이다.

걱정과 긴장은 이쪽이 다했는데, 왜 저 사람의 검술 실력만 늘었는지 모르겠다.

'어? 오러까지?'

제대로 검을 휘두르려는지 라온이 오러를 끌어 올리기 시작했다. 선명하게 빛나는 붉은색 기운. 흡사 태양 빛이 어린 듯했다.

"으헉."

도리안은 흥분을 참지 못하고 배 주머니에서 가장 좋아하는 동글칩을 꺼내 한 입 베어 물었다.

후우우웅!

라온이 진각을 밟으며 연성검술을 펼쳐 냈다. 전부 아는 초식이지만, 단 하나도 막을 수 없을 정도로 웅장한 기세가 담겨 있었다.

찌이이잉!

갑작스레 붉은빛 칼날의 궤도가 사납게 변했다. 광아검. 5 연무장 수련생들의 몸과 마음을 찢어 버렸던 흉악한 검술이었다.

화아아아아!

검의 회전이 또 한 번 달라진다. 검신 위로 새빨간 화염의 꽃이 피어나고, 가을의 한때처럼 꽃잎이 휘날린다. 공간을 잠식해 가는 불꽃의 폭풍에 머리가 쭈뼛 섰다.

'저건 못 막아.'

라온의 등을 보고 노력해 왔지만, 저 꽃잎을 막을 수 있다는 생각이 들지 않았다. 확실했다. 라온은 지금 이 순간에도 성장하고 있었다.

"하아…."

도리안이 심호흡하며 머리를 흔들었다.

'도와달라고 하고 싶네.'

저 사람이 가문에 와서 힘을 빌려준다면 '그 일'도 이뤄 낼 수 있을지 모른다.

하지만.

말을 꺼내긴 조심스러웠다. 아니, 꺼낼 수 없었다. 그런 걸 바라고 저 사람을 따른 게 아니었으니까.

'처음엔 흥미였지.'

방계나, 직계가 조롱해도 당당했고, 포기라는 단어를 모른다는 생각이 들 정도의 끈기에 흥미를 가져 라온에게 다가갔다.

가까이서 본 그는 진짜였다.

누구도 예상하지 못한 활약과 대범함을 보여 직계, 방계, 봉신가, 추천생 모두의 인정을 받았다.

지금은 떨어져 있지만, 5 연무장의 수련생 42명 모두가 라온을 마음으로 따르고 있었다.

'대단한 사람이야.'

도리안이 두 번째 동글칩을 꺼내 입에 넣을 때 라온이 뒤를 돌았다.

"언제까지 구경만 할 거냐."

"어? 알고 계셨습니까?"

"거기서 과자를 먹고 있는데 모르길 바란 거야?"

라온이 자신이 먹고 있던 동글칩을 보고 헛웃음을 흘렸다.

"윽!"

도리안이 남은 동글칩을 입에 넣고, 공터로 달려갔다.

"너도 해."

"예?"

"제대로 검을 휘두른 지 한참 지났으니까. 몸 좀 풀라고."

"아, 저는 괜찮…."

"해."

"옙!"

도리안은 냉큼 고개를 끄덕이고, 검을 뽑았다. 라온이 보여 주었듯이 연성검법을 펼쳤다.

"팔꿈치는 조금 더 펴고, 무릎은 굽혀라. 호흡은 반의반 정도 느리게."

"예옙!"

그의 조언대로 어긋난 자세를 바로 했다.

후우웅!

제 자세를 잡은 것만으로 검에서 이는 바람이 달라졌다.

'이 사람하고 있으면 어딜 가도 괜찮겠어.'

다시 확신이 들었다. 라온과 함께한다면 어떤 시련도 이겨 낼 수 있다는 확신이.

'아, 하분 성은 빼고.'

거긴 솔직히 좀 무섭다.

아니, 좀 많이….

라온은 아침 식사를 마치고, 카멜룬의 동쪽 끝에 있는 공방 거리로 향했다. 이른 시간인데도 대장간에서 피어오르는 열기에 거리가 후끈 달아올라 있었다.

'예전 생각이 나네.'

땀이 흐를 정도의 열기에 발칸의 숯가마에서 연공을 하던 때가 생각났다.

'그때 참 힘들었는데.'

안에서 차오르는 냉기와 외부에서 전해지는 열기를 견디느라 정말 죽을 뻔했었다.

-쯧, 본왕이 더 힘들었다. 열기는 보기만 해도 치가 떨리느니라.

라스는 다가오는 열기를 밀어낼 것처럼 입김을 훅훅 불어 댔다.

"흐음."

검, 도, 창 등 각종 무기를 진열해 놓은 공방들을 쭉 둘러보았다.

'괜찮은데.'

검의 강도, 예기, 균형이 잘 맞춰져 있다. 실력 있는 장인이 열과 땀을 다해 만든 작품들이었다.

-괜찮다? 네놈의 눈은 옹이구멍인가? 본왕의 손톱을 다듬다가도 깨질 것들이다. 무기라 부르기도 아깝도다.

'손톱이 무슨 다이아몬드야?'

라온이 피식 웃으며 다음 대장간으로 향했다. 괜찮다고 했지, 산다고는 하지 않았다. 저 물건들이 나쁘지 않은 건 맞지만, 지금 가지고 있는 검이 더 나았다. 원하는 건 이런 검이 아니다.

"도련님."

공방 거리를 전부 둘러보고 온 도리안이 과자를 씹으며 고개를 갸웃거렸다.

"어제 왕자님이 말씀해 주신 공방은 보이지 않는데요?"

"이런 곳에는 없을 거야."

그리어는 어제 이 중앙 거리가 아니라, 골목 사이에 간판 없이 운영하는 곳이 있다고 말했었다.

'저쪽인가?'

오른쪽 라인에 사람 한 명이 간신히 지나다닐 법한 골목이 하나 있었다. 열기가 피어나는 걸 보면 저곳이 그리어가 말했던 공방인 것 같았다.

찡! 쩌엉!

골목 안으로 걸어가자, 산을 쪼갤 듯한 망치 소리가 들려왔다. 흘러나오던 열기도 강해졌다.

'제대로 찾았군.'

쇠의 중심을 두드리는 망치 소리만 들어도 알 수 있다. 외부에 있던 공방의 대장장이들과는 격이 다른 망치질이다.

대장간 앞에 놓아둔 무기들을 보았다. 팔려고 내놓은 게 아닌지 정리가 하나도 되어 있지 않고 너저분했다.

바로 앞에 있는 검을 하나 들어 보았다.

'이건….'

화려함도, 세련됨도 없다. 하지만 양날의 균형이 완벽했고, 단단했다. 어떤 싸움에서도 버틸 것 같은 묵직함이 느껴졌다.

-흐음, 여긴 그나마 봐줄 만하구나. 물론 본왕의 발톱을 다듬다가 부러지겠지만.

라스의 헛소리를 무시하고 다른 검들을 보았다. 검, 도, 창에 단검까지 전부 다른 곳과는 수준이 다른 완성도였다.

찡! 찡! 쩌엉!

대장간 안을 보았다. 백발의 노인이 항아리 같은 근육을 부풀리며 쇠를 내리치고 있었다. 손님이 왔다는 걸 알고 있을 텐데, 하던 일을 멈추지 않았다.

'장인들은 다 저러나.'

숯가마에서 만났던 발칸도 그렇고 이 사람도 그렇고 실력 있는 장인들은 옆에 사람을 신경 쓰지 않는 것 같다.

'어쨌든 확실히 괜찮아.'

밖에서 보았던 검들보다 이곳의 검이 월등히 뛰어났다. 제대로 찾아온 것 같다.

"저기요?"

도리안이 지루함을 참지 못하고 대장장이를 불렀다.

"손님 왔는데요?"

"도리안."

말리기 전에 일정하게 울리던 망치 소리가 멈췄다.

"크험!"

허리를 굽히고 있던 대장장이가 일어섰다. 거의 천장에 닿을 듯한 키와 우람한 근육. 오크를 보는 것 같았다.

"손님은 안 받는다."

뒤를 돌아 갈색 눈동자를 부라린다. 이제 보니, 오크가 아니라 오우거의 기세다.

"히익!"

대장장이 노인과 눈이 마주친 도리안이 원숭이 같은 소리를 내며 다리를 떨었다.

"돌아가라."

그는 돈도, 손님도 관심 없다는 듯 솥뚜껑만 한 손을 휘휘 저었다.

"추천을 받고 왔습니다."

"추천?"

그제야 대장장이 노인이 라온을 보았다.

"그리어 님이 이곳이 괜찮다고 추천하더군요."

"그리어? 그리어…. 설마 3왕자를 말함이냐?"

"그렇습니다."

"그 검에 미친 녀석이 이곳을 추천해 줬다고? 그럴 리가 없을… 어?"

대장장이 노인이 라온의 몸과 팔을 쭉 살피고서 턱을 갸웃거렸다.

"너, 너 뭐냐?"

"예?"

"몇 살이지?"

"15살입니다."

"그리어보다도 어리잖아!"

노인의 눈이 금방이라도 튀어나올 것처럼 커졌다.

"15살에 그런 검기라니! 너 대체 뭐 하는 놈이냐!"

"무슨 말씀이신지…."

"네 몸에 검이 어려 있다. 아직 완벽하게 단련되진 않았지만, 크고, 날카로우며 단단한 검이."

"아."

라온은 파도가 치는 듯한 노인의 눈동자를 보며 고개를 끄덕였다. 그는 자신이 단련해 온 검의 경지를 보고 있었다.

그리어가 소개해 준 장인답게 보통 사람이 아니었다.

"어떻게 그 나이에 그런 검기를 단련할 수 있는 것이냐."

"그저 열심히 수련했습니다."

"열심히 수련해서 그 경지면 세상천지에 고수 아닌 사람이 없겠지. 허, 진짜 모를 일이군. 차기 오웬제일검이라도 되는 게냐?"

"아뇨. 그쪽이랑은 관련 없습니다."

"흐음, 확실히 오웬의 검은 아니야. 이 기세는… 지그하르트인가?"

"헉!"

대답은 라온이 아니라, 도리안에게 들려왔다. 녀석은 깜짝 놀라 입을 쩍 벌리고 있었다.

-제대로 된 장인이란 저런 것이다. 검사를 보고 그 출신조차 알아맞히지. 본왕이 마계에 있을 때 저런 장인이 있었다. 본왕의 검을….

"예."

도리안 때문에 이미 다 들킨 마당이다. 라스의 마계 썰을 무시하고 고개를 끄덕였다.

"역시 지그하르트였나."

그가 클클 웃고서 뒤로 물러섰다.

"북방의 패자가 괴물을 키우고 있었군. 수많은 검사를 봐 왔지만 너 같은 녀석은 처음이다."

"라온이라고 합니다."

보는 것만으로도 이쪽의 무력을 파악하는 남자다. 예의를 차리는 게 맞았다. 제대로 이름을 밝히고 자신을 소개했다.

"나는 쿠베러드다. 죽지 못해 망치질만 하는 노인이지."

"아!"

라온이 마른침을 삼켰다. 쿠베러드 제이튼. 발칸과 함께 대륙 장인에 이름을 올린 남자로 오웬과 발카르 사이에서 수많은 명품을 만들어 낸 괴물 대장장이였다.

"당신이 왜 여기에…."

대장인이 이런 골목 구석에 있다니, 은퇴한 발칸이 10년 넘게 숯을 만드는 것과 비슷할 정도로 놀라운 일이었다.

"이룰 것을 이뤘으니, 홀로 취미 생활을 하고 있을 뿐이다."

그는 안으로 들어오라는 듯 손짓을 했다.

"저, 저기 저는요? 저는 어떤가요?"

도리안이 옆으로 슬쩍 다가와 손가락으로 본인을 가리켰다.

"무얼 말하는 게냐?"

"저도 검기인지 뭔지 좀 보이나요?"

"흠, 동그란 얼굴에, 동그란 눈. 빵빵한 볼. 너 겁쟁이로군."

"어억!"

정곡을 찔린 도리안이 휘청였다.

-저 노인네. 개코에 점쟁이인가?

'그러게.'

자신의 검기를 느낀 건 그렇다 치고 도리안이 겁이 많은 것도 알아차릴 줄은 몰랐다.

-본왕의 용안을 보여 주고 싶구나. 보자마자 바짝 엎드려서 경배할 터.

'웃기고 있네.'

라온이 코웃음을 쳤다. 라스의 허여멀건 얼굴을 보자마자 성격파탄자라는 소리가 나올 게 뻔했다.

-이놈! 본왕의 진짜 얼굴은 이 얼음덩어리가 아니다. 꽃! 그야말로 꽃이니라! 마계 제일 미모를 가진….

'아, 그래.'

라스가 빽 소리를 질렀지만 무시하고 쿠베러드를 보았다.

"그래서 날 왜 찾아온 게냐."

"검을 구하려고 왔습니다."

"검?"

"꽤 험한 전투를 할 거 같아 단단하고 날카로운 검을 구하려고 왔습니다."

"흠, 검을 만들어 달라는 건가?"

"그건 아닙니다. 제가 아직 검사가 되지 못했고, 제 첫 번째 검을 만들어 주신다는 분이 계셔서."

"어?"

쿠베러드가 우뚝 멈춰 섰다.

"저, 정식 검사가 아니라고?"

"예."

"너 대체 무얼 하고 살아온 거냐. 아직 수련생 신분에 어찌 그런 무력을…."

그는 어이가 없다고 중얼거리며 나무 상자 위에 털썩 앉았다.

"오랜만에 보는 진짜배기 괴물이군. 어? 잠깐, 그럼 검을 만들어 준다는 사람이 혹시 발칸인가?"

"……."

"맞군! 그 녀석 은퇴했다더니! 돌아왔어! 크하하하!"

대답하지 않은 걸 긍정이라 받아들인 쿠베러드가 시원한 웃음을 터트렸다. 진심이 담긴 웃음. 발칸과 어떤 관계가 있는 것 같았다.

"암, 발칸이 점찍은 검사를 가로챌 수는 없지."

그는 수염이 올라갈 정도로 활짝 웃은 뒤에 손을 펼쳤다.

"네 마음에 드는 걸 가져가라. 대충 만든 건 없으니, 무얼 가져가도 쓸 만할 거다."

"감사합니다."

"아니다. 훗날 대륙 제일이 될지도 모르는 녀석이 쓴다는데 내 검이 더 영광이지."

쿠베러드는 손을 쫙 펼친 뒤 테이블 위에 있던 술병을 그대로 들이켰다.

"저, 저도 골라도 됩니까?"

"그래. 기분이다! 겁쟁이 너도 골라 보거라!"

"윽…."

도리안이 입을 삐죽 내밀었다. 다만 싫다는 소리는 않고 눈을 빨갛게 물들인 채 검을 살폈다.

"음…."

라온은 어지럽게 깔린 검을 차례로 살폈다.

'격이 다르군.'

대충 만든 것 같아도 전부 희귀 등급을 가볍게 넘어갈 물건들이다. 무얼 골라도 만족하며 쓸 수 있을 것 같았다.

'그럼 뭘… 음?'

조금 긴 검을 살피고 있을 때 왼쪽에서 이상한 소리가 들려왔다. 꼭 무언가가 울부짖는 듯한 소리.

지이잉!

잘못 들은 게 아니다. 검을 내려놓고 고개를 돌렸다.

"어?"

검과 검 사이. 검집도, 검병도 붉은색인 기묘한 단검이 홀로 검명을 터트리고 있었다.

제112화

"흐음."

쿠베러드는 검을 살피는 라온의 등을 보며 시원한 미소를 그렸다.

'세상은 멈춰 있질 않는군.'

대장장이로 살며 셀 수 없이 많은 무인을 만나 보았다. 어린 나이에 천재라 불리는 무인부터 일가를 이뤄 세상의 중심에 우뚝 선 절대자들까지.

하나하나가 잊을 수 없는 인상을 준 무인들이었지만, 저 앞에 있는 녀석은 달랐다.

'강함의 문제가 아니야.'

15살의 나이에 저 무력. 대단한 건 분명하지만, 넓은 대륙을 뒤지다 보면 몇 명쯤은 나올 수도 있다.

하지만 지닌 그릇이 다르다.

대장장이가 둔탁한 쇳덩이를 두드려 검을 만들듯이 저 아이는 마음을 다듬어 검을 세우고 있었다.

가까이는 신검합일. 멀리는 마음의 검까지 이뤄 낼 수 있는 상서로운 기질이었다.

'마스터에 오르고 나서야 가능한 일인데….'

라온의 무력은 대충 익스퍼트 수준. 수많은 벽을 뚫고 어떻게 정신만 저 경지에 도달했는지 모르겠다.

"지그하르트가 다시 한번 세상을 울리겠군."

쿠베러드는 그 재밌는 세상을 보고 싶다고 중얼거리며 다시 술을 들이켰다. 재밌는 손님이 오니 싸구려 술도 달달했다.

우우웅.

갑작스레 들린 진동 소리에 술병을 내리고, 고개를 들었다.

"어?"

탁자 위에 있던 붉은색 단검이 울부짖었고, 라온이 그 검을 향해 손을 뻗고 있었다.

"자, 잠깐."

저걸 만져서는 안 된다. 구석에 빼 둔 검이 왜 저기 있는 건지 모르겠다.

"멈춰!"

다급하게 소리를 질렀지만, 붉은 단검은 이미 라온의 손아귀에 꽉 잡혀 있었다.

"이런 젠장!"

"어억!"

쿠베러드가 벌떡 일어나서 어벙하게 서 있던 도리안을 데리고 뒤로 물러섰다.

"왜, 왜 이러십니까. 두 개를 고르려던 게 아닙니다. 정말 하나만 고르려고…."

"저기 보이느냐?"

"어? 저 단검 뭡니까? 뭔데 저런 기운이….."

도리안이 마른침을 삼켰다. 라온의 손에 들린 단검에서 기묘한 붉은빛이 아지랑이처럼 피어나고 있었다.

"요검(妖劍)이다."

"요, 요검이요?"

요검이란 괴이하며 요망한 검. 부정적인 감정이 담겨 검을 쥔 사람을 조종하려 드는 사이한 물건이었다.

"젠장."

쿠베러드가 입술을 깨물었다. 아직 정신이 단단히 여물지 않은 아이가 요검을 들었으니, 검의 요기에 더 쉽게 물들 게 뻔했다.

"요기가 머리에 닿기 전에 멈춰야 한다! 겁쟁이. 검을 뽑아라!"

"어….."

옆에 있는 망치를 들고 도리안을 재촉했다. 하지만 녀석은 검을 뽑지 않고 고개만 갸웃거렸다.

"무얼 하는 게냐! 지금 멈추지 않으면 위험할….."

"아니, 멈출 필요가 없는 게. 도련님은 평소랑 같은데요?"

"뭐? 저렇게 요기를 줄줄 흘리는…엉?"

쿠베러드가 입을 떡 벌렸다. 요기가 넘치는 건 맞다. 아주 활활 피어나고 있었으니까.

그런데 그 요기가 검 주변에서만 퍼질 뿐 라온에겐 접근조차 못 했다.

끼이이잉!

요검이 다시 한번 울부짖었다. 이전처럼 괴이한 검명이 아니라, 목줄 잡힌 개가 지르는 비명 같았다.

"괘, 괜찮으냐?"

그 말에 단검을 보고 있던 라온이 고개를 들었다. 정기가 어린 붉은 눈. 요기에 홀렸다고는 생각되지 않는 맑은 눈빛이었다.

"아무렇지도 않습니다. 그런데, 이 단검 평범한 물건이 아니군요."

"허…."

쿠베러드가 헛바람을 흘리며 뒤로 주저앉았다.

"너, 너 진짜 뭐 하는 놈이냐?"

-감히.

라스의 목소리가 소름 끼칠 정도로 건조하게 가라앉았다.

-하등한 벌레 주제에 본왕의 빙의체를 노리다니.

그는 진심 어린 분노를 일으켰다. 이글거리며 피어나는 푸른 냉기가 단검에서 치솟은 요기를 사정없이 짓눌렀다.

끼이이이잉!

단검이 라스의 냉기에 짓눌려 비명을 터뜨렸다.

-아예 박살을 내 버리겠노라!

라스는 창칼처럼 얇게 저민 냉기를 단검에 밀어 넣었다. 검 자체를 죽이려는 것 같았다.

'그만.'

-뭐?

'거기까지 해.'

-왜냐! 본왕의 먹이를 뺏으려는 놈이니라! 본왕이 없었다면 네놈은 단검의 요기에 먹혔을 것이야!

'난 네 먹이도 아니고, 네가 없어도 이런 검에는 먹히지 않아.'

-요기를 너무 우습게 보는구나. 이놈이 본왕의 발가락 끝에도 미치지 못하는 건 사실이지만, 인간에게는….

'너도 날 못 뚫었는데, 이런 거에 뚫릴까.'

-억….

라스의 분노가 단숨에 멈췄다. 할 말이 없는지 입만 떡 벌리고 있었다.

'맞지? 그니까 그냥 놔둬.'

-차, 참 아프게도 말하는구나. 네놈은 절대 곱게 죽지 못할 것이다. 본왕이 수천 년에 걸쳐 씹어 먹고, 뜯어 먹고….

"이 단검은 뭡니까?"

-좀 들어!

라온은 떠들기 시작하는 라스를 무시하고 쿠베러드에게 다가갔다.

"그, 그건…."

쿠베러드는 어처구니없는 눈빛으로 자신과 단검을 번갈아 바라보다가 한숨을 내쉬었다.

"내가 만든 실패작이다. 아까 말했던 대로 요검이지."

"요검. 확실히 요기가 느껴지더군요."

"뿜어지는 정도가 아니라, 네 몸을 집어삼키려 들었을 텐데."

"견딜 만했습니다."

"허…."

사실을 말했지만, 쿠베러드는 이해할 수 없는지 허탈해 보이는 신음을 흘렸다.

"요검은 요기가 깃든 검이다. 단순히 말해서 인간의 부정적인 감정이 검에 깃든 것이지. 그 검 안에는…."

쿠베러드는 입술을 깨물며 말을 이었다.

"원한이 어려 있다. 그것도 지독하리만큼 끈적한 원한이."

"설명해 주실 수 있겠습니까?"

"앉거라."

쿠베러드가 테이블 앞에 있던 의자를 가리켰다. 라온은 고개를 끄덕이고 의자에 앉았다.

"저, 저도 들어도 되죠?"

도리안은 배 주머니에서 폭신한 의자를 꺼내 몸을 기댔다.

"남부에 시렌이라는 이름의 작은 마을이 있다. 오셀로라는 나무를 신성시하던 선한 사람들이 사는 곳이었지."

아는 마을이다. 로베르트 가문의 세력권에 살짝 벗어나 있는 작은 마을로 사람들이 선하고, 의심이 적어 도주로로 이용한 적이 있었다.

"그 마을에 백혈교의 교도들이 들이닥쳤다."

"백혈교…."

라온이 눈매를 가늘게 좁혔다.

'하필 그놈들이라니.'

백혈교는 에덴, 남북맹과 함께 오마에 속해 있는 거대 종교 단체다.

대륙을 하얀 피로 물들인다는 제1교리를 바탕으로 세상 모든 것을 습격하는 그야말로 정신 나간 놈들의 집단이다.

"그럼 시렌 마을은···."

"살아남은 사람은 한 명도 없었다. 반은 그 자리에서 죽고, 반은 납치당해 어딘가로 끌려갔다더군. 마을의 정령이라던 오셀로 나무까지 베어 갔다. 남은 건 하얀 피뿐이었지."

백혈교의 습격이 일어난 곳은 붉은 피가 아니라, 하얀 피가 대지를 적신다. 놈들의 주술 중 하나였다.

"이 검은 내가 가지고 있던 운석 조각과 그 자리에 남아 있던 오셀로의 가지를 가지고 만든 검이다."

쿠베러드는 흔들리는 눈빛으로 라온의 손에 잡힌 단검을 보았다.

"검을 말입니까?"

"그래. 내 딴에는 위령비 대신 이 검으로 희생자들의 영혼을 위로하려 했지. 하지만···."

그때 생각이 났는지 쿠베러드가 관자놀이를 부여잡고, 인상을 찌푸렸다.

"완성되자마자 하얀 검신과 검병이 붉게 물들었다. 내 생각과 반대로 시렌 마을 사람들의 원한이 그 검 안에 담겼지. 그것도 감당하기 힘들 정도의 원한이."

"확실히."

라온이 고개를 끄덕였다. 그의 말대로 검에는 어마어마한 요기가 스며들어 있었다. 자신이 아니었다면 이 요기에 홀려 칼을 휘둘렀을 것이다.

"원래 착한 사람들이 화나면 무섭다는 말이 있긴 했지만, 이 정도일 줄은 몰랐다. 강자라 불린 사람들도 그 요기를 견디지 못해서 내가 가지고 있을 수밖에 없었는데, 네가 어떻게 그걸 잡을 수 있는 건지 이해를 못 하겠구나."

"음…."

단검을 검집에서 뽑아 보았다. 검집과 검병만이 아니라 검날까지도 새빨갛게 물들어 있었다. 그날의 원한을 기억하겠다는 것처럼.

우우우웅!

붉은 검신이 진동하며 요기가 퍼지기 시작했다. 검집에 담겨 있을 때보다 더 지독하고 사이한 기운이 손등 위로 스멀스멀 올라왔다.

치이이잉!

라온이 불의 고리를 운용했다. 심장을 휘도는 다섯 개의 고리가 공명하며 존재의 격을 끌어 올렸다.

끼이잉!

단검의 요기는 라스에게 밀려난 것처럼 자신의 격에 짓눌려 비명을 지르기 시작했다.

"허! 정말이지."

쿠베러드의 눈동자가 파랑을 맞은 배처럼 흔들렸다.

'양파 같은 놈이로다.'

이만큼 보았다고 생각했는데, 다시 보면 또 다른 모습을 보여 준다. 아직 검사 자격도 얻지 못하고, 성인도 되지 못한 아이라고는 생각되질 않았다.

"영혼을 위로하고자 만든 검은 복수를 바라고 있다. 그래서 위령비로도 쓰지 못하지. 봉인을 위해 작업을 하고 있었는데, 이렇게 될 줄은 몰랐어."

"아까 반 정도는 납치되었다고 하셨습니까?"

"그래. 백혈교는 원래 반은 그 자리에서 죽이고, 반은 납치해 간다. 그 자리에도 시체는 원래 마을 사람의 절반밖에 없었어."

라온이 억울하다는 듯 울어 재끼는 단검을 보며 눈을 내리감았다.

이젠 기억도 나지 않는 전생의 어린 시절. 자신도 로베르트의 인간들에게 납치를 당했었다.

이들은 그 정도가 아니라, 모두 죽기까지 했으니, 자신보다 더한 원한을 가졌을 것이다.

우우웅.

흐느끼는 듯한 단검의 울음소리를 듣자 까칠한 사포로 가슴을 긁는 듯했다.

"나는."

라온이 다시 눈을 뜨고, 단검을 지그시 내려다보았다.

"해야 할 일이 많다. 그 일을 이루기에도 시간이 부족해서 네 복수를 도와주기는 힘들다. 다만 혹시라도 백혈교와 부딪치게 된다면 네가 바라는 일을 해 주마."

단검의 울음소리가 고요하게 가라앉기 시작했다.

"나와 함께 가겠나?"

단검의 울음소리가 멎었다. 생각을 하는 듯 검날을 떨었다.

우우우웅!

단검에서 지금까지 중 가장 큰 울음이 터져 나왔다. 요기가 흘러나왔지만, 이전처럼 해가 되는 기운이 아니었다.

찌이잉!

회전하는 불의 고리와 공명하는 소리. 청아한 검명이었다.

"거, 검명?"

쿠베러드는 시원한 검명을 터트린 단검과 라온을 보고 의자에서 뒤로 넘어갔다.

"전 이걸로 고르겠습니다."

라온이 빙긋 웃으며 단검을 검집에 넣었다.

"그, 그걸 가져가겠다는 거냐?"

"안 됩니까?"

"하, 전설급 무기를 당당하게 가져가겠다는 놈은 처음이로군."

어처구니없다는 말과 달리 쿠베러드의 표정은 시원하고 만족스러워 보였다.

-뭣이 어째? 그 요망한 놈을 고르겠다고?

'그래.'

-그놈은 기생충이다! 본왕의 것을 노리는 기생충을 몸에 두다니! 정신이 나간 것이냐!

'기생충이라….'

라온이 뚱한 눈으로 라스를 내려다보았다.

-무엇이냐! 본왕을 왜 그런 무엄한 눈으로 보는 것이야!

'기생충이 하나나, 둘이나 별 차이 없을 것 같아서.'

-기, 기생충 둘? 기생…. 설마! 지금 본왕을 말한 것이냐?

'맞잖아. 너도 이 검처럼 내 몸을 노렸으면서.'

-이런 정신 나간! 본왕은 분노의 군주로서 마계의 북방을 통째로….

'아니. 군주고, 지랄이고. 내 몸을 노리다가 실패해서 달라붙어 있는 건 사실이잖아.'

-다, 달라붙어? 본왕이? 으으으윽! 라온 지그하르트! 다 뱉으라고 입에 구멍이

뚫린 것이 아니다! 본왕이 태어난 이후 이런 모욕은 처음이니라!

'달렸으니 말을 하지.'

라온은 폭주하는 라스를 놔두고, 쿠베러드에게 고개를 돌렸다.

"이 검의 이름은 무엇입니까?"

"처음부터 위령비로 세우려 만든 검이니, 이름은 짓지 않았다."

"그럼 제가 지어도 되겠습니까?"

"생각난 게 있나?"

"장인께서 그 마을 사람들을 위로하고 싶다고 하셨으니. 진혼. 진혼검이라 부르고 싶습니다."

"요기를 홀리는 진혼검이라. 오묘하군."

그는 피식 웃으며 일어섰다.

"가져가라. 다만 네가 아까 했던 말을 지키거라."

"물론입니다. 제가 지그하르트의 이름을 달고 있는 이상 오마와는 계속 부딪칠 테니까요."

"와, 요검. 요검을 얻다니…."

도리안은 재밌는 구경을 했다는 듯 요상한 안경을 낀 채로 과자를 씹어 먹고 있었다.

"감사합니다."

라온은 진혼검을 허리 뒤편에 착용한 뒤 쿠베러드에게 고개를 숙였다.

"뭘 하느냐?"

"예?"

"검을 골라야지."

"아니…."
"난 네게 검을 준다고 했지. 단검을 준다는 말은 하지 않았다."
"아…."
그는 자신에게 검도 한 자루 주려는 것 같았다.
"정말 검도 주시려는 겁니까?"
"지지만 않으면 된다. 장인이 검사에게 바라는 건 그것뿐이야."
쿠베러드는 아까 자신이 유심히 보고 있던 검을 건네주었다.
"나중에 발칸 녀석을 보러 지그하르트에 놀러 갈 테니, 박대하지 말고."
"물론입니다. 저희 집이 요리 하나는 잘합니다. 꼭 대접하겠습니다."
"기대하지."
"이 은혜는 잊지 않겠습니다. 감사합니다."
"은혜는 무슨."
두 사람은 골목 사이로 비치는 햇살처럼 따스한 미소를 지었다.
"그럼."
라온이 고개를 숙인 뒤 대장간을 나갔다. 골목을 빠져나가려고 할 때 안쪽에서 도리안의 목소리가 들려왔다.
"아직 나 안 골랐어요!"

제113화

"진짜 너무하십니다!"

도리안이 콧김을 길게 내뿜었다.

"절 아예 잊어버리시다니요!"

"미안. 딱 멋지게 헤어지는 분위기였잖아. 네가 있다는 걸 잊었어."

"끄윽, 내 존재감이 그 정도였다니…."

도리안이 힘없이 어깨를 축 늘어뜨렸다.

"그래도 좋은 검 얻었잖아. 그거면 된 거지."

라온은 도리안의 허리춤에 걸린 두 번째 검을 가리켰다. 그는 결국 쿠베러드가 제작한 검을 받아서 공방을 나올 수 있었다.

"뭐, 그건 그렇지만…."

"그런데 너나 나나 검을 주렁주렁 매고 있으니, 좀 없어 보이는데."

현재 자신은 지그하르트에서 보급받은 검과 쿠베러드의 검 그리고 진혼검을 착용하고 있고, 도리안도 검을 두 개 매고 있었다.

모르는 사람이 보면 겉멋이 들었다고 혀를 찰 모습이었다.

-흥. 잘 알고 있구나. 약한 놈들의 특징이 바로 무기를 주렁주렁 달고 다닌다는 것이지. 본왕이 마계에 있을 때는 그저 두 손으로 한 지역을 정복하고….

라스는 아까 기생충 발언에 화가 났는지 아직도 냉기를 풀풀 뿌리고 있었다. 어쨌든 말이 길어져서 무시했다.

"뭐, 어때요. 쌍검술을 쓰는 것 같아서 멋있는데. 어?"

"음?"

카멜룬 정문으로 나가려고 할 때 은빛 갑옷을 입은 기사단과 마주쳤다. 가슴에 사자 문양이 그려진 갑옷. 오웬의 기사단이었다.

"오! 자주 만나는군."

기사단의 앞에 있던 금발의 남자가 경쾌하게 손을 흔들었다. 오웬의 3왕자 그리어 드 오웬이었다.

"그러네요."

라온은 그리어가 방긋 웃으며 내미는 손을 마주 잡았다.

"덕분에 좋은 검을 구할 수 있었습니다. 감사합니다."

"저도 감사합니다!"

도리안이 이번에 구한 검이 더 잘 보이도록 허리를 틀었다.

"괜찮은 검을 구한 모양이군."

왕자는 그 모습이 재밌는지 부드럽게 미소 지었다.

"예. 마음에 드는 검을 얻었습니다. 그런 분이 이곳에 계실 줄은 꿈에도 몰랐어요."

"그러게 말이오. 바지를 붙잡고 말려도 끝내 나가서 저곳에 자리를 잡으셨지."

그는 자신의 허리에 걸린 검을 보며 아쉽다고 중얼거렸다.

"그건 그렇고 역시 예상한 대로구려."

"예?"

"그분은 내가 추천을 했다고 검을 주는 분이 아니오. 당신이 마음에 들었기 때문에 검을 내어 준 걸 테지. 장인들의 자존심이 강하다는 걸 아시지 않소."

그리어는 역시 대단하다느니, 내가 인정한 검사라느니 말하며 손가락을 꼼지락거렸다. 싸워 보고 싶어서 몸이 근질거리는 것 같았다.

"어디로 가시오?"

"일단 북쪽으로 올라갑니다."

"그러면 함께 가시겠소? 우리도 하루는 북쪽으로 가야 하니까."

그가 뒤에 있는 기사들을 가리켰다. 전에 버렌과 무승부를 냈던 세툰 빼고는 처음 보는 얼굴들이었다.

"그러죠."

돌아가는 길이 아니라 상관없을 것 같았고, 그리어 덕분에 진혼검을 얻었으니, 어느 정도의 사연은 말해 주고 싶었다.

"잘 생각했소! 가는 길이 지루하지 않겠어!"

"왕자님."

뒤에서 지켜보고 있던 적발의 기사가 그리어의 옆으로 다가갔다.

"저희는 임무 수행 중입니다. 함부로 동행을 늘려서는….'

"이 친구가 바로 라온이오. 라온 지그하르트! 도움이 되면 됐지. 문제가 생길 일은 없소."

"음? 라온?"

라온 지그하르트라는 말에 기사들의 눈빛이 달라졌다. 파충류가 먹잇감을 살펴보듯 전신을 훑는 시선이 느껴졌다.

라온은 담담하게 그의 눈빛을 받았다. 기사들의 능력으로는 자신의 무력을 살피지 못한다. 끽해야 소드 유저 최상급 수준으로 볼 거다.

반면 자신은 저들 모두의 실력을 한눈에 파악했다. 그리어는 소드 유저 최상급. 나머지 기사들은 익스퍼트 중하급 수준이었다.

기사의 눈빛에 옅은 실망이 스치는 게 보였다.

'예상대로네.'

기사들은 자신의 진짜 무력을 파악하지 못하고, 듣던 것보다 별로라고 생각하는 게 분명했다.

-보이는 것만으로 판단하고, 표정도 감추지 못하다니, 기사라는 이름이 아깝도다.

'아직 젊잖아. 경험을 더 쌓으면 달라지겠지.'

-네놈은 젊다 못해 어리지 않나.

'난 좀 다르고.'

-네가 특별하다고 생각하는 것이냐? 특별하다는 건 본왕 같은 존재를 말함이다. 절대자로 태어나 절대자로 살아간 고귀하고 우아한….

'하아.'

어떻게 해서든, 어떤 상황에서든 본인 자랑을 해야 직성이 풀리나 보다. 듣고 있자니, 한숨만 나왔다.

"그럼 갑시다. 그분께 어떻게 검을 받았는지도 좀 말해 주시오. 보내 놓고도 궁금하여 계속 생각이 났소."

그리어가 빨리 오라는 듯 손짓했다. 라온은 피식 웃고 도리안의 어깨를 쳤다.

"가자."

❈❈❈❈❈

고위 귀족이나 왕족 혹은 대륙에 이름을 떨치는 명사들만이 들어 올 수 있는 암시장 지하 4층의 귀빈실.

은은한 조명 아래 검은 드레스를 입은 고고해 보이는 외모의 여성이 다리를 꼰 채 앉아 있었다. 발카르의 왕녀 제이나였다.

그녀가 지루한 듯 손가락으로 테이블을 두드리고 있을 때 문이 열리고, 보랏빛 머리카락이 허리까지 흘러 내려오는 가는 눈매의 여성이 들어왔다.

"기다리게 해 드려서 죄송해요."

"흑운의 실세인 오리엔 님을 보는데 이 정도는 상관없죠."

흑운은 대륙 전체에 가지를 뻗은 정보 단체다. 이들이 모르는 정보는 신조차 모른다고 할 정도로 뛰어난 정보력을 가지고 있었다.

"실세라니, 전혀 아니에요."

오리엔이라 불린 여성이 더 눈매를 가늘게 좁히며 고개를 저었다. 살짝 턱을 내리며 말을 이었다.

"그럼 요청하신 정보에 대해 말씀드리겠습니다. 직접 말씀드릴까요? 아니면 서면으로…."

"여기서 말씀해 주시죠."

"알겠습니다."

오리엔이라 불린 여성이 고개를 끄덕이고 어깨를 폈다.

"말씀해 주신 라온 지그하르트라는 직계는 세상에 존재하지 않습니다."

"뭐?"

제이나가 깜짝 놀라 본인도 모르게 반말을 뱉었다.

"다시 말씀드리면 지그하르트 직계에 라온이라는 이름을 가진 사람은 없습니다."

"그, 그건 말이 안 되는데?"

"예?"

"정보 정확한 거 맞아요?"

너무 당황하여 왕녀로서 지켜야 할 말투조차 잊어버렸다.

"맞습니다."

오리엔은 당황하지 않고 눈만 깜빡였다.

"음, 지그하르트가 워낙에 폐쇄적인 집단인지라 많은 정보는 없지만, 직계와 상위 방계, 봉신가의 이름과 얼굴은 파악하고 있습니다. 지그하르트에 라온이라는 이름의 직계는 없어요."

"이, 이럴 리가 없는데? 말이 안 된다고!"

제이나가 주먹으로 테이블을 쿵 치며 일어섰다.

'내가 귀신에 홀린 건가?'

라온은 지그하르트의 직계답게 패도적인 기세를 뿜어냈고, 오웬의 3왕자인 그리어와의 친분도 보여 주었다.

'대체 무슨 일이 일어난 거지?'

그리어가 거짓말을 했을 리 없다. 라온을 만나기 전에도 그가 지그하르트의 신성이니, 검술 천재니, 훗날 가주가 될 거니 떠들어 댔으니까.

'그럼 직계가 확실하잖아. 놈도 분명 직계라고… 어?'

제이나가 마른침을 삼켰다.

'없어. 그러고 보니 둘 다 직계라는 말은 하지 않았잖아!'

분위기를 그렇게 끌고 간 거지 실제 직계라는 말은 단 한 번도 한 적 없었다. 어처구니가 없어서 헛웃음이 터졌다.

'이런 망할! 놈은 방계였어!'

이 기묘한 상황을 설명할 방법은 그것뿐이었다.

"하!"

방계 따위에게 고개를 숙이고 사과를 했다는 생각에 숨이 가빠 왔다. 당장 놈을 잡아 무릎 꿇리고 싶었다.

으득.

제이나가 이를 갈며 앞에 앉은 오리엔을 노려보았다.

흑운의 단점이 이거다. 그들은 묻는 질문 외에는 답을 해 주지 않는다. 분명 라온이 방계라는 걸 알고 있었을 거다.

"하나만 더 묻죠."

"가격이 추가되는데요?"

"상관없어요."

오리엔이 말하라는 듯 손을 펼쳤다.

"지그하르트에 속한 라온이라는 방계의 정보."

"나이는 15세. 말씀대로 방계 출신으로 현재 지그하르트 5 연무장의 수련생 대표를 맡고 있어요. 오웬 왕국의 3왕자 그리어 드 오웬과의 대련에서 승리했고, 남북맹에 투신하려던 설호채라는 산적들을 토벌한 적이 있죠. 그리고….”

그녀는 자잘한 정보들을 더 말해 주었지만, 그 입에서 에덴에 대한 이야기는 나오지 않았다.

“후욱….”

제이나는 붉어진 얼굴로 그 이야기를 전부 듣고 자리에서 일어섰다. 품에서 꺼낸 금화 주머니를 테이블에 던지고, 차가운 미소를 지었다.

“장사 참 잘하시네요.”

“감사합니다.”

오리엔은 비꼬는 말을 칭찬처럼 받아들이며 빙긋 웃었다.

“흥.”

제이나는 방을 나간 뒤 쿵 소리가 나도록 문을 닫았다.

“씨이이이발!”

멀리서 분노에 찬 그녀의 목소리가 들려왔다.

“발카르의 금지옥엽을 가지고 논 지그하르트의 방계라…. 재밌는데?”

오리엔이 손가락을 튕기자, 조명 아래의 검은 그림자가 물결쳤다.

“라온 지그하르트에 대한 정보를 모아 와.”

그녀의 붉은 입술이 초승달처럼 고운 선을 그렸다.

“이 사람 오랜만에 보는 진짜 같거든.”

카멜룬에서 하루 거리에 떨어져 있는 낮은 언덕.

쌀쌀한 밤공기를 녹여 주는 모닥불 앞에 라온과 그리어, 도리안이 앉아 있었다.

라온은 기사들이 정찰을 떠난 지금이 기회라고 생각하고 그리어에게 요검을 얻었다고 말해 주었다.

다만 첫 마디만 라온이 뗐고, 나머지는 전부 도리안이 떠들어 댔다.

"진짜 제 눈으로 보고도 못 믿었다니까요. 검에서 붉은색 요기가 묻어 다리처럼 펼쳐지는데…."

"오오, 엄청났겠구려."

"그걸 직접 보셨어야 해요. 저도, 장인님도 깜짝 놀라서 뒤로 자빠졌거든요. 말로만 들었지 요검은 처음이었으니까."

"하…."

라온이 고개를 절레절레 저었다. 과자를 먹고 있었으면서 뭘 놀랐다는 건지.

"마지막에 도련님이 '나와 함께 가자!' 하니까 검이 찌잉! 하고 검명을 터트린 건 정말 그림 속 한 장면이었다니까요"

"우오오!"

그리어가 눈빛을 빛내며 탄성을 흘렸다. 역시 저 남자는 왕자보다 기사나 영웅이 어울렸다.

"대단한 경험을 했군. 부럽다는 생각이 드오."

그리어는 허리 뒤편에 걸어 놓은 진혼검을 보며 눈을 빛냈다. 다만 함부로 보여 달라는 말은 하지 않았다. 확실히 예의를 아는 사람이었다.

"다만 슬픈 이야기기도 하구려. 백혈교의 사악함이 대륙 전체로 뻗어 가고 있으니."

"맞습니다."

라온이 고개를 끄덕였다. 종교 단체의 특성상 전파가 빨라서 놈들의 신도가 없는 장소는 거의 존재하지 않았다.

"사실 우리 임무도 백혈교와 관련이 있소."

그리어가 사자의 문양이 그려진 검을 툭툭 두드렸다.

"예?"

"백혈교 지부에 있던 물건을 본국으로 가져가는 일이오. 그래서 기사들을 저리…."

"잠깐만."

라온이 그리어의 말을 막고 일어섰다. 멀리서 이쪽으로 다가오는 수십 개의 기척이 느껴졌다.

"무, 무슨 일이오?"

"누군가 이쪽으로 다가오고 있습니다."

"기, 기사들 아니에요?"

벌써 겁을 먹은 도리안의 눈동자가 진자처럼 흔들렸다.

"숫자가 달라. 그리고 기사들도 그 기척을 느끼고 돌아오고 있어. 왕자님. 일단 무장을 갖추시죠."

"알겠소."

그리어는 자신을 믿는 듯 바로 투구를 착용하고, 일어섰다.

"왕자님!"

"큰일 났습니다! 백혈교 무리가…음?"

잠시 후 도착한 기사들은 전투 준비를 끝낸 라온과 왕자를 보고 눈을 동그랗게 떴다.

"어? 습격이 온다는 걸 알고 계셨습니까?"

"라온 검사가 알려 주었소. 백혈교가 오는 것이오?"

"아, 예."

기사들은 벙찐 눈으로 라온을 바라보았다. 어떻게 알았는지 궁금해하는 표정이었다.

"일단 교도의 숫자만 50명이 넘고, 사제가 다섯, 주교도 하나 있습니다!"

"음…."

그리어는 숲이 통째로 움직이는 듯한 스산한 소리를 들으며 검병에 손을 올렸다.

"전원 전투 준비!"

"전투 준비!"

기사들이 기합을 내지르며 왕자를 지키듯 앞을 막았다.

"미안하게 되었소. 이럴 줄 알았으면 같이 가자는 말을 하지 않았을 텐데."

그리어가 뒤를 돌아 라온과 도리안을 보며 한숨을 내쉬었다.

"놈들이 설마 카멜룬과 오웬의 영향권 안에서 들이닥칠 줄은 몰랐소."

"괜찮습니다."

라온이 고개를 젓고, 기사들과 같은 선상에 섰다.

'물건을 노리고 왔나 보군.'

왕자는 백혈교의 어떤 물건을 운송 중이라고 말했다. 저놈들은 그 물건을 노리고 온 게 분명했다.

드스스스.

기괴한 발걸음 소리와 함께 숲에서 머리부터 발끝까지 내려오는 시꺼먼 코트를 입은 백혈교도들이 튀어나왔다.

　검은 코트에 각각 한 줄과 두 줄의 백선이 그려진 자들도 있었다. 사제와 주교다. 평범한 교도들보다 훨씬 뛰어난 무력이 느껴졌다.

　"끄아아악! 지, 진짜야!"

　백혈교의 등장에 도리안이 비명을 터트렸다. 이빨을 달달 떨었지만, 용케 물러서진 않았다.

　"후…."

　라온이 가는 숨을 뱉으며 새로 얻은 검에 손을 올렸다.

　'이렇게 빨리 약속을 지키게 될 줄은 몰랐군.'

　세상일은 참 신기하다고 생각하며 검을 뽑으려 할 때였다.

　우우우우웅!

　허리 뒤편에 매단 진혼검이 언덕 전체를 울릴 정도의 검명을 터트렸다.

　'뽑으라는 거냐?'

　그 말이 맞다는 듯 진동이 더 심해졌다.

　'복수는 자신의 힘으로 하고 싶다는 건가….'

　라온이 고개를 끄덕였다. 자신 역시 데루스 로베르트에 대한 복수를 남에게 미룰 생각이 없었다. 잘 통한다고 생각하며 진혼검을 뽑았다.

　쿠구구구!

　피로 적신 듯한 뻘건 칼날 위로 원망의 요기가 이글거리며 타올랐다.

제114화

 전생의 삶에서 오마 중 넷과 만나보았다.
 그중에서 가장 상대하기 힘든 세력을 꼽으라면 백혈교가 무조건 두 손가락 안에 들어간다.
 남북맹은 통행료로 넘어가거나 말이라도 통하는 존재들이다. 하지만 백혈교에게는 언어라는 게 먹히질 않기 때문이다.
 그들의 종교적인 목적을 위해서라면 동료의 배를 뚫고, 목을 잘라서라도 전진하는, 그야말로 미친놈들의 모임이었다.
 "모두 죽여라."
 두 개의 백색 줄이 그어진 코트를 입은 주교가 새하얀 손을 뻗자, 백혈교도들이 살기등등한 눈으로 달려오기 시작했다.
 '자, 그럼….'

라온은 진혼검을 역수로 쥐고 만화공의 기운을 운용했다.

'네 원한을 한번 풀어 보자.'

거세게 진각을 밟으며 백혈교도를 향해 뛰어들었다.

치이잉!

가장 앞에 있던 백혈교도가 초승달을 갈아 놓은 듯한 곡도를 꺼냈다. 백혈교도의 주무기 시미터였다.

놈은 그 흔한 기합조차 없이 라온의 목을 향해 시미터를 내리쳤다.

'이럴 줄 알았지.'

백혈교도는 일격에 죽이는 걸 자비라 생각하여 목이나 심장을 노리는 경우가 많다. 지독할 정도로 살기 짙은 공격이지만, 오히려 그래서 피하기 쉬웠다.

라온이 부드럽게 무릎을 굽혔다. 종이 한 장 차이로 시미터를 피한 뒤 진혼검을 그었다.

푸칵!

그림을 그리는 듯한 가벼운 손놀림에 백혈교도의 머리가 땅으로 떨어졌다.

"허."

라온이 진혼검을 보며 헛웃음을 흘렸다.

'이게 뭐지?'

가볍게, 그냥 부드럽게 그었을 뿐인데 상대의 목이 잘려 갔다. 말이 안 되는 예리함이었다.

'들고만 있어도 베일 것 같아.'

천년 묵은 나무의 뿌리처럼 퍼져 나가는 요기를 보며 입맛을 다셨다.

'계속 가자.'

진혼검이 대답을 하듯이 검명을 울렸다.

터엉!

라온이 땅을 박찼다. 기사들에게 달려드는 백혈교도의 품으로 파고들어 진혼검을 내리쳤다.

촤아아악!

등줄기가 오싹해지는 절삭음과 함께 백혈교도 다섯의 몸이 사선으로 갈라졌다.

우우우웅!

아직 피가 모자란 건지 진혼검의 울림이 한층 강해졌고, 요기의 파동도 짙어졌다.

라온이 붉은 눈을 빛냈다. 요기에 몸을 맡기듯 전장에 뛰어들어 백혈교도를 쓸어버리기 시작했다. 검은 양 떼 속을 노니는 붉은 늑대와 같은 모습이었다.

"멈춰라."

홀로 20명이 넘는 백혈교도를 베었을 때 흑색 코트에 백색 줄이 그어진 놈이 앞을 막아섰다. 교도의 위에 있는 사제였다.

우우웅.

사제의 손에 들린 시미터가 하얗게 빛나기 시작했다.

"죽어."

사제의 시미터가 목을 노리고 쇄도해 왔다.

'뻔하군.'

이놈 역시 교도와 다를 바 없는 공격을 해 왔다.

라온은 왼발을 뒤로 뻗었다. 시미터가 땅을 후려친 순간 진혼검을 내질렀다.

퍼엉!

그저 앞을 향해 뻗어 냈을 뿐인데 사제의 왼쪽 가슴이 터져 버렸다. 어처구니가 없는 위력이었다.

'미쳤군.'

진혼검은 계속해서 복수를 원했다. 사제의 피를 마셔도 목마른지 계속해서 건조한 울음을 터트렸다.

"흠."

라온은 바닥을 적시는 사제의 핏물을 보며 눈매를 좁혔다.

-피의 색이 이상하구나. 물을 섞은 듯 연해 보인다.

라스의 말대로다. 사제의 혈흔은 연한 홍색. 빨간 물감에 하얀 물감을 조금 섞으면 나올 듯한 빛이었다.

'이게 백혈교의 특징이야.'

백혈교도는 피의 향연이라는 연공법을 통해 심장에 혈기라는 기운을 모으고, 인간의 피를 마셔 그 힘을 강화한다.

흡혈을 많이 할수록, 연공을 많이 할수록 놈들의 심장과 피는 하얗게 물들어 간다.

즉, 피와 심장이 하얀색에 가까울수록 백혈교도는 더 강한 지위와 힘을 가질 수 있었다.

-미친놈들이로구나.

'그래. 인간의 경계를 벗어난 놈들이지.'

라온은 기사들을 몰아붙이는 백혈교도를 보고 땅을 박찼다. 적발 기사의 목에 시미터를 날리는 사제의 좌측으로 짓쳐 들었다.

"음!"

사제가 빠르게 반응하고, 몸을 돌렸지만 이미 늦었다.

퍼억!

진혼검의 예리한 검격에 사제의 팔이 통째로 날아갔다.

"끄어억! 네, 네놈!"

라온은 사제가 당황하여 뒷걸음질 치는 틈을 놓치지 않았다. 바로 따라붙어서 목을 베어 버렸다.

"허억…."

넘어갈 듯한 숨소리에 옆을 보니, 간신히 목숨을 구한 적발 기사가 경악한 눈으로 자신을 보고 있었다.

라온은 가볍게 고개를 끄덕이고 앞으로 나아갔다.

진혼검을 그을 때마다 백혈교도가 하나에서 둘씩 사라졌다. 붉은 칼날에서 무시무시할 정도의 살기가 끝없이 휘몰아쳤다.

"안 되겠군."

왕자와 기사 둘을 홀로 압도하던 주교가 몸을 돌렸다. 그림자가 이동하는 듯한 기괴한 보법을 사용하여 라온의 앞에 이르렀다.

"네놈부터 죽여야겠어."

"할 수 있겠어?"

라온이 코웃음을 쳤다. 녹전귀나 레이든보다 강한 무력이 느껴졌지만, 진다는 생각은 조금도 들지 않았다.

"보여 주지."

피로 물든 시미터가 반원을 그리며 목을 노려 왔다.

후웅!

여유롭게 허리를 젖혔다. 시미터의 칼날에 베인 금빛 머리카락이 허공에 휘날렸다.

'이놈도 같군.'

목과 심장을 노리는 백혈교의 방식은 주교에게도 예외가 아니었다.

찌이잉!

몸을 세울 때 주교가 검을 들지 않은 왼손을 폈다. 검지손가락에서 눈송이처럼 새하얀 기운이 자신의 심장을 향해 쏘아졌다.

손가락의 마나 회로에서 오러를 쏘아 내는 혈지탄이라 불리는 무학이었다.

'이럴 줄 알았지.'

라온이 진혼검을 내리그었다. 사나운 요기에 반으로 갈라진 혈지탄이 뒤에 있던 바위를 부쉈다.

주교가 팔을 뒤로 뺄 때 놈의 공간으로 파고들었다. 내리치는 시미터를 향해 진혼검을 휘둘렀다.

캬아앙!

주술이 섞인 시미터와 요기가 어린 진혼검의 격돌에 언덕 위에 악마의 비명 같은 굉음이 터져 나왔다.

찌지지직!

진혼검의 요기가 서광처럼 짙어진다. 적색 빛살이 되어 주교의 시미터를 튕겨 냈다.

"으음!"

작은 단검에 밀린 게 화가 난 건지 주교의 표정이 굳어졌다.

"네놈은 대체 어디서 온 누구냐!"

"미안하지만, 내 입으로 정체를 밝힐 수는 없어서."

"네놈의 피는 내가 마셔 주지."

주교가 쫙 펼친 왼손을 허리에 두고, 시미터를 위로 들었다. 강한 압력이 쏟아지는 기수식. 극공의 기세였다.

'받아 주지.'

라온이 무릎을 굽힌 채 눈매를 좁혔다. 비전의 단검술을 사용하려 할 때 진혼검이 요기를 뿜어내기 시작했다.

우우웅!

울음소리와 함께 퍼져 나간 요기가 허공에 곡선의 궤적을 그렸다. 춤사위 같기도 했고, 나비의 날갯짓 같기도 했다.

'저걸 따라 하라는 거냐?'

그렇다는 듯 진혼검이 다시 한번 울음을 터트렸다.

"뭔지는 모르겠지만."

라온이 고개를 끄덕이고 불의 고리를 회전시켰다.

다섯 개의 고리가 공명하며 시간이 느리게 흐르기 시작했다. 요기로 만들어진 길이 눈에 선명하게 어렸다.

'저건….'

요기가 깎아 낸 길이 보인다. 저건 검무. 시렌 마을 사람들이 신목 오셀룬에 바치는 풍요의 검무였다.

세상의 안정을 기원하는 풍요의 검무가 원수의 목을 갈라 낼 복수와 원망의 검무로 변해 있었다.

"죽어라."

주교의 손과 검에서 백광이 뿜어져 나왔다. 칼날로 가득한 벽이 밀어닥치는 듯한 모습. 주교의 비기 백혼벽이다.

"좋다."

라온이 진혼검을 고쳐 잡았다.

'네가 원하는 대로 해 주지.'

진각을 밟았다. 하체에서부터 솟구치는 열화와 같은 기운에 허리의 회전력을 담았다.

만화공의 오러와 진혼검의 요기가 하나의 기운처럼 어우러지며 허공에 그려진 검무의 궤적을 질주했다.

치이이잉!

진혼검이 나아갈 때마다 검날에 담기는 기운이 폭주하듯 치솟았다.

마지막으로 검을 내지른 순간 벼락 소리와 함께 진혼검의 칼날에서 무시무시한 검격이 뻗어 나왔다.

콰아아아!

오러와 요기가 조화된 기운은 백혼벽을 단숨에 찢어발기고, 그 뒤에 있던 주교와 백혈교도들을 휩쓸어 버렸다.

"으음."

라온의 다리가 잠시 휘청였다. 한 번에 너무 많은 오러를 소모했는지 머리가 멍했다.

"후우…."

숨을 고르며 천천히 고개를 들어 올렸다.

사그라드는 모래 먼지 아래 남은 건 오직 핏물뿐이었다. 백혈교도도, 사제도, 주교도 시체조차 남기지 않고 지워졌다.

"허."

라온이 헛웃음을 흘리며 진혼검을 보았다. 붉은 칼날은 백혈교도가 죽으며 남긴 혈기를 빨아들이며 더 짙은 적색 빛을 뿜어냈다.

'네 원한이 내 생각보다 훨씬 강했구나.'

풍요의 춤을 복수의 춤으로 바꿀 만큼이나.

조금 씁쓸한 마음으로 몸을 돌렸다.

"어억…."

"아…."

그리어와 기사들은 찢어질 정도로 눈을 부릅뜬 채 바닥에 자빠져 있었다. 너무 놀라서 말조차 잊었는지 입만 뻐끔거렸다.

"도, 도, 도련님."

도리안이 오한이 든 사람처럼 사지를 떨며 기어 왔다.

"방금 그거 뭡니까? 위, 위력이 무슨 마법이던데?"

"글쎄."

라온은 진혼검의 칼날에 묻은 피를 털어 내고 고개를 저었다.

"나도 잘 모르겠어."

무시무시한 위력보다 더한 슬픔이 담긴 검을 뭐라고 말해야 할지 모르겠다.

꿀꺽!

기사 로레일은 당당하게 서 있는 금발의 소년을 보고 마른침을 삼켰다.

'이, 이게 뭐지?'

한 번의 검격으로 백혈교를 몰살시키다니, 익스퍼트 상급. 아니, 최상급이나 가능한 무력이다.

'그걸 저, 저 아이가 했다니…….'

땅을 짚은 손가락에 힘이 풀렸다. 허술하고 미숙해 보였던 그의 눈동자가 사신처럼 섬뜩하게 빛나는 것 같았다.

'분명 익스퍼트도 되지 않았다고 생각했는데.'

카멜룬에서 본 라온 지그하르트의 무력은 자신에 한참 미치지 못했고, 왕자보다도 아래였다.

그런 주제에 검을 주렁주렁 매단 걸 보고, 겁을 모르는 하룻강아지라 생각했다.

천성이 착한 왕자가 사람을 좋게만 보았다고 여겼다.

'하지만 아니었어.'

하룻강아지는 자신이었다.

라온은 자신의 눈을 감쪽같이 속일 정도의 고수였다. 단검 하나로 저 정도인데 검을 뽑으면 어떤 실력을 발휘할지 상상조차 안 됐다.

'멍청한 놈…….'

로레일이 본인의 한심함을 자책할 때 왕자가 일어섰다.

"허, 이전보다 훨씬 더 강해졌군."

3왕자는 헛웃음을 터트리고, 라온에게 다가갔다.

"나도 누군가에게 뒤지지 않을 정도로 단련을 해 왔는데, 아예 쫓아갈 수 없는 차이가 벌어진 것 같소."

왕자는 시원한 성격답게 라온의 무력을 인정했다.

"정말 고맙소. 덕분에 목숨을 구할 수 있었어."

그는 신분을 잊은 듯이 고개를 숙였다. 다만 그 모습을 말릴 수 없었다. 정말 라온이 없었다면 크게 위험한 상황이었으니까.

"가, 감사합니다."

"구해 주셔서 고맙습니다."

"대단하시더군요."

로레일이 벌떡 일어나서 라온에게 고개를 숙였다. 다른 기사들도 주춤거리며 다가와 감사의 인사를 전했다.

"아닙니다."

라온은 언덕 뒤쪽의 푸른 산을 올려다보며 고개를 저었다.

"제가 아니었어도 해결하실 수 있었을 겁니다."

라온은 기사들과 함께 싸움이 끝난 전장을 정리한 뒤 다른 곳에 다시 자리를 잡았다.

이전과 달리 기사들이 자신을 힐끔힐끔 쳐다보았다. 이전처럼 은근한 무시가 아니라 경외가 어린 눈빛이었다.

'드러내야 대우를 해 주는군.'

-당연하다. 인간만큼 강자에게 약하고, 약자에게 강한 동물이 없느니라.

꽃팔찌에서 튀어나온 라스가 마족보다도 더하다고 중얼거렸다.

'뭐, 그건 그렇고 이 검 생각보다 사납고 위험하네.'

붉게 번쩍이는 진혼검의 칼날을 멍하니 바라보았다. 백혈교를 만났을 때만 그렇긴 하지만 검에 어린 원한은 깊고도 짙었다.

-흥. 그래 봐야 저급한 물건일 뿐이니라. 본왕이 네게 힘을 주었다면 이 지역이 통째로 얼어붙었을 것이야.

'근데 못 하잖아.'

-윽….

'못 하는 건 말하지 말자.'

-모, 못 하는 게 아니라, 안 하는 것이니라. 본왕이 원하는 것은 네놈의 육체와 영혼이니까!

'하여튼 핑계는.'

-핑계라니! 본왕이 마계에 있을 때 수많은 마족이 찾아와 힘을 내려 달라고 애원했었다. 그중 한 명에게 힘을 주고….

'조용히 좀 해 봐.'

라스가 지루한 이야기를 하려고 할 때 진혼검이 떨리기 시작했다.

붉은 칼날에 어려 있던 기운이 자신의 몸으로 흘러들어 오기 시작했다.

-막아라! 기생충이 본왕의 몸을 훔치려 들지 않느냐!

'일단 이건 네 몸이 아니라, 내 몸이고. 이 녀석에게 해를 끼칠 의도는 없어.'

라온이 고개를 저었다. 진혼검이 뿜어내는 기운은 요기가 아니라, 정심한 기운이었다. 무슨 일이 일어난 건지 생각하고 있을 때 메시지가 올라왔다.

진혼검이 당신에게 정화한 혈기를 바칩니다.

제115화

라온은 메시지를 보며 눈매를 좁혔다.

'정화한 혈기라…'

그냥 혈기가 아니라, 정화한 혈기. 진혼검은 혈기에 어려 있던 사이한 기운은 본인이 먹어 치우고, 남은 정심한 기운을 자신에게 바친다는 것 같았다.

'확실히 순수한 기운이야.'

실제로 진혼검이 바친 기운은 마나석에 담긴 마나 이상으로 높은 순도를 가지고 있었다. 자신에게 전혀 해가 되지 않는 상서로운 기운이었다.

'받아들인다.'

막고 있던 오러의 벽을 내리자, 진혼검이 바친 기운이 몸속으로 스며들기 시작했다.

고오오오!

이슬처럼 맑고, 깨끗한 기운이 마나 회로를 타고 전신으로 퍼져 나갔다.

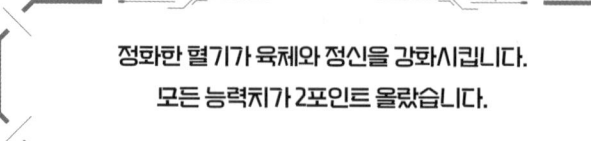

정화한 혈기가 육체와 정신을 강화시킵니다.
모든 능력치가 2포인트 올랐습니다.

시원하면서도 정심한 기운이 온몸을 가득 채우는 희열에 주먹을 꽉 말아 쥐었다. 하지만 메시지는 그걸로 끝이 아니었다.

특성 <요기 적응>이 생성되었습니다.

특성이 생겨났다며 눈앞에 새로운 창이 떠올랐다.

<요기 적응(1성)>
본인의 육체나 무구로 요기를 사용할 때
더 적은 오러와 정신력으로 더 많은 요기를 운용할 수 있다.

라온은 요기 적응의 내용을 보고 눈을 빛냈다.
'괜찮은데?'
요기가 깃든 검을 사용하는 것만으로 정신력과 오러 소모가 심했다. 저 특성이 있다면 진혼검을 들고 싸울 때 조금 더 여유를 가질 수 있을 것이다.

-잠깐.

라온이 만족스럽게 고개를 끄덕일 때 라스가 눈앞으로 치솟았다. 푸른 냉기에 잠긴 눈동자가 일그러져 있었다.

-왜 특성이 생긴 것이냐.

'네가 전에 말했잖아. 시스템은 내게 도움이 되는 방식으로 움직인다고. 진혼검을 쓰는 날 위해서 저 특성을 만들었겠지.'

-그 특성이 어떻게 만들어졌을 것 같으냐. 본왕이다! 본왕의 본체에서 힘을 빼온 게 뻔하지 않느냐!

'그렇겠지. 뭘 당연한 걸 물어.'

-끄으으윽!

라스가 이를 갈았다. 푸른 불꽃 위로 분노가 잔뜩 어린 냉기가 스멀스멀 피어났다.

'아무리 생각해도 편하다니까.'

라온이 확인한 메시지를 닫고 있을 때 진혼검이 가는 진동을 일으켰다. 앞으로 잘 지내보자는 것처럼 부드러운 움직임이었다.

'잘 부탁한다는 거냐?'

우우웅!

그 말이 맞다는 듯 진혼검이 선명한 울음을 흘렸다.

'넌 기생충 1호와 달리 확실히 도움이 되네. 기생충 2호라는 말은 취소하마. 나도 잘 부탁한다.'

우웅!

고맙다는 듯 진혼검이 몸을 떨었다.

-보, 본왕이 기생충 1호? 기생충은 네놈이다! 본왕의 능력을 골수까지 쪽쪽 빨아먹는 등골 브레이커이니라!

'그렇구나.'

-끄아아아악!

능글맞게 대답하자, 라스가 악을 내지르며 분노와 냉기를 일으켰다. 화산처럼 폭발한 푸른 냉기 위로 분노의 감정이 뒤덮여 밀어닥쳤다.

고오오오!

이전에 받아들였던 라스의 분노가 잔불처럼 타올라 정신을 짓눌렀다.

"후욱…."

수천 개의 바늘로 모공을 찌르는 듯한 지독한 고통. 자신이 성장하듯 라스도 힘을 회복하고 있다. 그에 맞서 천천히 숨을 내뱉으며 불의 고리와 만화공을 운용했다.

영혼의 격이 오르고, 전신에 열기가 휘몰아치자 라스의 분노와 냉기에서 전해지는 통증이 조금 가시기 시작했다.

'확실히 상성이야.'

불의 고리와 만화공은 냉기와 분노의 칼을 휘두르는 라스를 이겨 낼 수 있는 유일한 방패였다.

-본왕에게 그 몸과 영혼을 바쳐라!

'그렇게는 못 하지.'

살이 파이는 듯한 고통에 머리털이 쭈뼛 섰지만, 아무렇지도 않은 듯 웃었다.

후우우.

식은땀을 흘리며 지독한 통증을 견디고 있을 때 기다렸다는 듯 메시지가 올라왔다.

> <분노>의 방해를 견뎌 냈습니다.
> 근력 능력치가 1포인트 상승합니다.
> 체력 능력치가 1포인트 상승합니다.

분노와 냉기를 버틴 대가로 오르는 능력치였다.

-이런 빌어먹을! 본왕의 능력치가 넘어갔도다! 또!

라스가 펄쩍 뛰며 자신의 몸에서 빠져나왔다. 말도 안 된다는 듯 메시지를 노려보며 이를 갈았다.

'넌 안 돼.'

라온이 머리를 쓸어 올리는 척하며 이마에서 흘러내린 땀을 닦았다.

역시 방심할 수 없어.

여유로운 말과 달리 등은 땀에 젖어 있었다.

아낌없이 주는 라스라지만, 그 본체는 마계의 군주다. 절대로 마음을 놓아서는 안 된다.

'처음엔 같다고 생각했는데, 아니었네.'

-무엇이 말이냐.

'너보다 진혼검이 훨씬 착해.'

라온은 라스에게는 코웃음을 치고, 진혼검의 검날을 깔끔하게 닦아 주었다.

-착하긴 무엇이 착하단 말이냐. 네놈의 육체를 조종하려 들었던 미물이니라!

'마음을 고쳐먹었잖아. 어떻게든 날 집어삼키려는 너랑은 달라.'

-저놈도 똑같다. 본왕만큼 강했다면 포기하지 않고 네놈을 노렸을 것이다.

우우웅!

아니라는 듯 진혼검이 검날을 진동시켰다.

'똑같이 보지 말라는데?'

-조만간 네놈만이 아니라, 저 요검도 박살을 내 주겠노라.

라스는 흉악한 냉기를 뿜어내며 진혼검을 굽어보았다.

'능력치를 올려 주면 나야 고맙지.'

-끄응, 네놈은 본왕이 아니라도, 곱게 죽지 못할 것이다. 어딜 가든 적을 만드는 유형의 인간이니라.

'내 적은 너뿐이야.'

무조건 죽여야 하는 진짜 적이 있지만, 입에 담지 않았다.

"검사 라온."

진혼검을 다 닦은 뒤 검집에 넣으려 할 때 그리어가 검은 보자기를 들고 다가왔다.

"덕분에 살았소. 다시 한번 감사드리오."

그는 여전히 왕자답지 않았다. 미소를 지으며 머리를 숙였다.

"아닙니다. 저도 나름 놈들과 관계가 있어서요."

"확실히 그렇구려."

진혼검을 보여 주자, 그리어가 고개를 끄덕였다.

"그저 조그마한 요기를 뿜어낸다고 생각했는데, 상식을 초월하더군. 그런 검은 처음 보았소."

"저도 그렇습니다. 제 생각보다 원한이 강한 것 같더군요."

"괜찮겠소? 요검은 제 주인도 문다고 들었는데…."

"지금은 절 완전히 주인으로 받아들였습니다."

"하긴 그만한 힘이 있으니, 받아들였을 테지. 감탄이 나오는 무력이야."

그는 앞으로 더 노력해서 따라잡겠다고 말하며 씩 웃었다. 역시 시원시원한 사람이었다.

"이젠 동지가 되었으니 보여 줘도 되겠군."

그리어가 가지고 온 검은 보자기에서 아이 머리통만 한 하얀 구슬을 꺼냈다.

"이건…."

"우리가 가지고 가던 백혈교 지부의 물건이오. 아시다시피 백혈교는 습격한 마을 사람의 반은 그 자리에서 흡혈하고, 반은 납치해 가지. 우리는 놈들이 이 구슬로 납치한 사람들을 백혈교 본단으로 이동시킨다고 생각하고 있소."

그는 기대감이 가득 어린 눈빛으로 구슬을 바라보았다.

우우우웅!

그리어의 말을 들은 진혼검이 진동을 일으켰다. 복수를 원하는 마음과 혹여나 아직 살아 있을지 모르는 사람들을 구하길 바라는 마음 같았다.

'음.'

라온이 감탄한 눈으로 진혼검을 보았다.

'대단하네.'

요검이 되었어도 사람들을 구하고 싶어 하다니, 시렌 마을 사람들이 얼마나 따스한 심성을 가졌었는지 알 수 있는 모습이었다.

"그런데 도련님."

검명을 흘리는 진혼검을 멍하니 보고 있던 도리안이 고개를 들었다.

"단검술은 어디서 배우셨습니까? 쓰시는 걸 처음 봤는데, 장난이 아니던데요?"

"음, 확실히."

"체계화된 단검술이었지."

그 말에 그리어와 기사들도 시선을 돌렸다. 어떤 검술인지, 어떻게 배웠는지 궁금해하는 것 같았다.

"…리메르 교관에게 배웠어."

"아!"

"어쩐지."

"그 사람이면 그럴 만하지."

도리안도, 왕자도, 기사들도 리메르라면 단검술도 익혔을 것 같다고 말하며 시원하게 받아들였다.

'이쪽도 쓸 만한데.'

리메르라는 핑계는 어디에도 통하고 있었다.

라온은 피식 웃으며 진혼검을 허리 뒤편에 착용했다.

다음 날 정오.

푸른 머리칼의 청년이 가느다란 나뭇가지 위에 걸터앉아 있었다. 눈빛은 날카로웠고, 입매는 단단히 여물어 있었다. 흡사 소나무가 사람으로 화한 듯했다.

한 자루 검처럼 고고한 기세를 피워 내는 이 남자는 바로 오웬 왕국 은기사단의 3번 조장이자, 대륙십이성에 이름을 올린 보리니 키튼이었다.

그의 갈색 눈동자에 갈림길에 도착한 라온과 그리어가 잡혔다. 두 사람은 작별 인사를 하고 각자의 길을 떠났다.

"흐음."

보리니의 시선은 보호해야 할 3왕자가 아니라 라온의 등을 좇았다.

'확실히 날 파악했었지.'

어제 백혈교도가 3왕자 일행을 습격했을 때 잠시 기운이 흐트러졌었는데, 라온은 그 찰나의 순간을 놓치지 않고 자신이 있는 위치를 알아차렸다.

'대단한 녀석이야.'

그는 자신이 적이 아니라는 것을 파악한 뒤 백혈교를 처리하는 것에만 집중했다. 많은 실전을 겪은 베테랑 기사를 보는 듯한 판단력과 집중력이었다.

'더 놀라운 건 단검술이었고.'

왕자에게 라온 지그하르트가 검의 천재라는 말은 들었지만, 단검술까지 익혔을 줄은 몰랐다.

그것도 어설프게 익힌 단검술이 아니라, 수천, 수만 번을 그어 본 것처럼 능숙한 검로를 보여 주었다.

'마지막이 걸작이었지.'

요기와 오러를 응집시켜서 그어 내는 검격. 그 위력과 범위는 익스퍼트 최상급 수준에 도달해 있었다.

"그리고…."

아름다웠어.

저곳에 있던 왕자와 기사들은 몰랐겠지만, 먼 곳에서 지켜본 보리니는 확실하게 느꼈다.

라온 지그하르트가 펼쳐 낸 검은 단순한 기술이 아니다. 검무(劍舞). 검으로 만들어 내는 예술이었다. 아름다우면서도 서글픈 춤에 담긴 원한에 잠시 가슴이 울렁거릴 정도였다.

"라온 지그하르트라…."

3왕자가 진정한 천재라고 말했을 때 별로 믿지 않았지만, 그 말은 조금의 거짓도 없는 사실이었다.

왕국 제일. 아니, 대륙 제일이라 불리는 은기사단에 들어가 여러 재능을 지닌 사람들을 보았지만, 저런 아이는 처음이었다.

"홋."

보리니 키튼은 멀어지는 라온의 등을 보며 옅은 미소를 지었다.

"몇 년 안에 지그하르트에 또 하나의 신성이 떠오를지도 모르겠군."

환생한 암살자는
검술 천재

라온과 도리안은 차원문을 탄 이후, 2주 동안 이동해서 하분 성 근처에 있는 주디안숲에 도착했다.

이곳에서 하루 정도만 더 이동하면 북방의 지옥 중 하나라는 하분 성에 들어갈 수 있을 것이다.

"으으…."

도리안은 배 주머니에서 꺼낸 간이침대에 누운 채 이빨을 딱딱 부딪쳤다. 모닥불의 열기와 두꺼운 이불이 있음에도 그의 떨림은 멈추지 않았다.

"주, 죽을 거야. 진짜 죽을 거라구요!"

"안 죽어."

라온은 진혼검을 닦으며 고개를 저었다.

"배운 대로, 그리고 할 수 있는 일을 하면 충분히 이겨 낼 수 있는 시련이야."

리메르는 못 할 일을 시키는 사람이 아니다. 그가 보냈다는 건 충분히 이겨 낼 수 있는 시험이라는 뜻이다. 물론 광혈귀 같은 예외도 있지만.

"그렇지?"

우웅!

진혼검은 맞다는 듯 선명한 검명을 울렸다. 2주라는 시간이 지나며 자신은 물론 도리안과도 약간의 친분이 쌓인 상태였다.

"그건 알지만, 무섭다고! 무서운 걸 어떻게 해!"

도리안은 배 주머니에서 꺼낸 야광등을 머리맡에 놓고, 이불 속으로 들어갔다. 노숙에서 침대와 야광등이라니 엄청난 사치였다. 물론 그 덕분에 자신도 편하게 잘 수는 있었지만.

"다 됐다."

라온은 진혼검을 깨끗하게 닦아 준 뒤 다시 검집에 넣었다.

-으흠!

라스가 무언가 마음에 들지 않는 듯이 헛기침을 하며 팔찌에서 튀어나왔다.

-요즘 그 미물에게 너무 잘해 주는 거 아니냐?

'잘해 준다고?'

-그렇다. 매일 한 번씩 닦아 주고, 주기적으로 말도 걸어 주지 않느냐.

'뭐, 도움이 되니까.'

필요 없다고 말해도 진혼검은 요기를 이용해서 사슴 같은 사냥감을 찾아 주기도 하고, 산적들을 먼저 찾아내 경고도 해 주었다.

-그, 그 정도는 네놈도 할 수 있는 일이지 않느냐.

'그렇다고 해도 날 위해 무언가를 해 준다는 게 고맙잖아.'

자신의 기감이 더 뛰어난 건 맞지만, 저런 일을 알아서 해 준다는 것만으로도 상당히 고마웠다.

'요기의 사용법도 알려 주고 있고.'

진혼검은 요기를 더 잘 사용하는 방법과 요기에 적응하는 방법을 알려 주었다.

예쁜 짓만 골라서 하고 있으니, 자주 닦아 주고, 말도 걸어 주는 건 당연한 일이다.

-요기 같은 하찮은 힘을 사용해 봤자 급만 떨어진다.

'급이 떨어지더라도 난 강해져야 하거든.'

라온은 가늘게 웃으며 입을 삐죽이는 라스를 밀어냈다.

딱히 소외시키는 것도 아닌데, 진혼검과 많은 대화를 하고 친해질수록 라스는 불안해하고 있었다.

우우웅!

냉기를 뿜어내는 라스를 놀리듯이 진혼검이 검명을 터트렸다.

-하찮은 미물 따위가 감히!

'하지 마.'

라스가 냉기를 뿜어내서 진혼검을 짓누르려고 할 때 라온이 만화공을 이용하여 라스의 기운을 막아 주었다.

-왜 막는 것이냐!

'네가 먼저 시비를 걸었잖아.'

-본왕은 마계의 군주이니라! 요검 따위가 반항하는데 가만히 있을 수는….

'나 잘 거니까. 조용히 해.'

-끄윽!

라온은 라스를 억지로 팔찌에 밀어 넣고 간이침대 위에 누웠다. 푹신함을 느끼며 등을 돌리고 눈을 감았다.

잠을 청하며 천천히 숨을 고를 때 팔찌에서 라스가 다시 튀어나왔다. 조금 전과 달리 살짝 기가 죽은 기세였다.

-자는 거냐?

'아직.'

-그럼….

라스가 마른침을 꿀꺽 삼키고 말을 이었다.

-보, 본왕이 냉기의 사용법을 조금 가르쳐 줄까?

라온은 등을 돌린 채로 옅게 웃었다.

마계의 군주가 2주 만에 낚싯바늘을 덥석 물었다.

제116화

라온이 입맛을 다셨다.

'제대로 걸렸군.'

진혼검을 얻은 이후 요기를 사용하는 방법이 오러를 운용할 때와 조금 다르다는 것을 깨달았다.

진혼검이 길을 보여 주기에 요기를 사용하는 건 어렵지 않았지만, 자신에겐 제대로 쓰지 못하는 힘이 하나 더 있었다.

바로 혹한의 냉기.

만화공의 검술로 화속성 오러는 그 장점을 최대한으로 끌어낼 수 있었지만, 혹한의 냉기는 아직까지 오러뿐. 그를 다룰 만한 능력을 익히지 못했다.

광혈귀와 싸울 때도 느꼈지만, 자신은 혹한의 냉기를 완벽하게 다루지 못했다. 만화공의 검술, 연성검술 혹은 루난을 따라 해 봐도 어색함만 느껴졌다.

'냉기를 다룰 방법이 필요해.'

세상에서 냉기를 가장 잘 다루는 존재는 자신의 팔뚝에 세를 놓고 사는 분노의 군주다.

다만 라스가 냉기 사용법을 좋게 알려 줄 리가 없다.

분노를 받으라고 하든가, 무릎을 꿇고 빌라든가, 민트초코로 욕조를 채우라는 등 이상한 요구를 할 게 뻔했다.

'그래서 사전 작업이 필요했지.'

진혼검과 친해지고, 더 많은 대화를 하며 서로에 대해 공감을 하자, 라스는 그 사이에 끼고 싶어서 안절부절못했다.

2주가 흐르며 소외감과 불안감을 느낀 녀석은 결국 먼저 다가와 덥석 미끼를 물었다.

본인이 줄 수 있는 최고의 보물인 냉기 사용법을 내민 것이다. 하지만 라온의 반응은 덤덤했다.

'지금은 낚싯대를 들어 올릴 때가 아니니까.'

라스는 호구지만, 바보는 아니다. 여기서 즉답을 하고 관심을 보인다면 상황을 의심하고, 냉기를 가르쳐 준다는 말을 번복할 게 뻔했다.

'조금 더 뜸을 들여야지.'

힘 좋은 고기를 잡을 때도 바로 낚싯대를 들어 올렸다간 대가 부러지거나, 낚싯줄이 끊어진다.

지금은 양쪽으로 스윙을 하면서 고기의 힘을 뺄 때였다.

'냉기의 사용법?'

라온은 별 관심이 없는 것처럼 미동도 하지 않고 되물었다.

-그, 그렇다. 본왕이 볼 때 네놈은 냉기를 제대로 이해하지 못하고 있다.

'흠….'

-네놈 정도의 능력이면 스스로가 부족하다는 걸 알고 있을 텐데?

'확실히 만화공의 오러를 운용할 때보다는 여러 가지로 문제가 있긴 해.'

-맞다! 본왕이 조금만 도와준다면 네놈은 그 어떤 인간보다 뛰어난 냉기를 운용할 수 있을 것이니라. 냉기의 사용법은 한 가지가 아니니까!

라스의 목소리 톤이 올라가고, 말이 빨라졌다. 마치 뒤에서 누가 쫓아오고 있는 것처럼.

'그런데 너 냉기를 잘 쓸 수 있긴 해? 내가 본 건 으아아악! 소리를 지르면서 냉기를 뿜어내는 것뿐인데?'

-그, 그건 본왕에게 육체가 없기 때문이다! 육체만 있었다면 더 세밀한 운용을 보여 주었을 것이야!

'뭐, 나쁘진 않은데….'

라온이 살짝 목을 돌렸다. 라스가 솜사탕처럼 몸을 동그랗게 말은 채 자신을 보고 있었다.

-잘 생각해 보아라. 언제까지 냉기를 숨길 수 있다고 생각하느냐. 결국에는 모두에게 그 정보가 드러나게 될 테니, 제대로 쓸 방법을 익혀 두는 게 네놈에게도 좋을 것이다.

'그 말도 맞긴 하지.'

-본왕이 마계에 있을 때 수많은 마족이 찾아와 냉기의 운용법을 알려 달라고 빌었지만, 누구에게도 그 비법을 알려 주지 않았다. 네놈에게는 천고의 기회가 찾아온 것이니….

'말 길어지니까. 또 졸려 오네.'

라온이 쓱 고개를 돌리고, 이불을 목까지 올렸다.

-끄으으윽!

'일단 잘 테니까. 나중에 얘기하자고.'

아무래도 상관없는 것처럼 눈을 감았다.

-라온 지그하르트! 네놈은 지금 일생일대의 기회를 놓치는 것이다! 본왕의 냉기 운용은 천금을 주고도, 목숨을 걸어서도 배울 수 없는 기예이니라! 지금이 아니라면….

'아홈. 잔다.'

끝없이 떠드는 라스를 밀어내고, 옅게 미소를 지었다.

'조만간 배울 수 있겠네.'

라스가 저렇게 나온다는 것 자체가 불안하다는 증거. 녀석은 얼마 지나지 않아 진심을 다해서 냉기 운용법을 알려 주게 될 것이다.

라온은 지금까지 잘했다는 뜻으로 진혼검을 살짝 두드려 주었고, 진혼검은 그 뜻을 알아차린 듯 살짝 몸을 떨었다.

라온은 점박이 강아지처럼 핏자국으로 가득한 낡고, 누런 성벽을 올려다보며 천천히 숨을 골랐다.

시체를 태운 냄새와 피비린내, 짐승의 노린내가 가득하다. 비위가 강한 사람이라도 구역질이 나올 법한 환경이었다.

"끄으으윽!"

도리안이 새까맣게 탄 벽을 부여잡고 구역질을 하기 시작했다. 라온은 녀석의 등을 두드려 주며 다시 성벽을 올려다보았다.

"이곳이 하분 성인가…."

전투의 흔적으로 가득한 성벽과 채 꺼지지 않은 전장의 냄새를 맡는 것만으로 이곳이 어떤 곳인지, 어떤 상황인지를 알 수 있었다.

여긴 말 그대로 끝이 없는 전투의 지옥이었다.

-흐아아아! 본왕이 살아 있다는 걸 느끼게 해 주는 전장의 공기로다!

라스는 혈향과 시체의 썩은 내가 마음에 드는지 깊게 숨을 들이마셨다.

"어, 엄마. 불효자는 먼저 갑니다! 저, 저는 가문을…."

"정신 좀 차려."

반쯤 죽어 가는 도리안을 데리고 성문 앞에 섰을 때 성벽 위에서 20대 후반으로 보이는 청년의 머리가 불쑥 올라왔다. 짧게 친 보라색 머리칼과 차가운 눈동자가 인상적이었다.

"누구냐."

"지원 나온 용병입니다."

라온은 리메르에게 받았던 용병패를 보여 주었다.

"이름은?"

"라온과 도리안입니다."

그 이름을 들은 남자의 눈빛에 이채가 돌았다. 자신과 도리안의 정체를 알고 있는 사람인 것 같았다.

"문을 열어라."

"문을 열어라!"

지위가 있는 건지 남자의 지시에 하분 성의 문이 열리기 시작했다.

안으로 들어가자, 시체 타는 냄새는 줄었지만, 피비린내는 더 심해졌다. 성 내부에서도 격한 싸움이 있었던 것 같다.

"라온과 도리안."

이름을 부르는 목소리에 우측을 보았다.

조금 전 성벽 위에 있던 남자가 옆에 서 있었다. 키가 그리 크지 않았지만, 체격이 단단했고, 허리에는 두꺼운 검을 패용하고 있었다.

"예정된 시간보다 조금 늦었군."

예상대로 그는 자신이 지그하르트에서 온 수련생이라는 걸 알고 있었다.

"그건 괜찮은 건가?"

남자는 다리를 잡힌 개구리처럼 축 늘어진 도리안을 보고 눈매를 좁혔다.

"늘 있는 일이니, 신경 쓰지 않으셔도 됩니다."

라온은 도리안을 슬쩍 보며 고개를 끄덕였다.

"테리안이다. 앞으로 부사령관이라고 부르도록."

"예."

"따라와라."

"알겠습니다."

"끄윽…."

다리가 풀린 도리안의 목덜미를 잡고 테리안의 뒤를 따라갔다. 성 중앙에 세워진 5층 건물에 들어가자, 기사와 검사, 병사들이 바쁘게 움직이고 있었다.

'눈빛이 다르군.'

무력 자체는 지그하르트 검사들에 비해 모자랐지만, 이쪽을 보는 눈동자에 탄탄한 힘이 어려 있었다.

수많은 사선을 넘어온 거센 전사들의 기세. 저들을 보니, 지금 이곳이 전장의 한복판이라는 걸 다시 한번 깨달을 수 있었다.

"이쪽이다."

테리안을 따라 노후된 계단을 올라갔다. 5층에 도착하자 흑목으로 만든 두꺼운 문이 보였다.

"그곳의 용병이 왔습니다."

"들어오라."

테리안이 노크를 하고 목적을 말하자, 안에서 묵직한 음성이 들려왔다.

끼이익!

경첩이 뒤틀린 듯한 거친 소리와 함께 낡은 문이 열렸다.

방은 넓었지만, 내부는 텅 비었다는 생각이 들 정도로 단출했다. 하분 성 주변 지도와 서적이 가득한 책장을 빼면 사령관실이 아니라, 평범한 병사들의 방에 들어온 기분이다.

고오오오!

누렇게 변색이 일어난 책상에서 회색 머리칼의 노인이 일어섰다. 키는 작았지만, 눈빛에 담긴 힘과 기세가 어마어마했다. 거인과 마주한 듯한 압도적인 존재감에 손끝이 떨려왔다.

'이 남자가 밀랜드 브라이던.'

북쪽의 거인이라 불리며 이 낡고 해진 성을 20년 넘게 사수해 온 하분 성의 수호자가 바로 이 작은 노인이었다.

-오랜만에 보는 제대로 된 장수의 눈빛이로구나.

'너도 느꼈어?'

-그렇다. 수십 년 동안 한 우물을 판 자만이 가질 수 있는 눈빛이니라, 본왕이 마계에 있을 때도 저런 충실한 부하들이 산더미처럼….

'그래.'

-좀 들어! 본왕을 무시하지 말라!

라스의 말이 길어져서 무시하고 고개를 돌렸다.

"라온 지그하르트. 맞나?"

밀랜드의 음성은 목이 갈라졌다고 생각될 정도로 허스키했다. 원래 그렇다기보다 목을 다친 것 같았다.

"예."

"마, 맞습니다."

라온은 담담하게, 도리안은 질겁하며 대답했다.

"이 성에서 너희들의 신분을 아는 건 나와 부성주뿐이다."

밀랜드가 고갯짓으로 왼쪽에 서 있는 테리안을 가리켰다. 부성주는 밀랜드의 아들인 것 같았다.

"리메르가 왜 너희들을 이곳으로 보냈는지는 알고 있다. 많은 경험을 쌓고 돌아오길 바랐겠지. 하지만 이곳에 훈련이나 교육 따위는 없다."

밀랜드의 목소리에 단단하게 세운 신념이 어렸다. 이 성을 평생 지켜온 거인의 기파에 마른침이 꿀꺽 넘어갔다.

"친절할 교관도, 따뜻한 밥과 잠자리도 없다. 있는 거라곤 뼛속까지 스며드는 찬 바람과 끝없는 싸움뿐이지. 편안한 생활을 바란다면 당장 돌아가도록."

"지, 진짜 돌아가도 되… 읍!"

"상관없습니다. 저희는 강해지기 위해서 이곳에 왔습니다. 어떤 전장과 상황이라도 받아들이겠습니다."

라온은 바로 포기하려는 도리안의 입을 막고, 앞으로 나왔다.

"눈빛은 마음에 드는구나."

말과 달리 밀랜드는 조금도 웃지 않았다.

"그 눈이 언제까지 갈지 지켜보마. 지금부터 너희들의 신분은 병사다. 가장 밑바닥부터 시작해라. 찰스!"

밀랜드가 책상을 내리치며 소리를 지르자, 수염을 길게 기른 중년인이 들어왔다.

"부르셨습니까?"

"이 두 놈. 3번 정찰대로 보내도록."

"용병을 정찰대에 넣다니 별일이군요."

"일단 이것저것 시켜 볼 생각이다."

"알겠습니다. 이쪽으로 와라."

라온은 기절한 것처럼 멍하니 서 있던 도리안을 들고서 찰스라는 남자를 따라 나갔다.

쿠웅!

무게감 있는 문이 닫히고 사령관실에는 밀랜드와 테리안만이 남았다.

"한심하더군요."

테리안은 마음에 들지 않는다는 듯 인상을 찌푸렸다.

"무엇이 말이냐."

"보셨지 않습니까. 라온이라는 놈은 놀러 온 것처럼 여유로웠고, 도리안은 겁에 질려 몸에 힘이 풀렸습니다. 도움은커녕 문제만 일으킬 녀석들입니다."

"음…."

"둘 다 겉멋만 들어서 주렁주렁 검만 매달고 있고, 라온은 손목에 꽃팔찌까지 찼더군요. 전사의 마음가짐이 아닙니다. 지금이라도 돌려보내시지요. 저들을 봐주다가 병사들만 다칠 겁니다."

"마음에 들지 않는 모양이구나."

밀랜드가 얼굴을 빨갛게 물들인 테리안을 보고 옅게 웃었다.

"우리가 목숨을 걸고 지키는 이 성을 우습게 본다고밖에 생각되지 않습니다."

"그럴 수도 있겠지. 다만…."

밀랜드의 눈빛이 한층 더 무거워졌다.

"사람을 겉보기만으로 판단해서는 안 되는 법이다. 둘은 어렵기로 소문난 지그하르트의 훈련을 통과했고, 지금 마지막 시험을 앞두고 있다. 보이는 것처럼 어리숙한 녀석들이 아니야."

"그건 그렇겠죠."

테리안은 그래도 마음에 들지 않는다는 듯 입을 삐죽 내민 채 고개를 끄덕였다.

"판단은 두 사람을 지켜본 이후에 해도 늦지 않는다. 선입견부터 가질 필요는 없어."

"알겠습니다."

"그런데…."

밀랜드는 입맛을 다시며 책상 서랍에서 편지 하나를 꺼냈다.

"두 녀석의 정보를 2주마다 알려 달라는 이유를 모르겠군."

"귀하게 키운 지그하르트의 전력이 걱정되니 그렇겠죠."

"그럴 수 있지. 다만 이건 리메르나, 5 연무장에서 온 게 아니야."

"예?"

"지그하르트 가주전에서 보낸 편지다. 두 사람이 어떤 일을 하고 어떻게 움직이는지를 전부 알려 달라더군."

"가주전이라면 부, 북멸왕께서?"

"그래. 그분께서 이런 요구를 한 적은 처음이라 이유를 모르겠다. 그것도 자세히 서술하라고 되어 있으니, 쯧."

"허! 정말 무슨 일인지…."

두 사람이 글렌의 의도에 대해 생각하고 있을 때 가벼운 노크 소리와 함께 문이 열렸다.

"3번 정찰대장 라딘. 사령관님의 부름에 밥을 먹다 말고 달려왔습니다!"

설원처럼 하얀 겉옷을 두른 30대 남자가 들어와 경례했다.

"그렇게 어필해도 줄 건 없다."

"하하."

스스로를 라딘이라 말한 남자가 뒤통수를 긁적였다.

"그래서 무슨 일이십니까?"

"3번 정찰대에 신병 두 명을 보냈다."

"오, 손이 부족한 건 또 어떻게 아시고."

"그렇게 좋아할 필요 없다. 금방 다른 곳으로 보낼지도 모르니까."

"그 말씀은 결국 보낸다는 말이군요. 아, 좋다 말았네."

"어차피 우리의 전력이 될 병사들이다. 죽지 않게 확실하게 교육해."

"그럼 바로 정찰을 뛰어야죠. 실전이 가장 확실한 교육이니까요."

라딘이 씩 웃으며 고개를 끄덕였다.

"최근 몬스터들의 동태가 심상치 않다. 영역을 벗어나는 경우도 많으니, 주의하도록."

"저 3번 정찰대장입니다. 믿어 주십시오!"

그는 다시 이마 위에 손을 올리고, 방을 나갔다.

"바로 출동이라니, 괜찮겠습니까?"

"괜찮을 거다. 그 도리안이라는 겁쟁이는 모르겠다만, 라온이라는 녀석은…."

밀랜드가 책상을 톡톡 두드리며 픽 웃었다.

"보통이 아니었거든."

라온과 도리안은 찰스라는 검사의 안내를 받아 정찰대의 숙소에 도착했다. 방이 많은지 도리안과 둘이서 지낼 수 있는 2인실이었다.

"으으!"

도리안은 아직도 피비린내에 적응하지 못하고 손을 떨었다.

"여, 여기 생각 이상으로 위험한 거 같은데요? 무슨 시체로 산을 쌓아!"

"마음 좀 가라앉혀 봐."

"도련님도 보셨잖아요. 아까 그 피 냄새와 시체 냄새. 몬스터만이 아니라, 주, 죽은 사람도 많았다구요!"

"항상 말하잖아. 불안하고, 힘들 때일수록 침착해야 한다고. 너 그러다간 안 죽을 상황에서도 위험해."

"으읍!"

도리안이 헙 입을 막고, 코로 천천히 숨을 쉬었다.

"일단 짐부터 풀어. 한동안은 여기 있어야 할 것 같으니까."

"예…."

녀석은 찔끔 나온 눈물을 닦고, 침대의 매트를 내려놓았다.

배 주머니에서 폭신한 매트와 따스한 이불을 꺼내 침대에 놓고, 옆에는 하늘색 천을 걸어 놓았다.

"장식까지 해?"

"분위기가 너무 칙칙하잖아요. 꼭 장례식장에 온 것처럼. 근데 뭘 해도 기분이 별로네."

그는 천을 이리저리 보며 한숨을 내쉬었다.

"너 그 안에 황금색 천도 있냐?"

"당연하죠."

도리안은 고개를 끄덕이고 금빛 천을 꺼냈다.

"녹색."

쓱.

"파란색."

척.

"분홍색."

착.

색을 말하면 바로 그에 맞는 천을 꺼냈다. 준비성이 경악스러운 녀석이다.

"도련님도 이거 깔고 주무세요. 그런 침대에서 주무시면 허리 나가요."

도리안은 훌쩍이면서 자신에게도 매트와 이불을 꺼내 주었다.

"고맙다."

고개를 끄덕이고 침대를 정리하려 할 때 문이 쿵 하는 소리와 함께 열렸다.

"신병들. 정리는 끝냈나?"

새하얀 옷을 입은 30대 초중반의 사내가 안으로 들어오며 씩 웃었다.

"너희들이 속한 3번 정찰대의 대장 라딘이다."

"라온이라고 합니다."

"도, 도리안이에요…."

라온은 담담하게, 도리안은 입술을 떨면서 고개를 숙였다.

"얼굴들이 좋네. 그, 근데 저 매트랑 이불은 어디 있었냐?"

"제, 제가 가져왔는데요?"

"허…."

도리안이 손을 들자, 라딘은 고개를 갸웃거리며 이런 인간은 처음이라고 중얼거렸다.

"어쨌든 정리는 나중에 하고 일단 겉옷을 걸쳐라."

"예?"

"출동 명령이 떨어졌거든."

라딘이 씩 웃으며 가지고 온 하얀색 설상복을 던져 주었다.

"오늘은 너희가 앞으로 정찰대에서 살아남을 수 있을지 확인하기 위해서 정찰 능력과 판단력 그리고 감각을 볼 것이다."

그는 겁을 주듯이 셋 중 하나라도 모자라면 금방 죽을 거라고 떠들어 댔다.

"히익!"

도리안은 겁에 질려 비명을 질렀지만 라온은 달랐다. 옅게 웃으며 고개를 들어 올렸다.

"지금 정찰 능력과 감각을 본다고 하신 겁니까?"

그건 이 하분 성에 있는 그 누구보다 자신 있는 일이었다.

제117화

지그하르트 알현실.

글렌은 얼음장 같은 눈빛으로 단상 아래에 선 리메르를 굽어보았다.

"오늘은 또 왜 왔느냐."

"푸흡!"

리메르는 글렌을 지그시 올려다보다가 웃음을 터트렸다. 뒤늦게 입을 틀어막는 척했지만, 저 모습 자체가 연기였다. 때려 주고 싶을 정도로 얄미운 표정이었다.

"너…."

"일단 사과드리겠습니다."

"무슨 말을 하는 것이냐."

"제가 가주님을 잘못 보고 있었네요."

"뭐?"

"라온 때문에 비밀리에 비연회를 움직이실 줄은 몰랐습니다. 그 정도로 손자를 아끼실 줄이야."

비연회는 가주 직속의 정보 단체. 특별한 상황에서만 움직이는 최고의 기관이었다.

"네가 그걸 어떻게…."

글렌은 드물게도 목소리를 가늘게 떨었다.

"에이, 짬밥이 있는데, 저도 나름 정보통이 있습니다."

리메르가 어깨를 으쓱였지만, 어디서 정보가 빠져나갔는지는 뻔했다.

"하아, 로엔…."

글렌이 한숨을 내쉬며 왼쪽에 서 있는 로엔을 보았다. 로엔은 잘 모른다는 듯 손을 흔들었지만, 초승달처럼 올라간 입매를 감추지는 못했다.

"대단하지 않습니까? 도박장에서 돈을 따서 경매에 참여할 생각은 어떻게 했대? 누굴 보고 배운 거야?"

누굴 보고 배웠는지는 이미 답이 나와 있다. 앞에서 설치는 붉은 머리 엘프였다.

"거기다 경매에서 졌다고, 물건을 훔치고, 발카르의 왕녀를 역으로 조롱하다니, 진짜 재미있는 녀석입니다."

리메르는 제자 한번 잘 키웠다고 말하며 경박한 웃음을 터트렸다.

"훔친 건 아직 확실하지 않다."

"에이, 비연회가 90% 확신하는 거면 정답이나 다름없죠."

"별걸 다 알고 있군."

글렌이 짧게 혀를 찼다. 아무래도 로엔이 리메르에게 대부분의 정보를 말해 준 것 같다. 최근 둘이서 붙어 다니더니, 예전보다 더 친해진 모양이다.

"다만 비연회조차 라온이 어떻게 블랙 버터플라이를 훔쳤는지는 모르더군요. 난 놈은 난 놈입니다."

"제자가 도둑질한 게 그리 좋으냐."

"발카르의 왕녀가 선빵을 날렸지 않습니까. 그것도 계속해서! 그걸 참으면 오히려 지그하르트답지 않은 겁니다. 라온은 지극히 당연한 복수를 한 거죠!"

"그건 그렇지."

글렌도 그 말은 맞다고 생각했는지 고개를 끄덕였다. 걸어오는 시비를 참기만 했다면 오히려 화가 났을 것이다.

"본인 입으로 지그하르트임을 밝히지도 않았으니, 시험에 감점 요소도 없구요. 능력도 출중하지만, 운까지 따르는 녀석입니다."

리메르는 역시 내 제자야 하고 손뼉을 쳤다.

"커흠, 뭐, 확실히 그 아이가 그런 면이 있기는 하지."

글렌은 피어나는 웃음을 참는 듯 어색한 표정으로 고개를 끄덕였다.

"쿠베러드의 요검을 얻고, 오웬의 3왕자를 구한 것도 대단한 일이죠. 나중에 오웬과 거래를 할 때 크게 이득을 볼 수 있을 겁니다."

"사실 예전부터 라온이 좀 특별한 면이 있긴 했다. 처음 날 봤을 때도 울지 않았고, 오러를 넣어서 몸을 살피는데 웃음을… 음!"

글렌은 히죽거리는 리메르를 보고, 말을 멈춘 후 올라가던 입매를 억지로 끌어내렸다.

"아쉽네요. 오랜만에 웃는 것 좀 보나 했더니."

"시끄럽다."

"어쨌든 여기에 있을 때보다 훨씬 적극적입니다. 앞으로 녀석의 활약을 듣는 재미가 있겠어요."

"미안하다만 그럴 일은 없다. 비연회는 이미 철수시켰으니까."

"예? 왜요?"

"비연회는 카룬이나 발데르의 움직임을 막기 위해서 보낸 것이다. 라온이 하분 성에 도착했으니, 그 이상은 필요 없다."

글렌이 눈을 내리감으며 턱을 괴었다. 손주 따위는 생각하지도 않는다는 것처럼 냉정한 기세였다.

"아, 그럼 하분 성에 보고를 해 달라고 하셨구나."

리메르는 다 알고 있다는 듯 고개를 주억였다.

"로엔!"

"이, 이번에는 정말 아닙니다!"

글렌의 살벌한 눈빛에 로엔이 고개를 마구 저었다.

"에이, 뻔하잖아요. 손주 사랑이 지극한 가주님이 무얼 하셨겠습니까. 하분 성주에게 연락해서 2주 정도마다 정기적으로 보고를 해 달라고 부탁했겠죠."

"으음…."

글렌은 티가 나지 않게 입술을 깨물었다.

'귀신같은 놈.'

너무 오래 있었기 때문일까. 리메르는 자신에 관해서는 모르는 게 없었다.

"아, 저도 라온을 좋아하긴 하는데, 가주님은 못 따라가겠습니다. 손주 사랑은 할아버지라더니, 진짜 대단하십니다."

"……."

"그러니까! 라온이 시험을 끝내고 돌아오면 거기서 무게만 잡지 마시고, 딱 불러

다가 '사랑하는 손자야. 수고 많았다. 네 소식을 들으며 얼마나 기뻤는지 모른다. 이 할애비가 한번 안아 보자꾸나.' 하시면 오해도 풀리고, 가주님도 좋고, 보는 저도 좋고, 실비아도 좋은 평화로운 세계가… 흡!"

리메르는 싸늘하게 가라앉은 알현실의 분위기를 느끼고 입을 꾹 다물었다.

"아, 나 약속 있었지. 가야겠…."

문으로 나가려고 했는데, 다리가 땅에 닿질 않았다. 글렌의 무형지기가 자신의 몸을 들어 올리고 있었다.

"가, 가주님? 장난이 심하신…."

"후우우욱."

글렌이 깊은숨을 뱉으며 일어섰다. 손가락을 까딱이자 허공에 뜬 리메르가 실 달린 바늘처럼 끌려왔다.

"지난번의 교육이 모자랐던 모양이구나."

그의 붉은 눈이 사납게 번들거렸다.

"오늘은 그 몸에 확실하게 새겨 주마."

"으아아아악!"

라온은 라딘의 뒤를 따라 하분 성을 나선 후 천천히 고개를 들었다.

은빛 하늘 아래 흰색 물감으로 색을 칠한 듯한 고고한 기세의 산이 보인다.

'저 산이 스터린이군.'

하늘에 닿을 것처럼 솟구친 저 산이 바로 몬스터들이 끝도 없이 나타난다는 스터린산이었다.

'그리고….'

이번엔 오른쪽으로 시선을 돌렸다. 굽이치는 검은 바다. 장벽 같은 파도가 멈추지 않는 북해가 눈에 들어왔다.

스터린산과 북해의 몬스터가 동시에 출몰하는 이 말도 안 되는 환경 때문에 이곳 하분 성을 인세의 지옥이라 부르고 있었다.

"멋있지?"

"그러네요."

라딘의 말대로 날 것의 자연은 웅장한 맛이 있었다. 계속 보고 싶을 정도로 가슴을 울렸다.

"얼마 안 가서 지겨워질 거야. 아니, 깨부수고 싶어지지. 이쪽으로 와라."

그는 씩 웃으며 앞장섰다. 북해 쪽이 아니라, 스터린산이 있는 방향으로 이동했다.

"뭐가 갑자기 튀어나올지 모르니까. 항상 긴장해."

"으으, 추워서 몸이 떨리는지, 겁이 나서 떨리는지 모르겠어요. 어디든 위험해 보이는데…."

도리안은 자신의 옆에 딱 붙어서 몸을 떨고 있었다. 하도 떨어 대서 열이 날 정도였다.

"일단은 느껴지는 건 없어."

"저, 정말이요?"

"그래."

"아, 그럼 안심이죠."
정찰대보다도 자신의 말을 믿는지 떨리던 도리안의 손이 멈췄다.
"어이, 신입들! 이쪽으로 와라!"
라딘의 부름에 라온과 도리안이 앞으로 달려갔다.
"이게 뭐 같지?"
라딘과 정찰병들은 산길 아래에 찍힌 큼지막한 발자국을 가리켰다. 성인 남성의 팔 정도로 긴 거대한 발자국이었다.
"헉! 이, 이거 트롤 아닌가요? 엄청 큰데요?"
도리안은 발자국을 보며 마른침을 꼴깍 삼켰다.
"넌 어떻지?"
라딘이 라온을 보았다.
"일단 트롤은 아닙니다."
라온은 담담한 눈동자로 발자국을 내려다보았다.
'트롤일 리가 없지.'
트롤의 발자국은 더 크고, 깊게 박힌다. 그리고 이 발자국은 이족 보행이 아니라, 사족 보행을 하는 동물의 발자국이었다.
'여기에 있는 사족 보행의 몬스터나 짐승이라면…'
주디엘이 주었던 책자의 내용을 되새기자, 이 발자국의 주인이 생각났다.
"카리 산양이네요."
"어?"
"헉!"
"바, 방금 뭐라고…."

라딘과 정찰병들이 부릅뜬 눈으로 라온을 돌아보았다. 웃음기 있던 눈동자에 당황이 어렸다.

"카리 산양이라고 했습니다. 발이 크고, 뿔이 세 개 달린 검은색 산양 있지 않습니까."

"어…."

단번에 정답이 나올 줄은 몰랐던지, 정찰병들은 모두 표정 관리를 하지 못했다.

"그, 그러면 이게 언제 찍힌 발자국인지도 알 수 있나?"

라딘은 마른침을 삼키고 다시 발자국을 가리켰다.

"좀 보죠."

라온은 무릎을 꿇고, 발자국을 확인했다. 눈이 눌린 정도와 주변의 눈을 확인하자 대략적인 시간이 잡혔다.

"밟힌 곳이 그리 딱딱하지 않은 걸 보니, 아직 12시간이 지나지 않았습니다. 서쪽으로 가면 잡을 수 있겠네요."

"어, 음…."

"허!"

정찰병들은 동그랗게 입을 오므렸고, 라딘은 헛웃음을 흘리며 라온에게 다가갔다.

"너 용병 출신이라고 했지?"

"예."

"누구한테 배웠는지는 몰라도 제대로 배웠네."

그는 조금 더 보자고 말하며 산 주변을 돌았다. 자세를 낮추고, 소리를 죽이고 움직였지만, 속도는 빨랐다.

"조, 조금 더 천천히 움직여야 하는 거 아닌가요?"

"괜찮다. 사흘 전에 사령관님이 직접 움직여서 이곳에 있던 몬스터들을 밀어 버렸거든."

대부분의 몬스터들이 죽었다고 말했지만, 정찰병들의 눈은 쉴 새 없이 움직였다.

"여기 있군."

라딘이 눈 속에 파묻힌 각진 나무 앞에서 멈춰 섰다. 중간 부근에 반쯤 뜯겨 나간 살벌한 흔적을 가리키며 뒤를 돌았다.

"이건 뭐 같아?"

"트, 트롤! 트롤이 분명합니다!"

도리안의 뇌는 제대로 작동하지 않았다. 멍한 눈으로 계속 트롤만 찾았다.

"베어울프의 흔적이네요."

반면에 라온은 흔적을 보는 즉시 답했다.

"어?"

"왜, 왜 그렇지?"

"베어울프는 두껍고, 강인한 손톱으로 바위나, 나무에 흔적을 남겨서 본인의 영역을 알립니다. 다만….'

라온은 나무의 흔적을 보며 고개를 저었다.

"이놈은 이미 죽었겠네요."

"그, 그건 어떻게 알지?"

"놈들은 주기적으로 같은 곳에 흔적을 남깁니다. 흔적이 오래된 것으로 보아 이미 죽었을 겁니다."

라딘도, 정찰병들도 아무 말 하지 않았다. 그저 놀란 눈으로 라온을 바라보며 턱을 바르르 떨었다.

"정찰 능력을 시험하신다고 하시지 않았습니까?"

라온은 빙긋 웃으며 손을 펼쳤다.

"제대로 된 문제를 내셔도 됩니다."

꿀꺽.

라딘이 라온의 뒷모습을 보고 마른침을 삼켰다.

'요 물건은 대체 뭐지?'

하분 성 정찰대에 들어온 병사들에겐 신고식이 기다리고 있다.

신고식이라고 주먹을 휘두르거나, 윽박지르는 게 아니다.

이곳이 얼마나 위험한 곳이고, 책으로만 본 지식이 실전에서 얼마나 보잘것없는지를 알려 주는 조금 자극적인 조언이 곧 정찰대의 신고식이었다.

'무조건 통하지.'

병사만이 아니라, 기사나 검사들까지, 첫 신고식에서 본인의 무력함을 느끼지 못한 사람은 아무도 없었다.

'하지만….'

라딘이 입술을 지그시 깨물고 몬스터의 흔적에 대해 대답하는 라온을 보았다.

'이놈은 달라.'

몬스터에 대한 질문, 흔적의 방향과 위치와 날짜, 언제 전투가 있었는지까지. 물어보는 질문에 막힘이 없었다.

하분 성에 처음 온 애송이가 아니라, 자신과 함께 이곳에서 성장한 정찰 대원을 보는 기분이었다.

'5년 동안 있던 놈들도 흔적이 얼마나 지났는지는 잘 모르는데….'

아무리 용병이라고 해도 이 녀석은 어리다. 대체 무슨 삶을 살아왔기에 이런 경험을 쌓았는지 당혹스러웠다.

'그리고 이상할 정도로 여유로워.'

아무리 실전 경험을 많이 했다고 해도 이곳은 북방의 지옥이라 불리는 하분 성이다.

베테랑조차 도망친다는 이 땅의 소문을 모를 리가 없건만 라온의 눈빛은 너무도 잠잠했다.

저런 눈을 가진 놈은 딱 두 가지다.

미친놈이거나, 자신이 있는 놈이거나.

"신병."

라딘은 두 눈을 빛내며 앞으로 나왔다.

"그럼 이건 뭘 거 같지?"

바닥을 송곳으로 찌른 것처럼 거의 티가 나지 않을 정도로 작은 흔적을 가리켰다.

'이건 절대 모르지.'

대부분은 바람구멍이 뚫린 흔적이라고 생각할 테지만, 아니다. 이건 발바닥의 중심에 단검 같은 발톱이 박혀 있는 설원 사자의 흔적이다.

하분 성에서 오랜 시간을 보낸 사람들도 헷갈려 하는 흔적이기 때문에 신병은 절대 알 수가 없다.

"설원 사자의 흔적이네요."

라온은 자신의 생각을 비웃듯 바로 정답을 내놓았다.

"어? 그, 그렇게 확답할 수 있어? 이거 그냥 바람구멍일 수도 있는데?"

"확실합니다."

녀석은 직접 구멍에 손가락을 넣어 보고서 고개를 저었다.

"바람구멍이면 내부가 둥글게 파이지만, 설원 사자가 남긴 흔적은 안이 뾰족하게 들어가 있죠. 비슷하지만 다릅니다."

"허…."

"흔적을 보니, 지나간 지 하루 정도 지났겠네요. 방향은 북쪽입니다."

라딘이 넋이 나간 얼굴로 코를 훌쩍였다.

정답이다. 그것도 완벽한 정답.

'이 새끼 도대체 어디서 굴러온 놈이야!'

라온은 눈을 감고 기감을 열었다. 설화의 감각까지 이용하여 주변 전체를 살폈다.

설원 사자에 대한 질문에 대답하자, 라딘은 '너, 넌 네 마음대로 해라.'라고 중얼거리며 자신을 놔두고 도리안만 몰아붙였다.

덕분에 도리안은 울상을 한 채로 정찰병들에게 끌려다니고 있었다. 도와달라는 듯 애절한 눈빛을 보냈지만, 무시했다.

우우웅!

진혼검은 요기로 정찰을 하겠다며 뒤쪽과 서쪽으로 종이처럼 얇게 편 요기를 흩뿌리고 있었다. 덕분에 자신은 앞과 동쪽에만 집중할 수 있었다.

'진짜 도움 되네. 고맙다.'

우웅!

진혼검은 별거 아니라는 듯 검날을 흔들었다.

-어, 어흠!

설원의 찬 내음을 즐기던 라스가 헛기침을 하며 몸을 돌렸다.

-정찰 그렇게 하는 거 아닌데.

'뭐?'

-가, 감각도 그렇게 여는 거 아닌데.

녀석은 자신과 진혼검이 주변의 기척을 파악하는 것을 보며 퉁명스럽게 입을 뗐다.

'괜찮아. 좀 더 열심히 하면 되겠지.'

-본왕도 이곳처럼 눈 덮인 산과 혹한의 바다가 교차하는 곳에서 살았다. 이렇게 눈이 가득한 장소에서는 감각을 여는 방법이 따로 있느니라.

'흐음….'

라온이 입맛을 다실 때 진혼검이 더 열심히 하겠다는 듯 검명을 울렸다.

'진혼검도 다른 방법이 있다는데?'

-끄응, 보, 본왕은 저런 미물 따위와는 격이 다르다! 본왕이 가르쳐 주기만 하면 네놈은 새로운 차원의 감각을 맛볼 수 있을 것이야!

라스는 가르쳐 주고 싶어서 못 견디겠다는 듯 푸른 냉기를 스멀스멀 피워 냈다.

'생각보다 빨리 왔군.'

고기가 낚싯바늘을 문 지 이틀 만에 낚싯대를 들어 올릴 타이밍이 찾아왔다.

'뭐, 시험 정도는 해 봐도 괜찮겠지.'

라온은 담담한 표정으로 라스를 돌아보았다.

-잘 생각했다! 일단 깨달으면 저 미물의 요기 따위는 눈에도 차지 않을 것이야!

라스는 히죽 웃으며 얼굴을 들이밀었다.

파닥파닥 월척이다.

제118화

 라온은 터지려는 웃음을 간신히 참았다. 약간의 호기심만 가진 듯한 눈빛으로 라스를 보았다.
 '오래 걸리는 거 아니야?'
 -평범한 인간이라면 오래 걸리는 정도가 아니라 불가능하다. 하지만 순도 높은 냉기를 가진 네놈이라면 가능할 것이다.
 라스는 엣헴 헛기침을 하고 말을 이었다.
 -이 능력의 이름은 글래시아. 본왕에게 직접 교육을 받는 것을 영광으로 알도록 해라.
 '네. 네. 알겠으니까. 시작하시죠.'
 -네놈에게 미약한 재능이 있음은 인정하지만, 어마어마한 시간이 필요할 터 노력을 게을리하지 말거라. 이건 본왕이 직접 만든 비법으로서….

'나 안 배워. 그냥 진혼검이랑 정찰이나 할란다.'

-자, 잠깐! 알겠노라! 바로 시작하겠다!

고개를 홱 돌리자, 라스가 다급하게 따라왔다.

-일단 정신을 차분하게 가라앉혀라.

'알겠어.'

라온이 눈을 감았다. 지루할 정도로 천천히 숨을 들이마시고, 내쉬었다. 그 단순한 행동을 반복하자 머릿속이 도화지처럼 하얗게 칠해졌다.

-이제 연결이다.

'연결?'

-그렇다. 네가 가진 냉기와 이 땅 전체에 깔린 냉기를 연결하는 것이지. 눈을 떠 보아라.

눈을 뜨자, 라스가 시퍼런 냉기를 피워 내고 있었다.

-본왕의 냉기를 잘 보아라.

라스의 불꽃에서 퍼져 나간 냉기가 눈으로 가득 찬 바닥으로 가라앉았다. 흡사 눈과 냉기가 조화롭게 뒤섞이는 듯했다.

-보았나?

'너의 냉기와 눈이 어우러지는 것 같았어.'

-음, 그건 표면적인 현상일 뿐이다. 눈과 냉기가 아니라, 냉기와 냉기를 연결하는 것이지. 네 육체를 내놓는다면 제대로 알려 줄 수….

'안 배울란다.'

-아, 알겠다! 알겠으니 다시 보아라. 그런 말 하지 않으마!

라스는 침을 꼴깍 삼키고 뒤로 물러섰다. 속과 달리 겉에서 아쉬운 사람은 라스였다.

-크흠, 네놈이 가진 냉기를 이 땅에 어려 있는 냉기와 조화를 시키는 게 핵심이다. 그리되면 먼 곳에서 벌어지는 일도 네 피부에 닿는 것처럼 알아차릴 수 있다. 즉, 이 주변에 깔린 눈과 얼음이 전부 네 눈과 귀 그리고 피부가 될 것이니라.

'아, 무슨 말인지 대충 알겠어.'

라온이 고개를 끄덕였다. 예상외로 설명이 거창하지 않고, 직접적이라 금방 이해할 수 있었다.

'그렇지만….'

어렵겠는데?

냉기와 냉기의 연결은 생각도 못 한 일이다. 듣고 이해한 것과 달리 직접 행하기는 힘들 것 같았다.

-꽤 많은 시간이 필요할 것이다. 다만 제대로 익힌다면 들인 시간 이상의 결과가 돌아올 것이니라.

'음….'

정찰병들은 도리안을 가르치느라 정신없이 주변을 돌아다니고 있었다. 눈이 섞인 바람도 불고 있으니, 지금 해 봐도 들킬 일은 없어 보였다.

'지금 해 보자.'

-그럼 주문을 알려 주지.

'주문? 나 마법 못 쓰는데?'

-주문이라고 다 마법이 아니다. 너희 인간들이 오러 연공을 사용할 때 중얼거리는 구결과 같은 느낌이니라.

'알겠어.'

-그럼 시작하마. 서리꽃이 피어나는 얼음의 호수에 잠긴 신은….

라온은 불의 고리를 운용하여 집중력과 정신력을 키워 라스가 불러 준 주문을 모조리 외웠다.

-못 외웠을 테니, 다시 한번 불러 주….

'외웠어.'

-끄응, 괴물 같은 놈….

라스는 인간 맞냐고 중얼거리며 눈을 흘겼다.

'그럼 시작할게.'

라온이 눈을 감고 혹한의 냉기를 운용했다. 몸에서 퍼져 나간 냉기가 바닥으로 가라앉아 눈 위로 흩날렸다.

후우우웅!

손이 굳어질 정도로 혹한의 냉기를 흘려보냈지만, 주변의 눈덩이들이 굳어지기만 할 뿐 큰 변화는 없었다.

'연결을 어떻게 하는 건지 모르겠어.'

-연결이라고 진짜 눈과 너를 연결하라는 게 아니다. 이것 또한 이미지니라.

'다시 해 볼게.'

라온이 고개를 끄덕이고 호흡을 골랐다. 주문을 외우며 천천히 냉기를 내보냈다.

'조화롭게.'

냉기와 냉기가 뒤섞이도록.

불의 고리를 회전시키며 끊임없이 냉기를 뿜어냈다.

'이미지가 중요하다고 했지.'

어떤 이미지가 뒤섞이는 데 가장 좋을지를 생각해 보았다.

'뒤섞여서 하나가 되는 이미지라면….'

조화와 뒤섞임을 생각하자 조금 전에 보았던 북해가 생각났다.

세상의 모든 물이 모여드는 끝이 없는 바다.

그 바다라면 냉기와 냉기의 뒤섞임도 조화롭게 어우러질 수 있을 것 같았다.

'하지만 그 바다가 북해는 아니야.'

자신이 생각하는 바다는 파도가 일지 않는 잔잔한 대해이다.

호수처럼 여린 바다를 그리며 냉기를 이어 내고, 주문을 읊조렸다.

손끝에서 퍼져 나간 혹한의 냉기가 얇아진다. 머리카락보다도 가늘게 퍼져 이 공간 전체에 깔렸다.

투웅!

세상이 느려진다.

아니, 느려지는 건 자신이다.

진흙 속에 파묻힌 것처럼 온 팔과 다리가 무거웠다.

반대로 감각은 소름이 끼칠 정도로 민감해졌다.

작은 파도 소리가 들린다.

바다. 라온은 지금 바다 위에 떠 있었다. 아니, 바다와 하나가 되었다.

촤악!

잔잔한 바다에 파도가 일어났다.

좌측이다.

정찰병과 도리안이 움직이고 있다. 라딘이 도리안에게 바닥에 생겨난 흔적이 무엇인지를 묻는다. 그 흔적은 한참 전에 사라진 아이스 트롤의 발자국이었다. 도리안은 배 주머니에서 거대한 자와 탁본 세트를 꺼내 발자국을 측정하기 시작했다.

이번엔 우측에서 작은 물결이 흘러갔다. 베어울프 한 마리가 바람에 실린 인간의 냄새를 맡고 경계하듯 숨어 있었다. 놈의 손에는 오크로 보이는 먹이가 들려 있었다.

허….

헛웃음이 흘렀다.

이 능력은 그저 누가 있느냐가 아니라, 누가 무엇을 하고 있는지까지 알 수 있었다.

"후우우우…."

라온이 긴 숨을 뱉어 내며 눈을 떴다.

'됐어.'

처음이라 거리가 짧고, 오래 유지할 수 없었지만, 감은 잡았다. 조금만 더 연습한다면 확실히 깨달을 수 있을 것이다.

-그리 아쉬워하지 말거라. 글래시아는 본왕이 직접 만들어 낸 감각 특성. 쉽게 익힐 수 없는 건 당연한 일이니라. 이곳에 있는 1년간 열심히 익히면 습득할 수 있을 것이다.

라스는 당연히 감을 잡지 못했다고 생각했는지, 원래 오래 걸린다고 말해 주었다.

'1년은 너무 긴데?'

-그것도 본왕이 옆에 있어서 짧게 잡은 것이다.

'음, 그러면 내기할까?'

-내기?

'6개월 안에 내가 글래시아를 익히느냐, 못 익히느냐로.'

-으음, 6개월….

라스는 섣불리 대답하지 못하고 뜸을 들였다. 지금까지 계속 졌으니, 혹시나 하고 고민하는 것 같았다.

'좋아. 그럼 5개월.'

-콜이니라!

녀석은 기다렸다는 듯 내기를 받아들였다.

> <분노>가 내기를 제안합니다.
> 조건 : 5개월 안에 글래시아를 습득하기.
> 성공 시 : 모든 능력치 +4, 특성 중 하나의 등급 상승.
> 실패 시 : <분노>의 감정 10포인트 생성.

"받아들인다."

-내기는 성립되었다.

라온은 올라가는 입꼬리를 억지로 내리고, 고개를 끄덕였다.

'뭐, 내기야 어쨌든 글래시아가 대단한 능력은 맞는 것 같아.'

-당연하다. 본왕이 직접 만든 것이니까!

라스는 칭찬을 듣자마자 활짝 펴진 얼굴로 냉큼 고개를 끄덕였다. 예전부터 느꼈지만 대우받기를 참 좋아하는 녀석이다.

'그럼 다른 냉기의 운용법도 있는 건가?'

-물론이다! 냉기를 뿜어내는 건 기초 중에서도 기초일 뿐. 좋다. 오늘 본왕이 냉기의 사용 방식에 대해 확실히 교육을 해 주마!

라온은 냉기의 불꽃으로 타오르는 라스를 보며 옅게 웃었다.

참으로 뜯어먹을 게 많은 물고기였다.

"신병!"

라스가 냉기 사용법 교육을 시작하려 할 때 라딘이 앞으로 오라는 듯 손짓했다.

"시간이 늦었으니, 오늘은 이 주변에서 묵는다."

라딘이 두꺼운 손가락으로 가지만 남은 나무를 가리켰다.

"당연히 불을 피울 수는 없다. 짐승은 불을 보고 도망가지만, 몬스터는 오히려 달려드니까. 그럼 이 추위를 어떻게 버텨야 할까?"

"두꺼운 매트를 깔고, 오리털 이불을 덮고 잡니다!"

도리안이 냉큼 손을 들어 올렸다.

"……"

라딘과 정찰병들은 순간 말을 잃고 도리안을 멍하니 쳐다보았다.

"지금 그런 게 어디 있어!"

"저한테 있는…."

"너! 네가 말해 봐!"

도리안이 배 주머니에서 매트를 꺼내려고 할 때 라딘이 얼른 라온을 가리켰다.

"땅을 파고 들어가야겠죠."

"그래. 정답이다."

라딘이 극과 극이라고 중얼거리며 한숨을 내쉬었다.

"그럼 어떤 땅을 파야 하지? 이 지랄 맞은 추위 때문에 이곳의 땅은 돌덩이처럼 얼어 있잖아."

"찾아보겠습니다."

라온이 고개를 끄덕이고 자세를 낮췄다. 손으로 눈을 쓸며 땅을 확인했다.

'그 흙을 찾으면 되겠지.'

이렇게 추운 지역의 땅은 대부분 바위처럼 단단하지만, 중간중간 빈틈이 있는 곳이 있다.

그런 곳을 공토라고 하는데 아래가 비고, 흙이 부드러워 땅을 쉽게 팔 수 있었다.

'찾았다.'

나무의 좌측 부분에 흙이 살짝 올라와 있었고, 색이 약간 연했다. 이 아래는 중간중간이 비어 있고, 흙이 부드러워서 어렵지 않게 굴을 팔 수 있을 것이다.

"여깁니다."

"쯥…."

라온이 공토를 두드리자, 라딘이 입을 삐죽 내밀었다.

"왜 여길 파야 하지?"

"색이 연하고, 구릉처럼 약간 올라온 형태를 보면 전형적인 공토…."

"너 진짜 잘났다."

"예?"

"잘났으니까. 먹고 싶은 것도 많겠어!"

"어…."

"아주 모르는 게 없으셔!"

라딘은 뭐라 표현할 수 없는 애매한 눈빛으로 콧등을 구기며 불만을 토해 냈다.

"맞으면 일단 땅을 팔까요?"

그가 손을 부르르 떨 때 도리안이 큼지막한 삽 2개와 포대를 어깨에 걸치고 다가왔다.

"그 삽이랑 포대는 또 어디서 났냐?"

"가져왔죠."

녀석이 본인의 배를 통통 두드렸다.

"너희들 대체 뭐야!"

라딘의 얼굴이 빨갛게 달아올랐다.

"한 놈은 모르는 게 없고, 한 놈은 만물상이고! 진짜 뭐 하는 놈들이냐고!"

"에이, 그 정도는 아니구요."

도리안은 칭찬이라고 생각했는지 헤죽 웃었다.

"끄으윽, 위가 아파…."

"대장님. 혼은 나중에 나겠습니다. 이곳에서 묵을 거면 더 늦기 전에 자리를 잡죠. 말씀대로 어두워지고 있습니다."

라온이 도리안이 든 삽 하나를 들었다.

"됐어! 우리가 정찰 올 때마다 이용하는 곳이 있으니까!"

라딘은 징그러운 놈들이라고 말하고서 눈으로 장식한 듯한 하얀 숲으로 들어갔다.

"신경 쓰지 마. 칭찬이니까."

"가르칠 게 없어서 심통이 난 거야."

"정말이지 애 같다니까."

"가끔은 모르는 척 좀 해 줘. 불쌍하잖아."

정찰병들은 낄낄 웃으며 라딘을 따라 움직였다.

"특이한 사람이네요."

도리안은 삽을 도로 배 주머니에 넣으며 입맛을 다셨다.

라온이 고개를 절레절레 저었다.

네가 제일 특이해….

정찰병들을 따라 숲 외곽으로 움직이니, 눈처럼 하얀 천막을 깔아 놓은 땅이 보였다.

천막을 걷어 내고 땅굴로 들어가자, 열두 명 모두가 잘 수 있을 정도로 넓은 공간이 나타났다.

라온과 정찰병들은 짐을 정리한 뒤 도리안이 가져온 부드러운 빵으로 배를 채웠다.

딱딱한 육포 대신 빵을 먹은 덕분에 정찰병들에게 도리안의 이미지는 하늘을 찌를 정도로 솟구쳤다.

-본왕의 입맛에도 나쁘지 않은 빵이니 당연하겠지.

라스는 한동안 거지발싸개 같은 것만 먹을 줄 알았는데, 다행이라고 중얼거렸다.

"이제 불침번을 정해야 하는데…."

라딘이 조금 남은 빵 조각을 입에 넣고 일어섰다.

"제가 먼저 하겠습니다."

라온이 손을 들어 올렸다.

"짬도 안 되는 녀석이 어딜 초번초에 서려고! 10년은 일러. 인마!"

라딘이 잘 걸렸다는 듯 검지를 흔들었다.

"초번초와 말번초는 짬 순으로 끊는 거야! 넌 딱 중간이니까. 나서지 말고 있어."

"알겠습니다."

"그렇게 여유롭게 웃지도 말고! 내가 네 하급자 같잖아."

"네."

"끄응…."

가볍게 미소 짓자, 그는 할 말을 찾지 못하고 물러섰다.

"지금부터 불침번을 정한다. 초번초는…."

라딘은 직접 불침번을 정해 주었다. 다만 짬 순으로 끊는다는 말과 달리 그는 초번이나, 말번이 아니라, 라온과 함께 세 번째에 일어나게 되었다.

'나쁜 사람은 아니로군.'

지금까지 그의 언행을 보면 후배에게 알려 주지 못해서 안달 난 사람 같았다. 자신이 다 알고 있으니, 알려 줄 게 없어서 폭발했던 것 같다.

"저, 도련님."

재밌는 사람이라고 생각하고 있을 때 도리안이 옆으로 슬쩍 다가왔다.

"저 사람 진짜 특이해요. 저희 밉보이지 말죠."

녀석은 그렇게 말하며 김이 모락모락 올라오는 차를 마시기 시작했다.

-네놈이 제일 특이하다.

이번에는 라스가 대신 대답해 주었다.

굴 밖에서 불침번을 서던 라딘이 슬쩍 뒤를 돌아보았다. 이름 말고는 정체를 알 수 없는 요상한 녀석은 어두운 숲을 멍하니 보고 있었다.

'특이한 놈이야.'

지식만 가지고 있는 게 아니라, 그걸 실전에서 적응시키는 능력도 뛰어났다. 처음 보는 타입이라 어떤 놈인지 제대로 판단이 되지 않았다.

"으흠."

라딘이 굴에서 나와 라온의 옆으로 다가갔다. 말이나 붙여 보려고 했는데, 녀석은 눈을 감고 있었다.

'어? 요놈 잘 걸렸다!'

이 괴물 같은 놈도 불침번을 서다가 조는 건 어쩔 수 없나 보다. 건수를 잡았다고 생각하며 라온을 깨우려 할 때였다.

번쩍!

라온이 눈을 떴다. 열화처럼 타오르는 빨간 눈동자를 보자 순간 말이 나오지 않았다.

"아…."

"대장님."

녀석은 서늘한 목소리를 흘리며 일어섰다.

"어, 어!"

"지금 이곳으로 몬스터가 다가오고 있습니다."

"모, 몬스터?"

"예. 확실합니다."

라온의 목소리엔 흔들림이 없었다.

"그걸 어떻게 알지?"

"제가 감이 좀 좋습니다. 북해에서 올라온 수속성 몬스터가 땅속에서 움직이고 있습니다."

"땅속에서 움직이는 수속성 몬스터…"

라딘이 마른침을 삼켰다. 상어의 머리통에 두더지의 발톱을 가진 수속성 몬스터 샤크몰이 분명했다.

'하지만 그놈들은 여기 안 오는데…'

놈들이 땅속에서 움직일 수 있는 건 맞지만, 스터린산이 지척인 이 숲까지 온 적은 단 한 번도 없었다.

"음…"

혹시나 해서 땅에 귀를 대 보았지만 아무런 소리도 들리지 않았다. 아무래도 라온은 꿈과 현실을 착각한 것 같았다.

'역시나.'

여유로운 척했지만, 신병이 긴장하지 않을 리 없었다. 허술한 모습을 보니, 이제야 사람처럼 보였다.

"샤크몰을 말하는 거지?"

"예."

"이 숲은 스터린산에서 내려오는 몬스터들의 영역이라 샤크몰들은 이곳으로 오지 않아. 꿈 깨 인마."

라딘이 가는 미소를 지으며 라온의 어깨를 쳤다. 하지만 나무껍질처럼 굳은 녀석의 표정은 풀리지 않았다.

"진짜입니다."

"나도 진짜야."

고개를 저으며 땅을 가리켰다.

"샤크몰이 움직일 때는 땅이 흔들리지만, 지금은 미동도 없잖냐."

"곧 느끼실 수 있을 겁니다."

"하아, 첫날이니, 불침번에서 좀 졸았다고 뭐라고 할 생각 없…."

라딘이 마른침을 삼키고 벌떡 일어섰다. 얼어붙은 땅에 흔들림이 일기 시작했다.

"뭐, 뭐야! 진짜였다고?"

샤크몰이 다가올 때의 진동과 소리가 분명했다.

"말씀드렸지 않습니까."

"마, 말도 안 돼…."

"일단 사람들부터 깨우세요. 곧 도착할 겁니다."

"너, 너는!"

"여기서 시간을 끌겠습니다."

"크으. 네, 네가…."

"빨리 가세요."

"알겠다! 절대 무리하지 마!"

라딘이 굴로 내려갔다.

"일어나! 샤크몰이 오고 있다!"

"예? 누구요?"

"샤, 샤크몰? 샤크몰이 왜 여길 와!"

"나도 모르겠으니까. 일단 일어나라고!"

정찰병들은 의문을 가지고 있으면서도 바로 일어나서 전투 준비를 갖췄다.

"지, 진짜 몬스터가 온 거예요?"

당황하여 안절부절못하는 건 도리안뿐이었다.

"빨리 준비해서 나와!"

라딘이 쇠뇌와 칼을 들고 굴 밖으로 나왔다. 라온과 샤크몰의 위치를 파악하려고 할 때 전방의 땅이 거미줄처럼 갈라지며 거대한 괴수가 튀어나왔다.

"샤, 샤크몰!"

상어의 머리통에 두더지의 발톱, 인간의 몸뚱이를 가진 북해의 몬스터 샤크몰이었다.

"크헉!"

물러서서 쇠뇌를 쏘려고 할 때 굴 입구에 발이 걸려 넘어졌다.

"끼아아아!"

샤크몰은 기괴한 비명을 터트리고 수십 개의 발톱이 돋아난 손을 내리치려 했다.

'빌어먹을! 일단 팔을 주고… 어?'

팔 하나를 미끼로 삼아 물러서려 할 때 샤크몰의 목에 붉은 선이 그어졌다.

푸카아악!

샤크몰의 머리통이 생선 대가리처럼 잘려 나갔다.

이빨을 떨며 고개를 들자, 새까만 하늘 위로 두 개의 붉은 달이 떠 있었다.

"아…."

달이 아니다. 라온의 붉은 눈동자였다.

"거기서 움직이지 마세요."

"너, 넌 대체…."

"제 말을 믿지 않으셨으니…."

라온은 더운 피가 흘러내리는 검을 든 채 등을 돌렸다.

"제 검은 믿어 주시죠."

제119화

"너, 넌 대체…."

라온은 정신이 반쯤 나간 듯한 라딘을 뒤로하고 몸을 돌렸다.

쿠와아아앙!

기다렸다는 듯 샤크몰 다섯 마리가 땅을 가르고 튀어나왔다.

"끼아아악!"

가장 가까이에 있는 샤크몰이 자신을 한입에 삼키려는 듯 아가리를 쩍 벌려 그대로 찍어 내렸다.

"단순하네."

샤크몰의 공격은 단순한 만큼 빠르고 강력했지만, 감각을 크게 연 자신에겐 느리게만 보였다.

라온이 허리를 뒤로 젖혔다. 샤크몰의 머리통이 허공에 멈춰 선 순간 검으로 반월을 그렸다.

푸카악!

샤크몰이 붉은 피를 토하며 사선으로 갈라졌다.

"끄르륵…."

"끼이익!"

남은 네 마리의 샤크몰은 앞에서 죽은 놈을 보고 섣불리 달려들지 않았다. 자세를 낮추고, 손톱을 세웠다.

"방어라…."

라온은 얼어붙은 땅을 지르밟고 앞으로 나아갔다. 검을 휘돌리며 살기를 일으켰다.

"의미 없을 텐데."

땅을 박차고 샤크몰에게 달려들었다. 놈들은 기다렸다는 듯 동시에 손톱을 내리쳤다.

'이럴 줄 알았지.'

방어를 한다고 해도 결국에는 본능대로 움직이는 몬스터. 참지 못하고 먼저 움직일 거라 예상했었다.

라온은 어깨를 살짝 트는 것만으로 샤크몰의 공격을 회피한 뒤 검을 내질렀다.

촤아악!

시뻘겋게 달아오른 검날이 우측에 있던 샤크몰의 몸통을 반으로 찢었다.

"시아아악!"

위기를 느낀 샤크몰들이 동시에 세 방향에서 달려들었다. 이빨을 들이밀고, 손톱을 내질렀다.

후웅!

라온은 발목의 방향을 세 번 전환하는 것만으로 샤크몰의 공격을 물길처럼 흘려보냈다.

'뭐지?'

피부의 범위가 늘어난 것처럼 감각이 민감해졌다. 샤크몰의 근육이 어떻게 움직이는지, 놈들의 손톱이 어디를 향하는지, 턱에 실린 힘이 어느 정도인지 모든 것이 손에 잡힐 듯이 느껴졌다.

'이게 글래시아의 진짜 힘인가.'

피부가 이 공간 자체가 된 듯한 감각. 정찰만이 아니라, 전투에서 감각을 최대한으로 끌어 올리는 게 글래시아의 진짜 사용법 같았다.

"시아아아!"

"끼아아아!"

라온은 물밀듯이 쇄도해 오는 샤크몰의 공격을 종이 한 장 차이로 피한 뒤 검을 내질렀다. 검날에 피어난 빨간 꽃송이가 샤크몰의 숨통을 갈라 버렸다.

퍼어억!

황소처럼 돌진해 온 네 번째 샤크몰의 심장을 뚫어 버렸을 때 마지막 남은 놈이 등을 돌리고, 나왔던 구멍으로 도로 들어갔다.

쿠구구구!

놈은 지느러미를 세운 채 북해가 있는 방향으로 도망치기 시작했다.

"어딜 가려고."

라온이 검을 내려놓고, 허리에 차고 있던 진혼검을 뽑아 들었다. 엄지와 검지로 검날을 쥐고 만화공을 극성으로 일으켰다.

눈을 감고 다시 감각의 바다를 열었다. 꽁지 빠지게 도망가는 샤크몰의 숨소리가 귀를 울린다.

겁에 질려 팔다리를 허우적거리는 놈의 움직임이 눈에 보이는 것 같았다. 방향과 거리를 예측한 뒤 전생에 배웠던 비검술 영전을 날렸다.

퍼어억!

뻘건 요기의 선을 그리며 날아간 진혼검이 대지를 가르고, 샤크몰의 머리를 뚫어 버렸다.

진혼검이 만들어 낸 구멍 속에서 새빨간 핏물이 치솟았다.

'끝났군.'

라온은 마지막 샤크몰이 죽은 곳으로 걸어가 진혼검을 뽑아 들었다.

우우우웅!

진혼검은 잘했냐는 듯 검명을 울렸다.

'그래. 잘했다.'

라온은 피식 웃으며 칼날에 묻은 피를 닦아 주었다.

-잘하기는 무슨. 그런 것도 못 하면 단검으로서 존재 가치가 없느니라.

라스는 별거 아니라는 듯 퉁명스럽게 말했다.

우웅!

진혼검은 라스를 보며 피식 웃는 듯한 흔들림을 보였다.

-무엇이라! 본왕은 못 한다고? 하찮은 미물 주제에 감히!

진혼검의 말을 해석한 라스가 분노를 끌어 올렸다.

'아니. 아니야.'

라온이 진동하는 진혼검과 냉기를 뿜어내는 라스를 진정시켰다.

'마지막 샤크몰을 죽일 때는 네 도움도 컸어.'

-음?

'네가 알려 준 글래시아. 그걸로 감각을 날카롭게 세운 다음에 샤크몰의 위치를 측정했거든. 덕분에 확실하게 잡을 수 있었지.'

-오….

라스가 씨익 미소를 지으며 진혼검을 굽어보았다.

-들었느냐. 하등한 네놈은 그저 본왕의 화살이 되었을 뿐이니라.

녀석은 진혼검을 비웃으며 동그란 냉기를 피워 냈다.

'확실히 대단한 능력이긴 한데 좀 어렵기도 해. 거리가 조금 더 멀었으면 잡지 못했을 거야.'

-아니니라! 오늘 배운 걸 이용하는 것만으로도 대단하다. 본왕이 계속 알려 주겠노라.

우우웅!

진혼검도 다시 한번 검명을 터트렸다. 요기의 사용법을 더 자세히 가르쳐 줄 테니, 라스의 말을 듣지 말라는 것처럼.

-어허! 미물은 저기 빠져 있어라. 본왕이 직접 글래시아의 진수를 가르쳐 줄 터이니, 넌 걱정할 필요 없다! 요기 따위는 사술이니라.

라스는 글래시아 말고도 다른 전투법을 알려 주겠다고 말하며 진혼검의 말을 듣지 말라고 떠들어 댔다.

'내기는 까맣게 잊었군.'

진혼검과의 경쟁에서 채찍과 당근을 번갈아 주자, 라스는 내기를 했다는 걸 잊고 글래시아의 진수를 가르쳐 주겠다고 선언했다.

이젠 호구를 넘어 뭐라고 불러야 할지 모르겠다.

라온은 피식 웃으며 몸을 돌렸다.

"어…."

"와…."

"이, 이거 꿈인가?"

"혼자서 샤, 샤크몰 여섯을 죽였다고?"

무장을 갖추고 나온 정찰병들은 쇠뇌의 화살이 바닥에 떨어진 줄도 모른 채 입을 떡 벌리고 있었다.

"휴우, 안 싸우고 끝나서 다행이네."

도리안만 안도의 한숨을 내쉬며 가슴을 쓸어내렸다.

라딘은 해가 뜨자마자 정찰을 중지시켰다. 원래라면 이틀 정도 더 돌아다녀야 했지만, 샤크몰이 영역을 벗어나 스터린산으로 올라온 것을 보고해야 한다며 복귀를 지시했다.

"너 정체가 대체 뭐냐? 아니, 뭡니까?"

"샤크몰하고 싸워 본 적 있는 거야? 공격을 전부 피하던데?"

"난 오러도 안 익힌 줄 알았어!"

"검에서 피어난 화염의 꽃이 네 오러지?"

정찰병들은 라온의 옆에 딱 붙어서 쉴 새 없이 질문을 퍼부어 댔다. 그들은 새로운 강자가 하분 성에 온 것만으로도 기뻐하고 있었다.

"에헴. 물러서세요! 무인에게 능력을 물어보다니, 실례입니다. 실례!"

도리안은 언제 꺼냈는지 모를 두꺼운 안경을 올려 쓰고 고개를 저었다.

"개인 정보는 말하지 못하지만, 저희의 이름이 라온과 도리안이고, 같은 3 정찰대 소속인 건 확실하니, 걱정하지 마세요."

"와 씨. 나 방금 감동 먹었다."

"같은 3 정찰대 소속이라고 하니까 가슴이 울렁였어."

"나도!"

정찰대들은 농담 반 진담 반이 섞인 말을 하며 히죽 웃었다.

"어이 대장! 대장도 한마디 해야지!"

"그래. 우리 전부 목숨을 빚졌잖아."

"아, 저 인간 또 삐졌나?"

정찰병들이 떠들어 대도 라딘은 돌아보지 않았다. 계속 하분 성을 향해 걸어만 갔다.

라온은 등을 곧게 세운 채 걸어가는 라딘을 보며 고개를 끄덕였다.

'할 말이 없겠지.'

신병이 했던 말을 믿지 않아서 모두를 위험에 빠뜨릴 뻔했으니 말을 하고 싶어도 할 수 없을 거다.

'어쩔 수 없는 일이야.'

이곳에서 처음 있는 일이 일어났고, 그걸 말하는 건 신병이었다. 자신이 라딘이라고 해도 믿지 않았을 것이라, 마음 한편에선 그가 이해되었다.

턱.

끝없이 걷던 라딘의 걸음은 하분 성 앞에 도착하고 나서야 멈췄다. 그가 뒤를 돌아 고요한 눈으로 라온의 앞에 섰다.

"어이, 대장! 뭘 하려고!"

"괜히 이상한 짓 하지 말고…."

정찰병들이 말리려 할 때 라딘이 허리를 굽히고 고개를 숙였다.

"고맙다. 덕분에 살았어."

라딘은 떨리는 목소리로 감사의 인사를 전했다.

"그리고 미안하다. 내가 널 믿지 못해서 위험한 상황에 처했다. 경험이나, 처음이라는 핑계는 대지 않겠어. 미안하고 고마울 뿐이다."

그는 그 말을 모두 마칠 때까지 고개를 들지 않았다. 목소리와 어깨의 떨림으로 진심이 담겼다는 걸 알 수 있었다.

-머저리인 줄 알았는데, 그 정도는 아니로다.

'그러게.'

고참이 신병에게 잘못을 인정하고 용서를 구하는 건 쉬운 일이 아니다. 라딘이 괜히 정찰병들에게 신뢰를 받는 게 아니었다.

"거기선 누구라도 그렇게 생각했을 겁니다. 괜찮습니다."

라온이 옅게 웃으며 라딘을 일으켜 세웠다. 고개를 드는 그의 눈이 놀라움으로 물들었다.

"정말이냐?"

"처음 온 신병이 주워섬기는 말을 믿을 사람은 많지 않죠. 저도 의심했을 겁니다. 이해합니다."

"허…."

라딘은 입을 떡 벌린 채 멍한 눈으로 라온을 바라보았다.

"너 이상한 놈이 아니었구나."

"예?"

"천사! 우릴 구원하러 온 천사였어!"

그는 뭔지 모를 소리를 중얼거리고서 주먹을 말아 쥐었다.

"천사를 만나서 살아 돌아온 기념으로 오늘은 내가 쏜다! 전부 서리의 가지로 모여!"

"오오!"

"진짜야?"

"저 자린고비가 웬일이래?"

"오늘 코가 삐뚤어지도록 마셔 보자!"

정찰병들은 하분 성으로 달려가며 소리를 질렀다.

"와…."

도리안이 옆으로 다가와 고개를 절레절레 저었다.

"저 사람들 진짜 좀 이상하네요."

그렇게 말하는 녀석의 손에는 남부 지방에서만 나는 노란 사과가 들려 있었다.

"도련님도 좀 드세요."

녀석은 낮에 먹는 과일이 몸에 좋다고 말하며 사과를 건네주었다.

라온은 사과를 받으며 한숨을 뱉었다.

'네가 제일 이상하다고….'

❖❖❖❖❖

 라온은 숙소에 짐을 풀고 잠시 숨을 돌린 후 정찰병들이 만나자고 했던 서리의 가지라는 주점으로 향했다.
 -대륙 끝에 있는 술집이라니, 낭만적이로다. 어떤 음식이 본왕을 기다릴지 기대가 되는구나.
 '여건이 별로니까. 맛은 기대하지는 마.'
 이곳에 있는 주점은 말 그대로 병사들의 스트레스를 풀기 위해 만들어졌을 가능성이 높다. 맛을 기대했다가는 실망하게 될 것이다.
 -또 모르는 일이다. 민트초코처럼 새로운 자극을 만나게 될지도 모르지.
 '아, 그건 좀… 음?'
 인상을 찌푸리며 주점으로 갈 때 사람들의 시선이 느껴졌다.
 "저 녀석인가? 샤크몰 여섯을 홀로 죽였다는 신병이?"
 "느껴지는 기세는 그리 강하지 않은데?"
 "눈빛도 평범해."
 "그래도 한번 붙어 보고 싶군."
 "무슨 검술을 쓰는 거지?"
 놀라움과 신기함, 이쪽을 파악해 보려는 듯한 눈빛들이 자신의 등을 좇았다. 뒤에 이어지는 속삭임을 듣자, 무슨 일이 일어났는지 알 수 있었다.
 '이미 소문이 퍼졌군.'
 정찰병들이 샤크몰 여섯을 홀로 잡은 신병이 있다고 여기저기 떠들고 다닌 게 분명했다.

"어딜 가시든 이름 하나는 빨리 퍼지시네요."

"그러게 말이다."

피식 웃었다. 주변의 눈빛과 상황을 보니 조만간 재밌는 일이 생길 것 같았다.

"여기인가 봐요."

도리안이 하분 성 입구 근처에 있는 낡은 건물을 가리켰다. 반쯤 떨어진 간판에 서리의 가지라고 적혀 있었다.

문을 열고 들어가자, 정찰대의 병사들이 중앙의 테이블에 올라가 있는 게 보였다.

"존나 멋있었다고! 내 검을 믿어 달라고 한 다음에 뒤를 돌아서 샤크몰을 일검에 베는데, 붉은색 칼날이 밤하늘을 가르는 것 같았다니까."

정찰병은 목이 타는 듯 맥주를 입에 붓고 말을 이었다.

"마지막엔 단검을 날려서 도망치던 샤크몰의 머리까지 깨부쉈지. 나도 단검술을 배웠지만, 그런 위력과 정확성은 처음 봤어. 거기다… 어? 왔다! 우리의 목숨을 구해 준 신병이 왔다고!"

그가 입구에 서 있던 라온을 가리키자, 주점에 있던 시선이 모조리 자신을 향했다.

"저렇게 어린데?"

"진짜 맞아?"

"저 아이가 샤크몰 여섯을?"

"허…."

"확실하다고! 저렇게 보여도 존나 쎄다니까!"

라온은 한숨을 내쉬고, 중앙의 테이블로 걸어갔다.

"뭐 하시는 겁니까."

"우리 후배의 어마어마한 활약을 소문내고 있었지."

"원래 임무에서 살아 돌아오면 그 썰을 풀어야 하는 법이야. 그래야 다음에도 살아남을 수 있거든."

앉아 있던 정찰병이 씩 웃으며 어깨를 두드렸다.

"앉아. 앉아."

그가 바로 옆의 자리를 가리켰다.

"네가 곧 떠날 건 뻔하잖냐. 가기 전에 후배 자랑 좀 한 거니까. 그렇게 신경 쓰지 마."

"맞아. 곧 다른 부대로 발령이 날걸."

"우리도 잘난 후배 자랑 한번 해 보자고."

정찰병들은 조금 아쉬운 표정으로 라온과 도리안을 보았다.

"이런 이야기는 나중에 하고. 일단 먹자. 대장도 곧 올 거야."

"예."

"주인장! 주문한 음식들 다 가져다주쇼!"

미리 주문을 끝내 놓았는지 음식들이 바로 나오기 시작했다. 따끈따끈한 스튜와 통돼지 구이, 피자와 닭튀김이 테이블 위로 깔렸다.

'이상하게 먹음직스럽네.'

-장소가 주는 맛이 있는 법이지. 빨리 먹어 보거라. 본왕은 일단 저 피자가 끌리느니라.

'그래.'

라온이 라스의 말을 무시하고, 스튜를 먹으려 할 때였다.

쾅 소리와 함께 주점 문이 열리고, 회색 늑대가 그려진 가죽 갑옷을 입은 사람들이 우르르 들어왔다.

그들은 빈자리는 쳐다도 보지 않고, 중앙에 있는 테이블로 다가왔다.

"당신이 라온인가?"

머리를 위로 세운 덩치 큰 검사가 라온의 앞에 멈춰 섰다.

"맞습니다."

"홀로 샤크몰 여섯을 베었다고 들었소. 당신의 검을 견식해 보고 싶군."

노란 눈동자에 선명한 투지가 어려 있었다. 소년 검사를 대견하게 보는 눈빛이 아니라, 적수를 마주한 듯한 기세였다.

'전장에는 이런 자들이 있지.'

돈도, 명예도, 신념도 필요 없이 싸움만을 찾아다니는 전장의 아귀들. 맛이 간 눈빛을 보니 확실했다. 이들은 싸우기 위해서 이곳에 있는 것이다.

"무슨 짓이야! 지금 막 돌아온 신병에게!"

"물러나! 여긴 너희가 낄 자리가…."

"괜찮습니다."

말리려던 정찰병 선배들에게 고개를 젓고 일어섰다.

-밥 먹을 때는 케르베로스도 건드리지 않거늘. 저 버러지 같은 것들이 감히!

'좋은 기회야.'

광아검을 완성시키기 위해선 많은 전투를 겪어야 한다. 몬스터가 아니라, 사람이 덤벼 주면 고마울 뿐이다.

라온이 서늘하게 웃으며 검집을 툭 두드렸다.

"내 검이 조금 사나운데 괜찮겠소?"

"사나울수록 환영이오."

붉은 눈과 노란 눈이 마주 선 허공에서 푸른 불꽃이 악을 질렀다.

-일단 피자 한 입만 먹고 가라. 제발….

제120화

주점 밖 공터.

라온은 노란 눈의 검사와 마주 보고 섰다.

주점에 있던 사람들만이 아니라, 소문을 듣고 온 병사들까지 몰려 공터 주변은 인산인해를 이루었고 도박판까지 벌어졌다.

"저 녀석은 울브스 용병단의 투르카야! 일단 싸우기 시작하면 늑대처럼 물고 놓질 않는다고!"

"그래. 섣불리 시비에 응할 필요 없어! 그만두자."

정찰병 선배들이 걱정을 해 줬지만, 고개를 저었다. 광아검의 성취를 높여 줄 제물이 알아서 찾아와 줬는데 거절할 이유는 없었다.

"괜찮습니다. 걸어오는 싸움은 마다하지 않는 성격이라서요."

라온이 자신감 있게 웃고서 앞으로 나아갔다.

-빌어먹을! 먹고 죽은 마족이 때깔도 좋다는 말도 있다. 음식 다 식느니라!

'다시 시켜 줄게.'

-험, 뭐, 그러면야.

라스는 똑같은 걸로, 특히 피자는 무조건 시키라고 말하며 물러났다. 무게감이 깃털처럼 가벼운 마왕이었다.

"울브스 용병단 4번 조장 투르카요."

"라온입니다."

투르카는 한참 어린 라온에게도 예의를 갖췄다. 다만 눈빛 속에 약간의 경시하는 마음은 감추지 못했다. 샤크몰 여섯을 홀로 베었다는 말을 완전히 믿지 않는다는 뜻이었다.

"샤크몰을 일검에 베었다는 검술이 어느 정도인지 느껴 보겠소."

그 말과 함께 투르카가 땅을 박차고 도를 뽑았다. 하늘을 찌를 듯이 세운 도를 그대로 내리쳐 온다. 두껍고 무거운 도의 장점을 제대로 살린 공격이었다.

다만 위력, 속도, 투로 모두 예상했던 수준을 벗어나지 못했다.

라온은 벼락처럼 떨어져 내리는 도를 향해 광아검을 올려 쳤다.

쩌어어엉!

오러가 깃든 검과 도가 맞부딪친 충격에 얼어붙은 공터 바닥에 실금이 돋아났다.

"막았다고?"

검을 맞대고 있는 투르카의 눈동자가 터질 듯 부풀었다. 피하지 않고 정면에서 막을 줄은 생각도 못 한 것 같다.

"말했잖소."

라온이 가는 검으로 무거운 도를 밀어내며 서늘하게 웃었다.

"내 검은 사나울 거라고."

"크윽!"

맹수가 이를 세운 듯한 흉폭한 검격에 투르카의 도가 우측으로 튕겨 나갔다. 그 틈을 놓치지 않고 왼 주먹을 뻗었다.

뻐어억!

바람을 뭉개며 내지른 주먹이 투르카의 우측 허리를 강타했다.

"끄헉!"

투르카는 새우처럼 허리를 구부린 채 땅바닥에 처박혔다.

"어어…."

"투, 투르카가 저리 쉽게 당했다고?"

"저 녀석 울브스 용병단에서 열 손가락 안에 들어갈 텐데?"

"무슨 놈의 주먹에서 바위가 터지는 소리가 들리냐?"

"저 얇은 검으로 어떻게 도를 튕겨 냈지? 그것부터 이상하잖아."

용병단들도, 구경꾼들도 깜짝 놀라서 벙찐 얼굴로 라온과 투르카를 번갈아 보았다.

"일부러 살살 쳤는데?"

라온이 여유롭게 어깨에 검을 걸쳤다.

"끄응…."

투르카가 도로 바닥을 찍고 일어섰다. 노란 눈동자는 파도를 맞은 돛단배처럼 흔들렸다.

"검을 보여 달라고 했잖소. 난 아직 시작도 안 했어."

"으아아아!"

네 손가락을 까닥이자, 투르카가 이를 악물고 달려들었다. 많은 전투를 겪은 용병답게 당황한 와중에도 차가운 이성을 유지하고 있었다.

횡으로 그어오는 도를 향해 광아검을 후려쳤다.

쩌어엉!

쇳덩이가 뭉개지는 듯한 굉음이 터지고, 투르카의 도가 밀려났다. 파탄을 드러낸 것 같았지만, 그의 눈은 살아 있었다. 허공에서 허리를 돌려 그대로 도를 내리쳐 왔다.

"그래야지."

라온이 무릎을 살짝 굽힌 뒤 제비가 날 듯 낮게 검을 그었다.

쩌어엉!

도를 쥔 투르카의 손목이 부러질 것처럼 꺾였다. 상대의 빈틈을 만들어 내는 광아검의 효용이었다.

"끄으윽!"

투르카가 다급하게 뒤로 물러설 때 라온은 질풍처럼 나아갔다.

뻐어억!

투르카의 공간으로 파고들어 왼쪽 어깨로 가슴을 찍어 버렸다.

"끄으윽…."

투르카가 눈을 까뒤집은 채 뒤로 넘어갔다. 입에서는 거품이 보글보글 올라왔다.

라온은 가볍게 손을 털고 뒤를 보았다.

경악하는 시선들 속에서 입을 떡 벌리고 있는 울브스 용병단 중 한 사람을 가리켰다.

"다음은 당신이 좋겠어."

라온은 흥이 올라 미소를 지으며 검을 들었다.

"이대로 끝낼 건 아니지?"

라딘은 숙소에 짐을 내려놓고, 바로 사령관실을 찾아갔다.

회의 준비 중이었는지 사령관 밀랜드는 아들이자 부사령관인 테리안과 지도를 보고 있었다.

"복귀 예정일은 내일모레였을 텐데?"

밀랜드가 지도 위에 붉은색 깃발 모형을 꽂고 고개를 들었다.

"복귀할 수밖에 없는 일이 생겼습니다."

라딘의 진중한 목소리에 밀랜드가 모형 깃발을 내려놓고, 테리안이 팔짱을 풀었다.

"말해 봐라."

"샤크몰이 5번 땅굴 앞까지 올라왔습니다."

"5번? 5번 땅굴이면 숲 외곽이잖아!"

말도 안 된다는 듯 테리안이 책상을 내리쳤다.

"예. 저도 샤크몰이 스터린산 부근으로 올라온 건 처음 보았습니다."

"몇 마리나 올라왔지?"

"여섯 마리가 동시에 튀어나왔습니다."

라딘이 샤크몰의 지느러미가 담긴 보자기를 바닥에 내려놓았다.

"허어!"

"그 정도로 영역을 벗어났다는 건가….'

밀랜드와 테리안 둘 다 깜짝 놀랐는지 지느러미에서 눈을 떼지 못했다.

"잠깐만! 샤크몰 여섯 마리가 기습했는데, 왜 그렇게 멀쩡해? 사상자는! 몇 명이나 죽었어!"

"사상자는 한 명도 없습니다."

"어?"

"뭐?"

두 사람은 샤크몰이 나타났다고 할 때보다 더 놀란 듯 눈을 부릅떴다.

"어, 어떻게?"

"너희들만으로는 샤크몰을 잡을 수 없었을 텐데."

"이번엔 제가 묻고 싶습니다."

라딘이 마른침을 삼키고 고개를 들어 올렸다.

"라온. 그 녀석 대체 뭡니까."

오늘 새벽으로 돌아간 듯 그의 눈동자에 경악이 비쳤다.

"제가 아니. 저희가 살아 있는 이유는 라온 때문입니다. 샤크몰이 다가오고 있다고 먼저 경고도 해 주었고, 나타난 샤크몰 여섯을 홀로 베어 버렸죠. 제가 나설 틈도 없었습니다."

"혼자서 샤크몰 여섯을 상대했다고?"

테리안의 목소리가 바르르 떨렸다.

"예. 그야말로 압도했습니다. 일검에 한 마리씩 샤크몰 다섯을 순식간에 베어 버렸고, 마지막 남은 놈이 지하로 도망을 칠 때는 단검을 날려 땅을 깨부숴 버렸죠."

라딘의 눈빛은 여전히 떨리고 있었다.

"이 지옥 같은 땅에서 살며 많은 전사와 영웅을 보았지만, 저리 어린 나이에 저런 무력을 가진 녀석은 처음입니다. 대체 저희에게 어떤 괴물을 보내신 겁니까."

"……."

밀랜드는 대답하지 않고 지그시 지도만 내려다보았다.

"정찰 쪽은 어떠했느냐."

"열받았습니다."

"뭐?"

질문과는 상관없는 답변에 밀랜드가 눈매를 좁혔다.

"지형지물 파악, 몬스터의 흔적 파악, 시간과 날씨, 독도법과 방향까지. 여기에서 몇 년은 산 정찰병처럼 모르는 게 없었습니다. 땅속이 비어 있는 공토까지 알더군요."

라딘이 깊게 한숨을 내쉬었다.

"녀석이 너무 잘나서 제가 짜증을 좀 부렸는데, 위험한 순간에 오히려 절 안심시켜 주었습니다."

"인성도 좋다는 말이지?"

밀랜드는 무언가를 생각하듯 까맣게 탄 손가락으로 낡은 책상을 두드렸다.

"예. 본인이 한 일을 내세우지 않고, 아는 게 많다고 잘난 척을 하지도 않았습니다. 이틀뿐이지만 정찰병들하고도 잘 지냈구요. 검술을 보지 못했다면 어려서부터 고생한 용병이나, 사냥꾼이라고 생각했을 겁니다."

"그럼 다른 녀석은 어떠냐."

"도리안이요? 솔직히 말하면 그 녀석이 더 특이합니다."

라딘이 눈을 질끈 감았다.

"더 특이하다?"

"예. 별의별 물건을 다 가지고 다닙니다. 제가 살다 살다 정찰을 나가서 매트에서 자고, 뜨듯한 차를 마시게 될 줄은 몰랐습니다."

"그 아이의 성격은 어떠하냐."

"착합니다. 겁이 좀 많긴 한데, 주변을 잘 보고, 필요한 걸 챙겨 줍니다. 만난 기간이 짧아 확답은 못 하지만 둘 다 선한 녀석들 같습니다."

라딘은 라온과 도리안을 지켜보고 느꼈던 점을 솔직하게 말했다.

"그니까 대답 좀 해 주세요! 그 이상한 괴물들은 어디서 온 겁니까! 명가 맞죠? 얼굴에서 넘쳐흐르는 귀티를 보고 알아차렸어야 했는데!"

"그 아이들은…."

밀랜드가 대답을 해 주려고 할 때 밖에서 다급한 노크 소리가 들려왔다.

"사령관님!"

부관 중 하나인 찰스가 빨개진 얼굴로 문을 열고 들어왔다.

"무슨 일이냐."

"그, 그 왜…."

"좀 진정하고 말해."

"이틀 전에 들어온 신병 있지 않습니까."

신병이라는 말에 사령관실에 있던 세 사람의 눈이 동시에 빛났다.

"그 신병 중 하나가 울브스 용병단의 투르카와 싸움이 붙었습니다. 서리의 가지 앞에서 진검으로 싸우고 있다고 합니다!"

"뭐? 왜?"

"그야 뻔하죠. 혼자 샤크몰을 잡았다는 소문을 듣고, 투르카가 싸움을 걸었을 겁니다."

테리안이 그 상황을 눈으로 보고 있던 것처럼 대답했다.

"울브스…."

밀랜드가 인상을 찡그렸다. 울브스 용병단은 용기와 투지가 강해서 전투에 큰 도움이 되지만, 싸움을 너무 좋아한다.

외부에서 전투가 없으면 안에서 만드는 집단이라 여러모로 골치 아팠다.

"싸움이 거칠어져서 누군가 크게 다치기 전에 말리는 게 좋을 것 같습니다. 라온이 그곳 출신이고, 샤크몰을 상대할 정도로 강하다고 해도 실전으로 다져진 투르카를 이기진 못할 겁니다."

"하아, 귀찮게 하는군."

밀랜드는 혀를 차고, 테리안을 보았다.

"네가 가서 싸움을 말리고, 라온을 이곳으로 데리고 와라."

"알겠습니다."

테리안이 고개를 끄덕이고, 사령관실을 나섰다. 라딘은 함께 가겠다고 말하며 그 옆에 붙었다.

"흐음…."

밀랜드는 바닥에 놓여 있는 샤크몰의 지느러미를 보고 가는 한숨을 내쉬었다.

"변화가 오고 있는 건가."

평생 이곳을 사수해 온 노병은 변화가 그리 달갑지 않았다. 이 늙은 몸으로 그 변화를 감당할 수 있기를 바라며 옅은 한숨을 내쉬었다.

❈❈❈❈❈

"울브스 놈들 진짜 사고만 치고 다니네!"

라딘이 서리의 가지로 달려가며 인상을 찌푸렸다.

"그래서 제가 말씀드리지 않았습니까. 뇌까지 근육이 찬 놈들이니까. 받지 말자고!"

"그들이 앞뒤를 가리지 않는 건 맞지만, 전투에서 큰 도움이 되는 것 또한 사실이다. 백병전에는 그만한 인재들이 없어."

테리안이 담담한 눈빛으로 사실을 말했다.

"쩝, 그건 그렇죠."

라딘이 입맛을 다시고 고개를 끄덕였다.

"어쨌든 이 새끼들이 우리 신입 건드렸으면 가만히 두지 않을 겁니다."

"이상한 괴물이라며."

"괴물이든, 귀신이든 일단 3 정찰대에 들어왔으면 다 제 부하입니다! 자기 발로 나가기 전까진 보호해 줘야지요. 거기다 라온에겐 목숨까지 빚졌으니까."

"훗."

테리안이 씩 웃었다. 라딘은 겉과 달리 속정이 끈끈한 전형적인 북방의 남자였다.

'그건 그렇고.'

많이 다치지 않아야 하는데.

라온이 지그하르트 출신이고, 뛰어난 재능을 가졌다고 해도 실전에서 무력을 쌓은 투르카를 이길 수는 없을 것이다.

몬스터를 상대하는 것과 사람을 상대하는 건 전혀 다른 일이니까.

우와아아아!

조금 더 속도를 올리자, 서리의 가지 간판이 보이고, 함성이 들려왔다. 주변은 이미 사람들로 가득 차서 들어갈 곳도 보이지 않았다.

"흡!"

테리안이 땅을 박차고 구경꾼들로 만들어진 벽을 뛰어넘었다.

"어…?"

둥글게 만들어진 임시 대련장의 끝에 착지한 그는 예상하지 못한 장면을 보고 돌처럼 굳어 버렸다.

'왜 저들이….'

몬스터 앞에서도 물러서지 않는 용맹한 용병 다섯이 파랗게 질린 채 대자로 뻗어 있었다.

그리고.

뻐어억!

바위가 깨지는 듯한 강렬한 소리와 함께 또 하나의 용병이 말뚝처럼 땅에 처박혔다.

"우와아아아아!"

"또 이겼다!"

"6연승이야! 저 꼬마가 울브스 용병 여섯 명을 홀로 깨부쉈다고!"

"미쳤어! 소문이 구라가 아니었잖아!"

"검귀다. 검귀!"

구경꾼들은 홀로 울브스 용병 여섯을 꺾은 라온을 찬양하며 함성을 내질렀다.

"허…."

테리안이 턱을 떨며 우측을 보았다.

서슬 퍼런 예기를 발하는 금발의 검사가 울브스 용병단을 향해 검을 겨누고 있었다.

"흥이 떨어지니, 한 번에 덤비시오."

붉은 눈에서 뿜어지는 기백에 테리안은 자신도 모르게 뒤로 물러섰다.

제121화

 라온은 가슴에서 우러나오는 미소를 지으며 대자로 뻗은 용병들을 보았다.
 '역시 사람이랑 싸워야 한다니까.'
 실전에서 경험을 쌓은 용병들과 검을 나누자, 광아검의 성취가 눈에 띌 정도로 빠르게 성장했다. 식사 대신 대련을 선택한 게 정답이었다.
 '다만…'
 약간 감정적으로 된달까.
 광아검의 광기에 물들어 흥분하게 되는 건 완벽하게 고쳐지지 않았다. 검술 성취가 조금 더 올라야 상대의 빈틈을 냉정하게 파고들 수 있을 것 같았다.
 "이제 안 오는 겁니까?"
 라온이 휘돌린 검으로 울브스 용병단을 가리켰다.
 "전 아직 몸도 안 풀렸습니다. 먼저 싸움을 걸어 놓고 여기까지면 실망인데요."

"이이익!"

"좋다! 덤벼!"

"너로는 안 돼. 내가 간다."

도발을 하자 용병들이 서로 다투며 앞으로 나왔다.

"다섯이면 딱 좋군요. 한 번에 오세요."

"미친…."

"진짜 다섯과 싸우겠다고?"

라온은 말없이 고개를 끄덕였다.

"무시해도 정도가 있지!"

"가자! 다굴로 조져 버려!"

"거기까지."

용병들이 달려들려고 할 때 힘이 축 빠지는 목소리가 들려왔다.

중앙에 서 있던 병사들 사이에서 팔다리가 길쭉한 녹색 머리칼의 남자가 걸어 나왔다. 마치 사마귀가 생각나는 외모였다.

"어?"

"부, 부단장님!"

용병들은 그 남자를 보고 부단장이라 부르며 고개를 숙였다.

"너희들 뭐 하냐?"

날카로워 보이는 외모와 달리 목소리는 거북이가 기어가듯 느릿했다.

"어…."

"그, 그게…."

"대충 알겠네."

그는 자신과 구석에 쓰러진 용병들을 보고 쯧쯧 혀를 찼다.

"하아, 전 울브스의 부단장 클리프라고 합니다. 애들이 버릇이 좀 없어요."

클리프는 미안하다고 말하며 정중하게 고개를 숙였다.

"괜찮…."

괜찮다고 말하려고 할 때 머리를 들어 올리는 클리프와 눈을 마주쳤다. 얼음처럼 차갑게 가라앉은 눈동자. 미안하다고 하는 사람의 눈이 아니었다.

"조금 전에 우리 애들 다섯과 싸우자고 하시던데, 대신 제가 싸워 드려도 될까요?"

정중한 말과 달리 목소리는 금방이라도 주먹을 휘두를 듯한 투지로 가득했다.

-다른 줄 알았거늘. 똑같은 놈이로다.

'그러게.'

-끄응, 이제야 피자를 맛볼 수 있다고 생각했거늘. 또 시작이겠어.

'금방 끝낼 테니, 조금만 기다려.'

라온이 가볍게 웃으며 클리프와 마주 섰다. 그의 가는 눈을 올려보며 고개를 끄덕였다.

"저야 감사하죠. 아직 몸이 덜 풀려서요."

"잘되었군요. 저도 싸우면서 몸을 푸는 걸 좋아해서."

클리프가 이를 드러내고 웃었다. 이젠 피어 나오는 투지를 숨길 생각도 없는 것 같았다. 익스퍼트에 오른 검사의 기세가 어깨를 짓눌러 왔다.

스르르릉.

그가 등에 매고 있던 창처럼 긴 장검을 뽑았다.

"나잇값은 해야 하니, 먼저 오시지요."

"사양하지 않겠습니다."

라온이 검을 고쳐 잡고, 땅을 박찼다. 앞으로 내달리려 할 때 눈앞으로 시퍼런 칼날이 튀어나왔다.

'빠르군.'

긴 팔과 장검의 리치를 이용한 쾌속의 검격이다. 말 그대로 눈앞에서 칼이 솟구치는 느낌이었다.

'그렇지만…'

이미 알고 있었어.

클리프의 팔과 장검을 보았을 때부터 이런 공격이 올 거라 예상했다.

쩌엉!

라온은 담담한 눈빛으로 쇄도해 온 장검을 쳐 냈다.

장검이 밀려난 틈을 노리고 땅을 박찼다. 공간을 파고들려고 할 때 클리프가 뒤로 물러서며 궤도가 어긋난 장검을 회수한 뒤 다시 내질렀다.

그야말로 빛살 같은 속도. 이런 상황을 대비한 듯 조금의 당황도 보이지 않았다.

'재밌군.'

라온이 씩 웃었다.

'이런 싸움을 원했어.'

가볍게 이기는 것으로 끝이 아니라, 광아검의 효용을 최대한으로 발휘할 수 있는 지금 같은 전투를 바랐었다.

"여유가 넘치는군요."

클리프가 차가운 미소를 지으며 검을 내질러 왔다. 매의 발톱처럼 꺾여 오는 칼날을 향해 검을 후려쳤다.

쩌엉!

강한 힘을 담았지만, 장검의 흔들림은 크지 않았다. 클리프는 장검을 빠르게 끌어당겨 방어와 공격을 동시에 준비했다.

'그랬군. 이제 알겠어.'

라온이 입술을 핥았다. 세 번의 격돌을 통해 어떻게 클리프의 빈틈을 만들어야 할지 감이 왔다.

쿠웅!

진각을 밟고 전방으로 돌진했다.

촤아악!

클리프가 기다렸다는 듯 검을 찔러 왔다. 지금까지보다 1.5배는 더 빨라진 속도. 그는 실력을 숨기고 있었다.

'미안하지만 그건 이쪽도 마찬가지야.'

오히려 더 많이 숨기고 있었지.

라온은 어깨를 틀어 찔러 오는 장검을 종이 한 장 차이로 피한 뒤 검을 내리쳤다.

쩌어엉!

소리는 컸지만, 이번에도 장검은 많이 밀려나지 않았다.

그 이유는 간단했다.

'연검이었으니까.'

보기에는 길이만 긴 장검처럼 보였지만, 저 검은 채찍처럼 휘어지는 연검이다. 자신이 공격할 때 일부분만 강도를 풀어 충격을 흡수시킨 것이다.

'잘하네.'

레이든 지그하르트의 검술이 더 강하고 화려하지만, 세밀한 사용법은 이쪽이 한 수 위였다.

후우웅!

클리프가 뒤로 젖힌 팔을 벼락처럼 내질렀다. 속도가 한층 더 빨라졌다. 뛰어난 무인의 눈으로도 좇을 수 없을 정도.

하지만.

라온의 눈에는 그 궤적이 선명하게 어렸다.

단전에서 끌어 올린 만화공의 괴력으로 검을 쏘아 냈다.

클리프가 장검의 중심에서 힘을 빼려는 순간 손목을 틀었다. 광아검의 번뜩임이 이끄는 대로 장검의 끝부분을 향해 검을 내리찍었다.

콰아아앙!

미처 힘을 빼지 못한 클리프의 장검이 반으로 꺾여 실금이 생겨났던 대지에 처박혔다.

"이, 이 무슨!"

당황한 클리프가 손을 휘저었지만, 검은 쉽사리 빠지지 않았다.

쿠웅!

라온은 장검이 아예 빠지지 않도록 땅을 뭉개 버린 뒤 클리프를 향해 돌진했다. 검면으로 가슴팍을 후려치려고 할 때 클리프의 눈이 시퍼렇게 번들거렸다.

"미안하지만, 사마귀의 낫은 두 개다!"

그가 왼손을 들어 등에 매고 있던 두 번째 검을 뽑았다. 검집의 끝에 달려 있던 소검이었다.

"알아."

라온은 왼손으로 뽑은 진혼검을 내리그었다.

촤아아아악!

클리프의 소검이 두부처럼 잘려 나갔다. 진심으로 당황한 그가 손을 내저었다.

"자, 잠까…."

"싸움에 잠깐이 어디 있어."

코웃음을 치며 진혼검을 쥔 왼쪽 주먹으로 그의 복부를 후려쳤다.

"꺼어어억!"

등장은 달랐지만, 클리프도 다른 용병들과 똑같이 거품을 뿜어내며 뒤로 자빠졌다.

"후…."

라온이 만족스러운 고갯짓을 하며 검을 검집에 넣었다.

'역시 실전이 최고로군.'

광아검의 성취를 올리는 것에는 실전만 한 수련법이 없었다. 지금 얻은 깨달음을 정리해야겠다고 생각하며 뒤를 돌았다.

"끄어어억!"

"이, 이거 뭐냐?"

"저 사마귀 귀신이 지다니! 그것도 저런 어린애한테!"

"아니, 이게 말이 돼? 클리프가 저렇게 깨진다고?"

"시, 신성이다. 미래의 신성이야!"

검사와 기사, 병사들까지. 싸움을 구경하던 모두가 벌린 입을 다물지 못했다.

"우와아아아아!"

"최고다!"

"다음에는 나랑도 한번 붙어 보자!"

"어이! 어디 출신이야!"

멋진 싸움을 보여 주었다면서 환호를 지르는 병사와 검사들도 많았다.

"라, 라온 님. 수고하셨어요!"

도리안이 수건과 사과 주스를 꺼내 주었다. 녀석은 믿고 있었다고 말하며 따로 포도 주스를 꺼내 마시기 시작했다.

"라온."

피식 웃으며 땀을 닦을 때 부사령관 테리안이 다가왔다. 그의 표정은 다른 사람들과 달리 덤덤했다.

"따라와라. 사령관님이 부르신다."

그가 뒤를 돌아 걸어갔다. 아무렇지도 않은 듯 앞서갔지만, 흔들리는 손끝은 숨기지 못했다.

라온은 이틀 만에 다시 사령관 밀랜드의 앞에 섰다. 그는 탐색의 눈빛으로 자신의 위아래를 훑어 내렸다.

"일단 인사부터 해야겠지. 정찰병들의 목숨을 구해 주어서 고맙다."

밀랜드가 천천히 눈을 내리감았다.

"저도 정찰병 소속이니 할 일을 했을 뿐입니다."

"싸울 때와 다르게 재미없는 말을 하는군."

"보셨습니까?"

"보지는 못했다만 느껴졌다."

그가 뒤편에 있는 창을 가리키며 피식 웃었다.

"뭐랄까. 무력도, 성격도 여기서 보았던 것과는 다르더구나. 용병들의 시비에 응할 줄은 몰랐어."

"본래 걸어오는 싸움은 피하지 않습니다."

"검사로서 좋은 마음가짐이다. 왜 그 나이에 그런 무력을 가지게 되었는지 이해가 가."

밀랜드의 굳은 입매가 살짝 올라갔다. 사령관의 위치에 있다고 해도 그 역시 검사. 당당한 말과 자세가 마음에 든 것 같았다.

"넌 무엇을 바라고 이곳에 왔지?"

"예?"

"가문의 지시가 있다고 해도 네 스스로 무언가를 이루고 싶다는 마음은 없었나?"

"있습니다."

라온의 눈동자에 붉은 섬광이 일었다.

"전 많은 것을 경험하고 싶습니다. 최대한 많은 싸움에 참여하고, 많은 전장에 서고 싶습니다."

광아검을 완성하고, 만화공을 키우며 무력이 강해지는 것뿐만이 아니라, 마음과 정신이 더 단단해질 수 있도록 더 많은 감정도 알고 싶었다.

"저, 전 반대입니다! 전 뒤에서 보급병을 하…."

헛소리하는 도리안의 입을 막았다.

"많은 싸움과 많은 경험이라…."

밀랜드가 검게 탄 듯한 손가락으로 책상을 두드렸다.

"너희들은 가장 위험한 병과가 어디라고 생각하지?"

"보병 아닐까요?"

도리안이 자신감 없는 목소리로 대답했다.

"너는?"

"정찰병입니다."

"잘 아는구나."

밀랜드가 피식 웃으며 고개를 끄덕였다.

"네 말대로다. 가장 위험한 병과는 정찰병이지. 그들은 성안보다 성 밖에서 더 많은 시간을 보내고, 전투가 벌어졌다고 쉬거나 빠지지도 않는다. 정찰할 때는 밖에서, 안에 있을 때는 성벽 위에서 목숨을 걸고 싸우지."

그는 씁쓸한 표정으로 입맛을 다셨다.

"임무 중 사망 비율이 가장 높기 때문에 정찰병은 항상 부족하다."

그러리라 생각했다. 실제로 병사로 들어온 주제에 도리안과 2인 숙소를 쓰지 않았던가.

"처음에는 전투 단체에 보내려고 했지만, 그럴 필요 없겠어. 너희들의 목적을 이룰 수 있게 해 주마."

"제, 제 목표는 보급병이라고 말씀드렸….."

"너희 둘을 정찰대의 특별 가드로 임명한다. 네가 원하는 실전을 원 없이 치르고, 최대한 많은 정찰병의 목숨을 구해 주길 바란다."

밀랜드는 부탁한다고 말하며 기광이 어린 눈빛을 빛냈다.

"알겠습니다."

라온이 고개를 끄덕였다. 그의 말대로 정찰병들과 함께 움직이면 싸움은 원 없이 할 수 있을 게 분명했다.

"전 실전에 서고 싶다는 말을 안 했다니까요! 그냥 가만히 있었어요!"

라온과 밀랜드는 바로 옆에 있는 도리안을 없는 사람처럼 무시했다.

"조만간 제대로 인사 발령을 내리지. 정찰 임무 수고했다. 쉬도록."

"감사합니다."

"잠시만요! 전 최후방에서 보급병으로만…."

말도 안 되는 소리를 하는 도리안을 잡아끌고, 사령관실을 나왔다.

"으윽, 끝났다. 끝났어. 내 인생은 망했다고!"

도리안은 좀비처럼 어깨를 축 늘어뜨렸다.

"안 망했으니까. 헛소리 말고 가서 쉬어."

"예? 라온 님은요?"

녀석은 언제 꺼냈는지 둥그런 과자를 입에 물고 있었다.

"수련 좀 하고 갈게."

"으, 알겠습니다."

도리안은 열심히 하라고 말해 주고서 숙소로 돌아갔다.

-잠깐.

라온이 병사들의 수련장을 찾아가려 할 때 라스의 목소리가 들려왔다.

-약속이 다르다.

꽃팔찌에서 솟구친 라스가 인상을 찌푸렸다.

'약속?'

-그렇다. 대련이 끝나면 피자를 먹겠다고 말했잖느냐.

'아, 그거.'

라온이 고개를 들어 하늘을 보았다. 식사하기에는 조금 애매한 시간이었다.

'수련하고 저녁에 먹자.'

-거짓말하지 마라! 네놈이 그렇게 넘어간 게 한두 번이 아니니라!

'이번엔 진짜야. 피자도 네가 원하는 걸로 먹을게.'

-저, 정말이냐?

'그렇다니까. 깨달은 걸 먼저 정리하고 싶어서 그래.'

라온이 다 넘어갔다고 생각하며 진지한 표정으로 고개를 끄덕였다.

우우웅!

진혼검도 믿어 보라고 말하는 듯 검명을 울렸다.

-조, 좋다. 그럼 마음 넓은 본왕이 이해해 주겠노라. 대신 본왕이 원하는 피자를 고르는 건 무조건이니라.

'그래. 그래.'

라온은 애를 달래듯이 웃고서 연무장으로 향했다.

라온은 서산에서 떠오른 달이 손가락 세 마디 정도 움직인 후에야 수련장을 나왔다. 검집을 툭 두드리는 그의 표정은 충만함으로 가득 차 있었다.

'광아검의 성취가 많이 올랐어.'

대련을 통해 깨달은 점을 정신과 육체에 확실하게 새겼다. 아직 많이 모자라지만, 껍질 한 겹은 깬 것 같았다.

'그럼 돌아가서 잘까.'

-라온 지그하르트!

숙소로 가려 할 때 앵무새처럼 팔목에 매달려 있던 라스가 무시무시한 냉기를 뿜어냈다.

-본왕과의 약속을 또 잊었다는 말이냐!

'아, 농담이야. 농담.'

라온이 피식 웃었다. 그런 어이없는 약속을 잊었을 리가 있겠는가. 장난 한번 쳐봤을 뿐이다.

수련하는 동안 라스가 조용하게 기다려 줘서 원하는 대로 피자를 시켜 줄 생각이었다.

우우웅!

진혼검이 버둥거리는 라스를 보고 검명을 터트렸다.

-무엇이? 본왕이 속이 좁아? 좁은 건 네놈 주인의 머리통이니라!

우우웅!

-미물 주제에 본왕을 가르치려 들지 마라! 본왕은 그저 미식가로서의 호기심에….

라온은 시끄럽게 떠드는 마왕과 요검을 무시하고, 정찰병들과 갔던 서리의 가지로 향했다.

그런데….

"어라?"

주점의 불이 꺼져 있었고, 사람의 기척도 느껴지지 않았다. 아무래도 일찍 문을 닫은 것 같았다.

 -문 닫은 것이냐?

 '그런 거 같은데.'

 -…….

라스는 아무 말도 하지 않고, 푸른 불꽃을 바르르 떨었다. 가늘게 피어나던 냉기가 해일처럼 파도치기 시작했다.

 -본왕이 아까 가자고 하지 않았더냐!

 '나도 이렇게 일찍 닫을 줄은 몰랐지.'

 -닥치거라. 이것만큼은 용서할 수 없느니라!

 '진짜 이럴 생각은….'

 -본왕의 피자를 내놓아라!

녀석에게서 뿜어진 냉기가 발목과 손목을 휘감아 왔다.

 '이, 이거 안 하는 게 좋을 텐데.'

 -이번에야말로 네놈의 육체를 뺏고, 본왕의 손과 입으로 직접 피자를 먹겠노라!

라스의 냉기가 푸른 벼락처럼 명멸했다. 지금까지 중 가장 거대한 분노와 냉기가 자신의 전신을 휩쓸었다.

 그날.

 라온의 능력치가 2포인트 올라갔다.

제122화

라온과 정찰병들이 하룻밤을 묵었던 5번 땅굴.

샤크몰의 피가 얼어붙은 그 혹한의 땅에 검은색 로브와 푸른색 로브를 두른 두 남자가 서 있었다.

"흐음…."

몬스터에게도 밀리지 않는 키와 덩치를 가진 검은 로브의 사내는 땅굴 주변에 퍼진 핏물을 보며 입맛을 다셨다.

"빠르고 단순한 살검이다. 시체와 땅의 흔적만으로는 어떤 검술을 익혔는지 모르겠군."

그는 라온이 진혼검을 날려서 만들어 낸 구멍을 보고 턱을 긁적였다.

"이 구멍은 어떻게 만든 거지? 검 같지는 않고, 창인가? 아니, 이건…."

"뭘 그런 걸 알려고 해."

정찰병들이 묻어 놓았던 샤크몰의 시체를 발로 툭툭 차던 푸른 로브의 사내가 코웃음을 쳤다.

"어차피 다 뒈질 놈들인데."

"네놈 때문이다. 죽이려면 확실하게 죽이든가. 아니면 정보라도 모으든가. 어설프게 이쪽의 정보만 주지 않았나."

검은 로브의 사내가 뒤를 돌았다. 로브 때문에 제대로 보이지 않았지만, 입매를 찡그리고 있는 것 같았다.

"내가 일부러 그랬냐? 통제가 풀린 걸 어떻게 해."

"헛소리하지 마라."

"하아, 왜 그리 걱정이 많아. 준비한 대로만 움직이면 어려울 게 없다고."

"저들을 너무 우습게 보는군."

"우습게 보는 게 아니라, 우스워."

푸른 로브의 사내는 하분 성이 있는 방향을 돌아보며 히죽 미소 지었다. 상어처럼 날카롭게 돋아난 수십 개의 이빨이 번들거렸다.

"어차피 계획대로만 하면 꼼짝도 못 할 놈들이잖아. 그걸 위해서 지금 땀나도록 준비하는 거고."

"그러니 제발 가만히 좀 있어라. 네놈이 움직일수록 계획이 어긋나니까. 점점 머리까지 생선이 되는 것 같군."

"짐승 같은 놈이 말은."

"……."

"에휴, 알겠다. 알겠어. 쥐 죽은 듯이 조용히 있으마."

검은 로브의 사내가 말없이 노려보자, 푸른 로브의 사내가 이죽거리며 고개를 끄덕였다.

"그래서 이젠 어떻게 할 건데?"

"하분 성의 지휘관은 바보가 아니다. 샤크몰이 스터린산 부근으로 올라온 일을 확인하고, 결집하는 트롤을 제거하기 위해 병력을 보내겠지."

"그놈들을 치면 되는 건가? 그건 내가 하지!"

"아직 넌 나설 때가 아니다."

검은 로브의 사내가 고개를 저었다.

"너나 내가 움직이는 순간 육황에서 지원 나올 가능성이 있으니까. 우리는 마지막에 칼을 들어야 한다."

"그럼?"

"준비한 놈들이 있다."

그의 뒤로 거대한 그림자가 졌다. 깃털처럼 가늘고, 긴 하얀색 털이 전신을 덮었고, 귀는 엘프처럼 뾰족했으며, 팔은 땅에 닿을 정도로 늘어졌다. 아이스 트롤. 이 북동의 땅에 가장 큰 악명을 울리는 몬스터 두 마리가 검은 로브 남자의 뒤에 섰다.

"오, 평범한 놈들이 아니네."

푸른 로브의 남자가 팔짱을 낀 채로 히죽 웃었다. 그의 말대로 두 아이스 트롤은 범상치 않았다. 일반 아이스 트롤보다 머리 하나는 컸고, 각기 붉은색 몽둥이와 푸른색 지팡이를 들고 있었다.

"워리어와 샤먼이라면 실험을 하기에도 적합하겠는데? 나도 괜찮은 놈들 좀 찾아봐야겠어."

그는 낄낄 웃으며 북해가 있는 방향으로 향했고, 검은 로브의 남자는 말없이 스터린산으로 걸어갔다.

쿠구구구.

아이스 트롤 워리어와 샤먼은 잘 훈련된 개처럼 검은 로브 남자의 뒤를 따랐다.

다음 날.

라온은 정오가 되기 전에 숙소를 나와 서리의 가지로 향했다.

"먼저 주점에 가자고 하시다니, 별일이네요."

도리안이 하품을 쩍 하고 눈을 비볐다.

"어제 못 먹은 음식이 생각나서."

"아, 하긴 음식들이 좀 먹음직스럽긴 했죠."

사실 배가 고프거나, 음식이 당기지는 않았지만, 피자도 먹지 못한 채 능력치만 빼앗긴 라스가 아주 조금 안쓰러워 시간을 쓰기로 했다.

-본왕을 생각하는 척하지 마라. 약속은 원래 어제였으니까.

여름철 매미처럼 팔목에 매달려 있던 라스가 툴툴거렸다. 많은 힘을 소모한 녀석은 어제보다 상당히 작아져 있었다.

'알겠어.'

고개를 끄덕이며 걸어갈 때 주변에서 관찰의 시선이 쏟아져 왔다.

"저 녀석이다. 홀로 샤크몰 여섯을 베고, 울브스 용병들과 부단장 클리프까지 쓰러뜨린 검귀가."

"정말 맞아? 저렇게 곱상하게 생긴 녀석이?"

"느껴지는 기세가 미약한데…."

"어제 반대로만 걸었다가 월급 다 날렸는데, 그걸 잊을 리가 있겠냐!"

"저리 어린 나이에 어떻게 그 지독한 사마귀를 꺾을 무력을 쌓았지?"

검사와 기사들은 지나가는 라온을 보며 마른침을 삼켰다.

"어이, 검귀! 어제 멋있었다!"

"우리 용병단이 그렇게 깨진 건 오랜만이야!"

"까불던 투르카를 패 줘서 고맙다."

"난 부단장이 얻어맞을 때 그렇게 시원하더라구!"

탐색의 시선을 보내는 검사들과 달리 울브스 용병단은 환호를 하고 손을 흔들어 주었다.

-미친놈들이로다.

'저들은 그냥 싸우는 게 좋고, 강자가 좋은 거야.'

지금도 눈동자에 싯누런 광기가 비친다. 싸움을 찾아다니는 전장의 아귀다운 태도였다.

-뭐가 되었든 상관없으니, 빨리 가거라.

'그래. 그래.'

라온은 피식 웃고서 주점의 문을 열었다. 밥을 먹기 애매한 시간이라 내부는 텅 텅 비어 있었다.

"어서 오세요!"

중앙에 있는 테이블에 앉자, 주방에서 어제는 듣지 못한 발랄한 목소리가 울렸다. 잠시 후 장밋빛 머리카락을 양 갈래로 묶은 십대 초반의 소녀가 걸어 나왔다.

"식사하시는 거죠? 어?"

테이블에 메뉴판을 내려놓은 소녀가 라온을 보고 고개를 갸웃거렸다.

"어제 울브스 아저씨들이랑 싸운 검사님 맞으시죠?"

"그래."

"와아, 언니들이 검술보다 얼굴에 더 눈이 간다더니, 진짜였네요!"

점원 소녀는 헤헤 웃으며 라온의 얼굴을 지그시 바라보았다.

-무엇 하느냐. 감질나게 하지 말고, 메뉴판을 열어라. 본왕이 전부 시킬 것이니라.

'에휴….'

-일단 피자이니라. 어제 보았던 피자가 꿈에서도 떠올랐다.

메뉴판에서 피자가 있는 곳을 보았다. 다섯 종류가 있어서 뭘 시킬까 고민할 때 소녀가 옆으로 다가왔다.

"제가 추천해 드릴까요? 일단은 이 소고기 피자랑 치킨 피자가 제일 잘나가구요. 별미로는 이 매운 고추 피자도 괜찮아요. 그리고…"

점원 소녀는 그 외에도 구이류와 치킨 그리고 스튜까지 추천해 주었다. 잘생겼다고 다가와 매상을 올리는 제대로 된 장사꾼이었다.

-일단은 치킨 피자와 저기 가장 아래에 있는 파인애플 피자를 시켜라.

'파인애플 피자는 어제 없던 건데. 어제 있던 피자는 소고기….'

-상관없다. 본왕은 저 파인애플 피자가 먹고 싶으니라.

'음, 파인애플은 좀….'

파인애플은 남부 지방에서 나오는 열대 과일이다. 달면서 시큼한 맛이라, 치즈가 올라간 피자와는 어울릴 것 같지 않았다.

'너 미식가가 아니라 괴식가냐?'

-시끄럽다. 오늘은 본왕에게 맞춰 준다고 하지 않았더냐. 약속을 지켜라. 라온 지 그하르트.

라스는 고작 피자를 주문하는 걸로 맹세라도 하는 듯한 근엄한 음성을 흘렸다. 보면 볼수록 없어 보이는 마왕이다.

"일단 치킨 피자랑 파인애플 피자를 주고, 소고기 스튜를 하나…."

"아, 죄송해요. 파인애플은 지금 재료가 없어요."

점원 소녀가 재료 때문에 안 되는 메뉴가 몇 가지 있다고 고개를 저었다.

-끄으윽. 그게 제일 먹고 싶었거늘….

'후우, 다행이야.'

"파인애플?"

파인애플 피자를 먹지 않게 되어 안도의 한숨을 내쉴 때였다. 멍하니 메뉴판을 보고 있던 도리안이 벌떡 일어섰다.

"자, 잠깐…."

기분 나쁜 예감에 멈추려 했지만, 도리안의 손은 번개처럼 빨랐다. 순식간에 배 주머니에서 파인애플 하나를 꺼내 놓았다.

"여기 있어."

"어?"

점원 소녀가 휘둥그레 눈을 떴다.

"이, 이걸 어떻게…."

"파인애플을 가지고 다니는 정도야 흔하잖아."

도리안은 그게 뭐가 이상하냐는 듯 어깨를 으쓱였다.

'안 흔해! 그게 왜 있냐고!'

라온은 도리안의 뒤통수를 후려치고 싶은 걸 간신히 참았다.

-오오! 역시 본왕의 첫 번째 부하이니라!

라스는 부하로 두길 잘했다고 중얼거리며 냉기로 도리안의 머리를 쓰다듬었다.

"감사합니다! 그럼 이 파인애플은 저희가 구매해서 사용하는 걸로 할게요."

"괜찮아. 또 있거든."

도리안은 두 번째 파인애플을 꺼내며 히죽 웃었다.

"도련님 잘됐네요. 드시고 싶은 파인애플 피자를 드실 수 있어서."

"그래. 잘됐네."

때려 주고 싶을 만큼 잘됐어.

"흐으."

라온은 인상을 팍 찡그리고 추천받은 다른 음식들까지 주문했다.

"감사합니다. 맛있게 만들어서 가져올게요!"

점원 소녀는 상큼하게 웃으며 파인애플을 가지고, 주방으로 들어갔다.

오늘따라 얄밉게 보이는 도리안과 잡담을 하고 있자, 주방에서 점원 소녀와 인상이 매서운 은발의 노인이 음식을 들고 함께 나왔다.

방금 만들어 김이 모락모락 올라오는 음식들이 테이블에 주르륵 깔렸다.

"이건 재료로 사용하고 남은 파인애플입니다."

노인은 반 정도 남은 파인애플을 테이블 위에 올려놓았다. 사람 몇 죽였을 것 같은 인상과 달리 목소리는 부드러웠다.

"헤에…"

점원 소녀는 잘라 낸 파인애플에서 올라오는 단 향기에 혀를 반쯤 내놓고 있었다.

"도리안."

"예?"

"이거 이 아이한테 줘도 돼?"

"아, 그럼요!"

도리안은 뭘 그런 걸 물어보냐는 듯 바로 고개를 끄덕였다.

"가져가서 먹어."

"가, 감사합니다!"

점원 소녀는 머리 색과 같은 홍조를 볼에 띠고 고개를 꾸벅였다.

"고맙습니다."

노인도 작게 고개를 숙인 뒤 주방으로 들어갔다. 인상과 달리 태도도 선한 사람이었다.

-착한 척하지 말고, 먹어라! 따끈따끈할 때 빨리!

'보채지 좀 마.'

라온은 옅은 한숨을 뱉고서 파인애플 피자를 들었다. 눈을 질끈 감고서 피자를 크게 한입 물었다.

"흐음…."

생각보다 신맛은 없었다. 다만 단맛이 혀를 자극할 정도로 진해졌다. 짠맛과 단맛이 조화롭지 않게 혀를 찌르는 느낌이랄까.

못 먹을 정도는 아닌데, 굳이 과일을 데워서 먹을 필요가 있나 싶었다.

"으, 이거 그리 좋지 않네요."

파인애플 피자를 먹은 도리안이 인상을 팍 찡그렸다.

반면에.

-허어, 이런 맛이 있었다니, 본왕은 세계를 몰라도 너무 몰랐도다!

파인애플 피자에 감동한 마왕이 하나 있었다.

-단맛과 짠맛이 황금의 비율을 이뤄 본왕의 혀를 실크처럼 부드럽게 휘감고 있노라. 이것이 미식이고, 이것이 행복이니라!

마계의 군주는 파인애플 피자 한 조각에 극락을 느끼며 거의 울 듯한 표정을 짓고 있었다.

-계속 먹어라! 멈추지 마라!

"끄응…."

라온은 눈매를 찡그리면서도 계속 파인애플 피자를 먹었다. 확실히 맛이 없진 않았지만, 역시나 굳이… 라는 생각이 들었다. 그냥 차게 식힌 파인애플을 따로 먹고 싶었다.

-오오, 먹어도, 먹어도 질리지 않는 맛이로다. 앞으로 본왕은 이 피자를 단짠 피자라 명하겠노라.

라스는 완전히 빠져서 파인애플 피자만 먹으라고 떠들어 댔다.

"도련님은 식성이 참 특이하시네요."

도리안이 네 번째 파인애플 피자를 드는 자신을 보며 콧등을 좁혔다.

"…그게 아니야."

"아니긴요. 본래 혀는 못 속이는 법입니다. 민초단에 파인애플 피자라니, 제가 본 사람 중에 제일 독특하십니다."

"아니라고."

다시 한번 녀석의 머리를 치고 싶은 충동을 간신히 참았다.

-만족스럽도다. 훗날 마계에 파인애플 숲을 조성하겠노라.

이쪽은 최고의 기분인 모양이네.

라온은 지금이 계획을 실행할 때라는 걸 깨달았다. 파인애플 피자를 한 조각 더 먹으며 라스를 보았다.

'라스.'

-무엇이냐.

목소리가 밝다. 어제 폭주를 일으켰다고는 생각되지 않을 정도로 시원한 음성.

'글래시아를 운용하며 느낀 건데 이걸 쓰는 방법은 하나가 아니지?'

-호오, 네놈이 그걸 깨달았다는 것이냐. 맞느니라.

라스가 흡족한 고갯짓을 했다.

-말하자면 너희 인간들이 사용하는 연공법과도 비슷하지. 글래시아는 냉기를 최적의 효율과 최고의 위력으로 사용할 수 있는 사용법이다.

'그럼 공격이나 방어도 되는 건가?'

-당연하다.

'그런 뛰어난 탐색 능력에 공격과 방어도 할 수 있다니, 엄청나네.'

-그렇지! 네 하찮은 기질로도 알 수 있을 정도로 어마어마한 능력이니라.

라스의 음성이 한층 더 높아졌다. 입에서 도는 파인애플 피자의 단맛과 자신의 노골적인 아부에 오랜만에 경배받는 마왕의 기분을 느끼는 것 같았다.

'그래서 그건 어떻게 사용하는데? 혹시 냉기를 냉기로 막을 수도 있나?'

-한심한 놈이로다. 본왕이 무엇이라고 했느냐. 이미지다. 이미지! 이미지를 그리면 안 될 게 없느니라.

'그럼 내가 냉기를 막는 이미지를 그리면 외부와 내부의 냉기를 전부 막을 수 있겠네?'

-물론이다. 본왕이 만든 능력에 사각은 없느니라. 본왕이 알려 준 주문을 외우며 네게 필요한 이미지를 그려라. 공격 역시 마찬가지이니라.

라스는 내기를 했다는 것도, 본인의 공격 수단이 냉기라는 것도 까맣게 잊고, 라온에게 이미지에 관한 조언을 읊어 주었다.

'그렇군.'

라온이 마지막 남은 파인애플 피자를 입에 넣으며 살짝 고개를 숙였다.

오늘도 일용할 양식을 주신 분노의 군주에게 바치는 감사의 인사였다.

고맙다.

❖❖❖❖❖

파인애플 피자는 미묘했고, 오묘했지만 다른 음식은 확실히 맛깔났다. 입맛이 까다로운 라스도 만족스러워하며 전속 요리사니, 뭐니 중얼거렸으니까.

"여기 끝내주는데요? 북방에 이런 식당이 있을 줄이야."

도리안이 언덕처럼 솟구친 배를 두드리며 만족스럽게 웃었다.

"그러게."

라온이 빙긋 웃으며 일어섰다. 계산하려고 주방으로 가자, 점원 소녀가 무언가를 들고 나왔다.

"이거 가져가세요."

김이 모락모락 올라오는 잘 익은 갈색 쿠키였다. 중앙에는 아까 가져간 파인애플이 박혀 있었다.

"파인애플을 좋아하시는 거 같아서 만들어 봤어요."

"어….."

오해다. 완벽한 오해.

-이런 곳에 또 본왕의 찬양자가 생겼군. 오늘부터 저 소녀를 본왕의 파인애플 소녀로 인정하겠노라.

냉기를 줄기줄기 퍼뜨리는 라스를 밀어 버리고, 쿠키를 받았다.

"고마워. 그러니까…."

"유아예요!"

"그래. 유아. 고맙다."

라온이 웃으며 쿠키를 받았다. 주방 안에 있던 노인이 고개를 숙였다. 마주 인사를 하고 계산을 마쳤다.

"잘 가시고, 또 오세요!"

유아는 자신과 도리안이 가게 밖으로 나갈 때까지 손을 흔들어 주었다.

"이건 또 나름 괜찮네요."

도리안은 파인애플 쿠키를 먹으며 피자와는 다르다고 중얼거렸다.

"어디…."

라온이 입맛을 다시고 쿠키를 한입 먹었다. 바삭한 쿠키 안에 꾸덕한 파인애플 알갱이가 씹히는 맛이 그리 나쁘지 않았다.

-호오, 꾸덕하군. 이것 또한 묘한 맛이다. 본왕의 파인애플 소녀는 재주도 많구나. 오늘은 얻는 게 참 많아.

'그러게.'

얻은 건 내가 더 많을걸.

라온이 남은 쿠키를 입에 넣으며 씩 웃었다.

"라온! 도리안!"

어떤 이미지를 그릴까 생각할 때 멀리서 라딘이 손을 흔들며 달려왔다.

"대장님?"

"여긴 어쩐 일이십니까?"

"후욱, 급한 일이 있어서."

라딘은 손으로 무릎을 잡은 채 숨을 고른 뒤 일어섰다.

"3번 정찰대에 임무가 내려왔다."

긴장감을 담은 그의 눈동자가 어둑하게 가라앉았다.

"너희들의 첫 출정이다!"

제123화

어젯밤. 하분 성 사령부.

밀랜드와 테리안, 전략 장교들이 원형 테이블 앞에 모여 있었다.

"2번 정찰대가 4번 땅굴 근처에서 아이스 트롤 무리를 발견했습니다. 숫자는 열셋. 더 모여들기 전에 이쪽에서 선수를 치는 게 좋을 것 같습니다."

부사령관 테리안이 지도에서 스터린산 아래에 있는 숲을 가리켰다.

"4번 땅굴이면 5번과 그리 멀지 않군."

"예. 트롤을 제거하는 김에 스터린산 부근에 다른 해양 몬스터가 올라왔는지도 확인해 보려고 합니다."

"흠, 트롤도 트롤이지만, 샤크몰에 대해서도 확실하게 알아봐야겠지."

지도를 보고 있던 밀랜드의 시선이 라딘이 놓고 갔던 샤크몰의 지느러미로 향했다.

"범상치 않은 일이니, 부사령관이 직접 움직이는 게 좋겠군."

"명을 받들겠습니다."

테리안은 예상하던 것처럼 바로 고개를 끄덕였다.

"설격대와 울브스 용병단을 데리고 가라. 트롤을 제거하고, 북해 주변까지 조사하고 돌아오도록. 그리고 정찰대는…."

"2번과 3번을 데리고 다녀오겠습니다."

"3번?"

"예!"

밀랜드가 살짝 의문을 표했지만, 테리안은 바꿀 생각이 없는지 입매를 굳게 다물었다.

"좋다. 출정은 이틀 뒤 새벽이다. 그렇게 알고 모두 준비하도록."

"예!"

전략 장교들은 상세 계획을 짜겠다며 떠났고, 지휘관실에는 두 부자만이 남았다.

"2번대는 트롤을 목격했으니 어쩔 수 없지만, 돌아온 지 얼마 지나지도 않은 3번대를 왜 골랐지? 4번과 5번은 아예 나가지도 않았는데?"

"라온의 대련을 보았을 때 느낀 게 있습니다."

"느낀 것?"

"예. 라온의 무력이 경악스러운 건 사실이지만, 육황과 오마의 어린 재능들을 뒤지다 보면 비슷한 수준이 없진 않을 겁니다."

동의하는지 밀랜드가 고개를 끄덕였다.

"하지만 그 아이에겐 무력 이상의 기백이 있습니다. 상대를 꺾어 버리겠다는 사나운 기파에 제가 압도될 정도였습니다. 그 거친 울브스 용병단도 패배를 인정하고 엄지손가락을 치켜세우더군요."

"결국 그 기백이 진짜인지를 보고 싶다는 거로군."

"뭐, 그렇게 되겠죠."

"좋다. 본인도 싸움을 원했으니, 문제는 없겠지."

밀랜드가 지도를 툭툭 두드리고 고개를 끄덕였다.

"다녀오도록 해라."

"예!"

"다만…."

지도를 접고 일어서는 그의 눈빛이 깊어졌다.

"조심하거라. 변화가 일어날 때가 가장 위험한 법이니까."

"알겠습니다."

테리안은 걱정하지 말라고 말하며 씩 웃었다.

라온은 짐을 챙기라는 라딘의 지시를 듣고 숙소로 돌아왔다.

"도, 도련님. 이거 좀 빠르지 않아요?"

도리안이 침대에 걸터앉아 다리를 발발 떨었다.

"돌아온 지 얼마 되지도 않았는데, 바로 나가는 것도 이상하고…."

"그렇긴 하지."

라온이 고개를 끄덕여 동의했다.

'확실히 빨라.'

정찰에서 복귀한 지 얼마 지나지도 않은 정찰대를 바로 출정에 내보내는 건 일반적인 일이 아니다.

'아마 나 때문이겠지.'

샤크몰을 홀로 처리하고, 울브스 용병단을 털어 버린 실력을 제대로 보여 달라는 의미와 이곳의 실전을 겪어 보라는 두 가지 의미 같았다.

"망했어, 진짜 위험해…."

도리안은 배 주머니에서 꺼낸 사람 크기만 한 쿠션을 껴안고 매트 위를 뒹굴었다. 참 별걸 다 가지고 다닌다.

"이 정도면 되겠지."

라온은 출정에 필요한 짐을 배낭에 넣은 뒤 침대 아래에 두었다.

"도련님. 아이스 트롤한테는 칼도 안 들어간다는데 진짜일까요?"

"진짜야."

아이스 트롤은 추운 지방에서 사는 몬스터답게 가죽이 질기고, 두껍다. 날카로운 검에 오러를 가득 둘러야만 간신히 벨 수 있다.

"그렇다고 재생력이 없는 것도 아니잖아요."

"그러니 까다롭지."

트롤 특유의 재생력이 사라진 것도 아니고, 근력이나 민첩성에 지능까지 뛰어나기 때문에 아이스 트롤을 상대하는 건 숙련된 검사와 기사들에게도 쉬운 일이 아니었다.

"그래도 넌 상대할 수 있을 거다."

"예? 제가요?"

도리안이 껴안고 있던 전신 쿠션을 던지고 벌떡 일어섰다.

"네 장점인 발을 사용해서 빈틈을 노리면 충분히 잡을 수 있어. 배운 대로만 해."

"도련님이 그러시니까 용기가 나…지 않네요."

녀석은 무섭다고 중얼거리며 두더지처럼 매트 밑으로 파고 들어가려 했다.

"그럼 방법이 하나 있다."

"방법?"

"그래. 네가 아이스 트롤 앞에 서도 조금도 무섭지 않을 방법이."

"알려 주세요! 뭐든 하겠습니다!"

도리안이 마른침을 꼴깍 삼키고 라온을 마주 보았다.

"광아검을 사용하는 나와 대련하면 아이스 트롤은 그깟 몬스터가 될 거야. 가자."

라온이 서늘한 미소를 지으며 검을 들었다.

"아…."

도리안의 눈동자가 넋이 나간 사람처럼 탁 풀렸다. 이마 위로 식은땀 한 방울이 흘러내렸다.

"도리안?"

"어우, 잠깐 상상 좀 했더니, 괜찮아졌습니다! 갑자기 트롤이 좁밥으로 보이는데요?"

녀석은 신기하다며 하하하 웃더니, 그대로 침대에 푹 쓰러졌다.

-미친놈이로고.

라스는 저런 놈은 마계에도 없다며 혀를 쯧쯧 찼다.

라온은 피식 웃고서 침대 위에 앉았다. 시끄러운 녀석이 조용해졌으니, 수련할 시간이었다.

눈을 감고, 외부와 조화를 시켰던 혹한의 냉기를 끌어 올렸다.

'이미지라고 했지.'

라스는 이미지만 있다면 글래시아를 어떤 방법으로도 운용할 수 있다고 말했다.

'그러고 보니 전부 비슷하네.'

리메르가 만화공의 습득을 도와줄 때도, 글렌이 태화보를 보여 줄 때도 매번 이미지를 중요시했다. 아무래도 상승의 경지로 갈수록 심상을 갈고 닦아야 하는 것 같다.

후우우우.

폐가 조여들 정도로 천천히 호흡하며 마음을 가다듬었다. 상상하는 건 옷. 내부와 외부의 냉기를 모조리 막아낼 수 있는 서리의 옷을 그려 보았다.

무겁지만 완벽한 방어를 할 수 있는 철제 갑옷, 가볍지만 든든한 가죽 갑옷, 바람과 추위를 견디게 해 주는 로브까지. 많은 옷을 생각해 보았지만, 모든 냉기를 막는다는 이미지는 그려지지 않았다.

'완벽한, 그리고 절대적인….'

그 생각을 하자 한 사람이 생각났다.

글렌 지그하르트.

글렌이 입고 다니는 검붉은색의 코트는 그의 위엄을 두른 듯 그 어떤 칼날과 냉기에도 작은 생채기 하나 나지 않을 것만 같았다. 머릿속에서 상상하던 무적자의 갑옷이 바로 그와 같았다.

고오오오!

라온은 불의 고리를 회전시키며 집중력을 끌어 올렸다. 글래시아로 만들어 낸 냉기의 실로 한 땀 한 땀 옷을 꿰매는 상상을 하며 깊은 심상의 세계에 빠져들었다.

다음 날 새벽.

라온은 도리안과 함께 성문 앞에 나와 있었다. 함께 출발하는 설격대와 울브스 용병단은 진중한 표정으로 각자의 무기를 손보고 있었다.

"괜찮아?"

"예. 뭐가 되었든 도련님하고 대련하는 것보다는 나을 것 같더라구요. 하하!"

대련을 말한 이후 도리안은 '미친 검귀에 비하면 아이스 트롤은 밥이지' 라고 중얼거렸다.

"다행이네."

"안녕하세요."

요상한 방법으로 자신감을 채운 도리안을 보며 피식 웃을 때 은색 방한복을 입은 청년이 다가왔다.

흑발흑안에 피부는 하얗다. 평범한 키에 인상이 부드러워 큰 특징은 없어 보였다.

"울브스 용병단의 단장 베토라고 합니다. 어제 저희 아이들이 실례했다고 들었습니다. 뭐라 드릴 말씀이 없군요."

그는 빙긋 웃으며 고개를 까딱였다. 부단장 클리프와 달리 싸움을 걸려는 의도도 없어 보였다. 지금까지 보았던 울브스 용병단의 기질과는 정반대의 분위기를 풍기는 사람이었다.

"괜찮습니다. 저도 즐겼으니까요."

"그리 말씀해 주시니 조금 마음이 편해지는군요. 소속은 정찰병이십니까?"

"예."

"최강의 정찰병이시겠네요. 오늘 잘 부탁드리겠습니다."

"예. 저도."

인사를 끝낸 베토는 준비 상태를 확인한다며 울브스 용병단이 있는 곳으로 향했다.

-저놈 마음에 들지 않는군. 눈을 뽑아라.

'또 왜.'

-눈빛에 뱀이 어려 있다. 저런 놈은 믿는 게 아니야.

'관상도 볼 줄 알아?'

-경험이다. 본왕이 마계에 있을 때 저런 눈빛과 얼굴을 한 놈을 수없이 마주쳤지. 십중팔구는 배신자가 될 놈이다.

'여전히 부정적이네.'

다만 라온도 저 베토라는 남자를 믿지는 않았다. 그는 꽤 여러 가지를 숨기고 있었으니까.

'특히 눈.'

라스의 말처럼 뱀의 기운은 느끼지 못했지만, 어둠을 담은 듯한 그의 검은 눈동자에는 기이한 힘이 어려 있었다.

"아저씨들!"

안쪽에서 들린 초롱초롱한 목소리에 모두가 뒤를 돌았다. 서리의 가지에 있어야 할 유아가 여러 개의 주머니를 들고 달려왔다.

-오, 파인애플 소녀가 아닌가!

"조금 늦었죠. 다 준비됐어요."

유아는 가지고 온 주머니를 검사와 용병들에게 하나씩 나누어 주었다. 미리 주문했던 간식들을 주는 것 같았다.

"와, 유아는 어떻게 점점 귀여워지냐."

"요리 실력도 날이 갈수록 늘고."

"하분 성의 자랑이지. 자랑!"

정찰병들은 유아를 본인들의 아이처럼 귀여워하며 웃어 주었다. 아무래도 이 하분 성의 마스코트 같은 아이인 모양이다.

"하나 남네."

유아는 주머니를 모두 나누어 준 뒤 남은 하나를 가지고 라온에게 다가왔다.

"할아버지랑 제가 만든 수제 육포예요. 햇볕 좋을 때 말려서 맛있으니, 가져가세요."

"이걸 왜 나한테…"

"첫 출정이잖아요. 꼭 돌아오셔서 다음엔 사 드세요."

유아가 히히 웃으며 주머니를 건네주었다.

"고맙다."

"고마우면 돌아오셔서 매상 올려 주세요!"

유아는 모두 조심히 다녀오라고 말하고서 주점으로 돌아갔다.

"나는?"

도리안은 텅 빈 손을 보며 입을 삐죽 내밀었다.

"나눠 먹으라는 거잖아. 네가 가지고 있어."

"아, 옙!"

녀석은 씩 웃으며 육포 주머니를 배 주머니에 넣었다.

"모두 정렬! 지금부터 마지막 점검을 한다."

출발 시간이 30분 정도 남았을 때 부사령관 테리안이 정문 앞으로 다가왔다. 그는 물자와 인원을 직접 확인하고 나서야 고개를 끄덕였다.

-그 귀때기 놈과는 차원이 다르구나.

'그러게.'

출발 직전에 찾아오거나, 대충 확인하는 리메르와는 성격 자체가 다른 사람이었다.

테리안이 정문 앞 단상 위에 서서 병사들을 굽어보았다. 거센 존재감에 시선이 저절로 고정되었다.

"출정의 목표는 두 가지다. 모여들고 있는 아이스 트롤의 제거와 스터린산 초입부터 북해까지 정찰. 한 명의 낙오도 없이 끝까지 함께하기를 바란다."

"예!"

이미 작전을 알고 있었기 때문에 검사와 병사 그리고 용병들은 우렁차게 대답했다.

"20분 뒤에 출발한다. 모두 마지막 점검을 하고 마음을 다잡도록!"

그는 그 말을 남기고 어디론가 사라졌다.

"부사령관님의 지시대로 혹시 빠뜨린 물건이 없는지 마지막으로 확인해."

"예!"

"어이."

라딘의 말대로 마지막 확인을 하려고 할 때 함께 출발하는 설격대 검사들이 다가왔다.

"이것 좀 들어."

"조금만 더러워져도 너희들이 어떻게 될지 알지?"

"조심해서 다뤄."

"하나라도 없어졌다간 혼난다."

"네 애인처럼 생각하라고. 없겠지만."

그들은 천막이나, 텐트, 식량 같은 무거운 물건들을 정찰대 앞에 던져 놓고 낄낄 웃으며 돌아갔다.

"이게 뭡니까?"

"뭐긴 뭐야. 제 놈들 짐을 들어 달라는 거지."

"이걸 왜 정찰대가 드는 거죠?"

라온이 이해가 안 된다는 듯 고개를 갸웃거렸다.

"언제 싸울지 모르니, 힘을 아껴야 한다더군. 저놈들이 여기에 배정받고 난 이후에는 매번 이래."

라딘이 한숨을 내쉬었다. 정찰병들은 익숙한 것처럼 검사들의 짐을 챙기기 시작했다.

"어쩔 수 있냐. 지위도, 힘도 약한데, 까라면 까야지."

"음…."

라온이 설격대 검사들을 보았다. 그들은 당연한 일을 한 것처럼 이쪽에 신경을 쓰지 않았다.

설격대주라고 했던 콧수염을 기른 중년인 또한 이 꼴을 모두 보았음에도 당연하다는 듯 별말을 하지 않았다.

'지랄 맞군.'

저들이 싸움을 준비한다면 이들은 정찰을 준비해야 한다. 더 힘든 일을 하는 동료에게 짐을 떠넘기다니, 이해할 수 없는 짓거리였다.

-인간들은 갑질을 하지 않으면 살 수가 없느니라.

라스는 인간들은 뻔하다며 차가운 미소를 지었다.

"아이, 더럽네! 다 놔두세요!"

도리안이 드물게 인상을 찌푸리며 앞으로 나왔다. 녀석은 멍하니 선 정찰병들 사이에 껴서 검사들이 두고 간 짐을 모조리 배 주머니에 넣었다.

"선배님들! 제가 다 들게요! 걱정하지 마시고, 저만 믿으십쇼!"

"오오!"

"진짜야?"

"안 무겁냐?"

"하나도 안 무겁습니다!"

도리안은 팔근육을 자랑하는 자세를 취하고 콧김을 훙하고 불었다.

"시, 신입! 너 특이한 놈이라고 한 거 사과한다!"

"이야! 너 이거 먹어!"

"옙!"

정찰병들은 모든 짐을 챙긴 도리안에게 박수를 보내고, 간식을 챙겨 주었다. 전부터 느꼈지만, 녀석은 성격이 워낙에 좋아서 윗사람이나, 동료들에게 사랑을 받을 타입이었다.

20분이 지나고, 방한복을 입은 테리안이 돌아왔다. 모든 병력이 그 앞에 정렬했다.

"출발한다. 2번, 3번 정찰대 앞으로!"

"앞으로!"

라온과 도리안은 3번 정찰대장 라딘을 따라 일행의 선두로 갔다.

"문을 열어라!"

"문을 열어라!"

정찰을 나갈 때 사용했던 쪽문이 아니라, 성 중앙의 정문이 열리며 천지를 뒤덮은 새하얀 설경이 드러났다.

"전진!"

"오늘은 여기서 묵고, 내일 새벽에 일찍 출발한다. 모두 텐트를 치고, 야영을 준비하도록."

"예!"

테리안의 지시에 병사들이 부리나케 움직이기 시작했다.

용병들은 직접 텐트를 치고, 식사를 준비했지만, 설격대 검사들은 달랐다.

"아까 준 재료들 있지? 그걸로 가벼운 스튜라도 만들어. 대주님이랑 부대주님도 드셔야 하니까. 맛대가리 없게 만들면 각오하고."

"너희 넷은 이쪽으로 와. 텐트 치는 것 좀 도와라."

설격대 검사들이 정찰대가 있는 곳에 와서 음식을 만들라고 명령하더니, 몇 명은 잡일을 시키기 위해 데려갔다.

"하."

어처구니가 없는 상황에 도리안이 헛웃음을 흘렸다.

"이게 맞는 거예요?"

"맞지 않으면 어쩌냐. 힘이 없는걸."

라딘이 냄비를 꺼내며 한숨을 내쉬었다.

"부사령관님이나 사령관님은 아무 말 안 하시나요?"

"모르시지. 지금도 부사령관님 없을 때 찾아온 거잖냐."

그는 아까도 그렇고 지금도 그렇고 테리안이 없을 때만 찾아온다고 말했다.

"사령관님이나, 부사령관님이 성 밖에 나오시는 경우는 그리 많지 않아. 직접 부딪치는 건 우리라서 대들면 결국 우리 손해야."

라딘은 어쩔 수 없다고 말하며 불을 피웠다.

"아, 빡쳐!"

도리안은 배 주머니에서 식사 재료들을 꺼내고 허공에 주먹을 휘둘렀다.

"음…."

라온은 불 위에 냄비를 올리며 눈매를 좁혔다.

"전 이렇게 전투가 많은 곳은 단합이 잘될 줄 알았는데 그건 또 아니군요."

"대부분 그렇긴 한데, 설격대는 아니야. 대주부터가 얌생이라, 약자는 기가 막히게 고르고 이용하거든."

"그렇군요."

라온은 일은 안 하고 잡담을 주절거리는 설격대를 보며 붉은 눈빛을 가라앉혔다.
그럼 저것들만 휘어잡으면 되겠네.

진군은 빨랐다.
눈 위를 걷는 일에 자신 있는 사람들만 모여서 그런지 다수가 움직이고 있음에도 그리 긴 시간이 지나지 않아 4번 땅굴 앞에 도착할 수 있었다.
다만 예상과 달리 2번 정찰대가 관측했다는 트롤 무리는 보이지 않았고, 놈들의 흔적도 찾을 수 없었다.
"어떻게 된 거지?"
"죄송합니다."
테리안이 2번 정찰대장에게 물었지만, 돌아오는 답변은 축 처진 어깨뿐이었다.
"제대로 본 건 맞나?"
"화, 확실합니다. 숲 외곽에 트롤 열세 마리가 모여 있었습니다!"
"이래서 정찰대만 움직이면 안 된다고 하지 않았습니까. 최소 검사 하나씩은 정찰대에 넣어야 합니다."
설격대주는 테리안의 옆에 붙어서 정찰대가 여러모로 부족한 집단이라고 말했다. 꼴을 보니, 다른 이들을 깔아뭉개서라도 본인의 영향력을 더 키우고 싶어 하는 것 같았다.

"그건 나중에 이야기하지. 지금은 녀석들의 흔적을 찾아서 위치를 파악하는 게 중요하니까."

테리안이 다시 고개를 숙여 눈 덮인 땅을 훑어보았다.

"아이스 트롤이 눈 위에서 짐승처럼 움직인다고 해도 아무 흔적도 남기지 않는 건 말이 되지 않는다. 모두 트롤이 남긴 잔재를 찾아라! 여기서 놈들을 제거하지 않는다면 나중에 큰 피해로 돌아올 것이다!"

"예!"

"알겠습니다!"

정찰대, 검사, 용병들은 고개를 끄덕이고서 각자 구역을 나눴다.

"하여튼 트롤 놈들은 그냥 잡히는 법이 없다니까."

라딘은 쌓인 눈을 걷어차며 인상을 찌푸렸다.

"아이스 트롤의 흔적이 사라졌단다. 일단 수색부터 시작해야 할 거 같으니, 준비해!"

"예!"

정찰병들은 다리가 짧은 개처럼 바닥에 딱 달라붙어서 트롤의 흔적을 살피기 시작했다. 용병이나, 설격대의 검사들도 트롤의 이동 방향이나, 기척을 느끼려고 기감을 풀어냈다.

'알아서 찾겠지.'

라온은 흔적을 뒤지지 않고, 경계 자세를 취했다. 이곳에서 평생을 산 정찰병의 수색 능력이라면 금방 찾을 게 분명했고, 자신의 역할은 수색이 아니라, 보호였기 때문에 경계에만 집중했다.

하지만 예상과 달리 두 시간이 더 지나도록 트롤은 나타나지 않았고, 흔적도 딱 하나만 발견할 수 있었다.

'또 무슨 일이 벌어진 건가.'

아이스 트롤이 흔적을 많이 남기는 몬스터가 아니라고 해도. 이렇게까지 못 찾을 리가 없다.

또 이상한 일이 벌어진 게 분명하니, 직접 움직여 봐야 할 것 같았다.

"젠장!"

테리안이 인상을 찌푸리며 발을 굴렀다.

"이, 일단 스터린산 쪽으로 간 건 호, 확실한데요…."

2번 정찰대장이 유일하게 하나 남은 트롤의 발자국을 보고 마른침을 삼켰다.

"저 산에는 아이스 트롤만이 아니라, 셀 수 없이 많은 괴물들이 있다. 그 흔적 하나만 보고 병력을 움직일 수는 없어."

"끄응…."

"북부의 낮은 짧아. 더 늦으면 밤이 된다. 일단은…."

"저도 한번 봐도 되겠습니까?"

라온이 앞으로 나와 테리안의 발밑에 있는 마지막 흔적을 보았다.

"자네가?"

"예. 조금만 보겠습니다."

"너는 이제 막 정찰대에 들어가지 않았나? 그리고 새로 얻은 직책은 정찰대의 호위일 텐데?"

테리안의 옆에 딱 달라붙어 있던 설격대주 에드퀼이 콧등을 찡그렸다.

"괜히 나서다가 망신당하지 말고, 들어가라. 해가 지고 있어서 시간이 없다."

"그만."

테리안이 주절거리는 설격대주의 입을 막았다.

"일단 방향은 스터린산이군요."

라온은 바닥에 나 있는 유일한 흔적을 살피고 고개를 끄덕였다.

"그건 여기 있는 사람들 전부가 다 아는 이야기고. 그 위치를 정확하게 모르니까. 이러고 있는 거잖아!"

설격대주는 정찰대 소속인 자신이 나서는 게 마음에 들지 않는 듯 짜증을 부렸다.

"지금부터 그걸 알아보죠."

"하! 어디에서 온 도련님인가? 들었던 실력에 비해 철이 너무 없는데? 지금 네가 우리 모두의 시간을 낭비하고 있다는 말이다."

-저 버러지 콧수염을 머리부터 발끝까지 얼려서 용암에 튀겨 버리고 싶도다. 입을 주절거리는 게 밉상 그 자체이니라.

'조금 잔인하지만 동감이야.'

라온은 계속 입을 놀리는 설격대주의 말을 무시하고 눈을 감았다. 이것 또한 성장을 위한 계기이니, 정신을 집중했다.

고오오오!

글래시아를 운용하며 이미지로 만든 감각의 바다를 열었다.

이제 꽤 넓어져서 샘물이라고 부를 수 없을 정도의 크기가 되었다.

바다를 얇게 퍼뜨렸지만, 트롤의 기척은 잡히지 않았다.

원래라면 이대로 일어섰겠지만, 여러모로 아니꼬운 설격대주와 설격대 검사들 때문에 확실하게 그 위치를 잡고 싶었다.

'그럼 어떻게?'

이 또한 이미지다.

갇혀 있는 바다를 열면 조금 더 먼 곳에도 글래시아의 감각이 닿을 수 있을 것이다.

라온은 호수처럼 막혀 있는 바다의 둑을 열었다.

콰아아아아!

들리지 않아야 할 물소리가 뇌리를 울리며 감각의 바다에 차 있던 흑색의 물이 솟구치기 시작했다.

'이쪽으로.'

트롤의 발자국이 향했던 방향으로 올려 보냈다. 이 땅의 냉기와 어우러진 감각의 바다는 강물을 거슬러 오르는 연어처럼 스터린산을 향해 질주하기 시작했다.

채찍처럼 휘어지는 감각의 물길을 조종해 예상되는 방향을 뒤졌지만, 다수의 몬스터만 느껴질 뿐 모여 있는 트롤의 기척은 잡히지 않았다.

'그러면 혹시.'

방향을 바꿨다. 아이스 트롤이 좋아하는 눈 쌓인 숲이 아니라, 산기슭이나 계곡으로 감각의 물길을 쏟아 냈다.

설화의 감각까지 열고 집중하자, 산골짜기 부근에서 시야가 확 밝아지듯이 야생의 기척이 잡혔다.

듣던 것보다 숫자는 더 많았지만, 털에 냉기를 휘감고 있는 아이스 트롤이 분명했다.

"후우…"

탁한 숨을 내쉬고 일어섰다. 정찰대는 기대감이 어린 시선으로, 설격대주와 설격대 검사들은 비웃음을 흘리고 있었다.

"표정을 보니 뻔하군. 괜히 시간만 낭비했어. 부사령관님 일단 이곳에서 야영 준비를…."

"찾았는데?"

"뭐?"

"찾았다고."

라온은 코웃음을 치던 설격대주 향해 입꼬리를 말아 올렸다.

제124화

"뭐 이런 미친놈이 다 있어!"

설격대주 에드퀼이 라온을 보며 갈색 눈을 부라렸다.

"쭈그려서 발자국을 본 걸로 어떻게 트롤의 위치를 알 수 있다는 거냐!"

그는 말도 안 된다는 듯 호통을 치며 라온에게 얼굴을 들이밀었다.

"관심이 고프면 돌아가서 허접한 대련이나 해! 여기서 나대지 말고!"

"그럼 내기라도 할까?"

라온이 고개를 모로 틀었다.

"내기?"

"그래. 내 말이 맞는지, 여기서 주절거리기만 한 당신의 말이 맞는지. 내기를 하자고."

"정신 빠진 놈! 누가 네 말을 믿고 따라가 준다고 내기를 한다는 거냐!"

"쫄려?"

"끅!"

피식 웃으며 입매를 말아 올리자, 에드퀼이 이를 바득 갈았다.

"어디서 굴러온 줄도 모르는 무지렁이 따위가 함부로 입을 놀리지 마라! 그리고 왜 아까부터 반말하는 거냐!"

"네가 먼저 반말했잖아. 난 네 부하가 아니야."

"부하가 아니더라도 내 지위는 너보다…."

"난 사령관님이 직접 정찰대의 호위로 임명해 주셨다. 소속을 따지자면 사령관 직속이니, 너한테 굽힐 이유는 없어."

위치상 에드퀼이 높은 건 맞지만, 사령관에게 직접 지위를 내려 받았으니, 놈에게 머리를 숙일 필요는 없는 건 사실이었다.

"어린놈의 새끼가!"

"지위로 안 되니까. 나이인가? 추잡하군."

"그만!"

테리안이 묵직한 걸음으로 라온과 에드퀼 사이를 막아섰다.

"둘 다 자제해라. 언제 몬스터가 움직일지 모르는데 뭐 하는 짓이야!"

그는 둘을 번갈아 보며 인상을 찌푸렸다.

"에드퀼. 오늘 왜 이리 감정적이지?"

"이 꼬마가 자꾸 헛소리를 지껄이지 않습니까!"

"그는 아직 헛소리를 한 적이 없다. 트롤이 어디에 있는지, 어떻게 찾았는지 말하지 않았으니까."

테리안이 고개를 돌려 라온을 보았다.

"찾은 건 확실한가?"

"확실합니다. 정찰대가 예측한 방향에서 25도 정도 우측에 있는 얼어붙은 계곡 부근에 모여 있습니다."

"그건 어떻게 알았지?"

라온의 자신감 있고 확실한 대답에 테리안의 목소리가 떨렸다.

"숲과 산을 제집처럼 드나드는 사람에게 적의 위치를 찾을 수 있는 감을 배웠습니다."

"감? 지금 감이라고 한 거야?"

에드퀼이 손가락을 겨누며 비웃음을 터트렸다.

"크하하하! 감이랍니다! 저 미친놈의 말을 믿진 않으시겠죠?"

"감이라."

테리안은 에드퀼과 설격대의 조롱을 받으면서도 덤덤한 라온을 보았다.

'감을 믿을 수는 없지.'

이곳에 있는 사람들은 전부 경험으로 만들어진 감을 가지고 있지만, 그 감만으로 단체를 움직일 수는 없기에 가만히 있는 거다.

'그렇지만 저 아이는….'

지그하르트 소속이라는 걸 떠나서 왠지 모르게 신뢰가 간다. 특히 저 붉은 눈. 세상 모든 것을 뚫어 보는 듯한 눈동자를 마주하고 있으니 그의 말을 믿고 싶어졌다.

'거기다 숲과 산이라고 했지.'

그 말을 듣자마자, 한 사람이 생각났다. 라온의 교관이라는 지그하르트의 광검 리메르. 아마도 그에게 수색의 감각을 배운 것 같았다.

"후, 그렇다고 해도…."

"부사령관님."

3번 정찰대장 라딘이 앞으로 나왔다.

"얼마 전에 보고 드린 적 있었죠. 라온의 말을 무시했다가 전부 죽을 뻔했다고."

"그래."

테리안이 고개를 끄덕였다. 샤크몰이 다가온다는 라온의 경고를 무시했다가 전멸할 뻔했다는 말을 바로 며칠 전에 들었었다.

"이 친구 그때도 지금 같은 눈빛을 했습니다. 한번 믿어 보시죠."

"샤크몰을 감지하는 것 따위는 대단한 일이 아니야! 고작 감으로 무슨 결정을 내린단 말이냐! 정찰대는 전부 대가리에 구멍이라도 뚫린 거야? 앙?"

에드퀼이 손가락을 들어 라딘이 머리를 툭툭 두드렸다.

"그딴 거 할 시간 있으면 저 머저리나 똑바로 교육해!"

"에드퀼. 거기까지 하도록."

"흥!"

테리안의 제지에 에드퀼이 팔짱을 끼고 몸을 돌렸다.

"흐음, 저도 조금 관심이 생기네요."

울브스 용병단의 단장 베토도 앞으로 나왔다.

"라온 검사님?"

"예."

"그 위치까지는 얼마나 걸리죠?"

"그냥 가면 30분. 뒤를 잡으려면 그보다 10분 정도 더 걸릴 겁니다."

"뒤요? 기습을 할 곳도 파악하신 겁니까?"

"예."

"허…."

그는 헛웃음을 흘리고 고개를 들어 하늘을 올려다보았다.

"부사령관님. 30분이면 스터린산의 중턱에도 못 미칩니다. 늦기 전에 돌아올 수 있으니, 한번 가 보는 게 어떨까요?"

"베토? 당신까지 왜 이래! 다들 저 또라이에게 돈이라도 받은 거야?"

베토까지 라온의 편을 들자, 에드퀼이 인상을 찌푸리며 발을 굴렀다.

"왠지 모르게 신뢰가 가네요. 우리 사고뭉치들을 꺾어서 그런가?"

"후우."

테리안이 한숨을 내쉬고서 뒤를 돌았다.

"전부 준비해라. 스터린산을 오른다."

"부, 부사령관님! 진짜 가신다는 겁니까?"

"그래. 밤이 되어서 트롤들이 습격해 오면 더 위험할 수 있다. 제거할 수 있다면 빠르게 제거하는 게 나아."

"이 정신 나간 놈의 뭘 믿고 움직이신다는 겁니까!"

"반대는 더 이상 듣지 않는다."

"으윽!"

에드퀼이 더 입을 열려고 했지만, 테리안이 확실하게 못을 박자 어쩔 수 없이 뒤로 물러섰다.

"가는 건 결정됐고."

라온은 차갑게 웃으며 에드퀼 옆으로 다가갔다.

"내기는 계속해야지."

"무슨 내기를 하자는 거냐!"

"내가 트롤을 찾으면 앞으로 정찰대에 존댓말을 사용하고, 너희들이 넘긴 짐만이 아니라, 정찰대의 짐도 들고, 잡일도 맡아."

"아니라면?"

"네가 원하는 건 뭐든지 들어주지."

"좋다. 각오하는 게 좋을 거야. 앞으로는 그 주둥이를 놀릴 수 없을 테니까."

에드퀄은 죽일 듯이 인상을 쓰고 설격대가 있는 곳으로 걸어갔다.

-멍청한 놈이로다. 이놈에겐 항상 술수가 있거늘. 말에 넘어가지 말고, 조심하고 또 조심해야 하지.

'그러게.'

라온은 에드퀄에게 한심하다고 말하는 라스를 보며 가는 미소를 지었다.

그런데 속는 건 너도 마찬가지야.

"음?"

스터린산 중턱에서 아래를 내려다보던 검은 로브의 사내가 덩치에 어울리지 않는 신음을 흘렸다.

'뭐지?'

그는 스터린산으로 올라오는 하분 성의 병력을 보며 눈매를 좁혔다.

"왜 올라오는 거지?"

흔적 하나만 보고 이 산을 오르다니, 돌다리도 두드려 보고 건너는 하분 성 지휘관들을 생각해 보면 이해할 수 없는 행동이었다.

'계획이 꼬이는데…'

본래 하분 성 병력이 캠프를 치고, 잠을 잘 때 아이스 트롤들을 보내서 습격하려고 했는데, 이러면 일이 어긋나게 된다.

'일단은 물러서야겠군.'

검은 로브의 사내는 혹시나 하는 사태에 대비하여 아이스 트롤 워리어와 샤먼을 데리고 조금 더 위로 올라갔다.

다른 아이스 트롤들은 얼어붙은 계곡에 숨겨 놨으니, 들킬 일 없었다. 실제로도 하분 성의 병력들은 계곡과는 조금 다른 방향으로 움직이고 있었다.

'흐음, 일단은 볼까.'

검은 로브의 사내는 올라오는 병력을 보고 입맛을 다셨다.

저들을 처리하는 건 그리 어렵지 않은 일이지만, 전부 죽여서는 안 된다.

아이스 트롤 워리어와 샤먼이 나타났다는 걸 하분 성에 전해야만 자신의 계획이 완성되기에 소수의 인원은 살려 보내야 한다.

'그만 내려가라. 너희들은 트롤들을 찾지 못… 어?'

하분 성의 병력을 무시하던 그의 눈동자가 파랑을 맞은 배처럼 흔들렸다.

"뭐야! 저놈들 어디 가는 거야!"

잘못된 방향으로 움직이는 것 같았던 하분 성 병력은 뒤를 돌아서 산골짜기를 향하고 있었다.

'알고 있었다고?'

저렇게 움직인다는 건 처음부터 계곡에 트롤들이 있다는 것을 알고 있었다는 뜻이었다. 그게 아니라면 저 방향으로 이동할 리가 없었다.

'대체 어떻게?'

평생을 이곳에서 산 정찰병이라고 해도 이렇게 눈보라가 치는 스터린산에서 트롤을 찾는 건 불가능하다. 저들이 어떻게 트롤들의 위치를 파악했는지 이해가 가질 않았다.

"지금 트롤을 빼기엔 늦었는데 어찌… 아!"

어떻게 할까 고민할 때 좋은 생각이 났다.

"아니지."

입술을 씹던 검은 로브의 사내가 뒤에 서 있는 아이스 트롤 워리어와 샤먼을 보며 짙은 미소를 그렸다.

"오히려 이게 더 나을 수도 있겠어."

라온은 기척을 죽인 채 모두를 이끌고 산 하부에 있는 언덕을 올랐다. 경사가 급하지만, 얼음이 얼어 있지 않아 무리 없이 내려갈 수 있는 곳이었다.

언덕의 끝에 엎드려서 아래를 보았다. 얼어붙은 계곡에 열다섯 마리의 트롤이 있었다.

열한 마리는 오크와 베어울프의 시체와 피로 기이한 문양을 그렸고, 나머지 넷은 팔을 늘어뜨린 채 사위를 경계했다. 어떠한 주술이나 의식을 준비하는 것 같았다.

"트, 트롤이다. 진짜 트롤이야."

"열다섯?"

"저희가 보았던 것보다 숫자가 늘었지만, 놈들이 확실합니다."

트롤 무리를 확인한 2번 정찰대가 고개를 끄덕였다.

"어떻게 저 아래에서 여기에 있는 트롤을 알아차린 거지?"

"가, 감이 진짜였다니…."

"사람 맞아? 개 아니야?"

정찰대, 울브스 용병단 그리고 설격대까지 모두가 혼이 반쯤 빠져나간 눈으로 라온을 돌아보았다.

"이, 이건 말이 안 돼! 어떻게 거기서 이놈들을 찾냐고!"

설격대주 에드퀼은 믿을 수가 없다며 메기처럼 난 수염을 바르르 떨었다.

"말이 되는지 안 되는지는 모르겠고. 약속한 건 기억하고 있겠지?"

라온이 피식 웃으며 그의 옆으로 다가갔다.

"전투가 끝난 후부터 정찰대의 짐이랑 잡일은 전부 설격대의 담당이다. 그래도 한 단체의 수장인데 한 입으로 두말하진 않겠지. 아, 반말도 하지 말고."

"끄으윽…."

"하나 더. 내 짐은 당신이 직접 들었으면 좋겠군."

"이런 식으로 나오면 재미없을 텐데?"

"난 굉장히 재밌으니 걱정 안 해도 돼."

"이 자식이 끝까지…."

에드퀼이 라온을 노려보며 바드득 이를 갈았다.

"역시 내 예감이 맞았네. 저 친구에게서 뭔가 느껴졌다니까."

베토는 에드퀼의 화를 돋우듯 감탄을 터트렸다.

"싸움만 잘하는 게 아니었군."

"그러게, 이런 탐색 능력은 처음 봐."

"어떻게 우리 용병단에 끌어들일 수 없나?"

용병단원들도 트롤을 내려다보며 혀를 내둘렀다.

"끄윽!"

"뭐, 저런 놈이….."

"젠장!"

이곳에서 똥 씹은 표정을 짓는 건 라온을 조롱했던 설격대주와 설격대 검사들뿐이었다.

"라온. 저, 정말 감으로 알아차린 건가?"

테리안이 조심스럽게 옆으로 다가왔다. 눈동자가 격하게 흔들리고 있었다.

"말씀드렸지 않습니까. 감이 좀 좋다고."

"으음….."

"그리고 지금은 그보다 중요한 게 있지 않습니까?"

"그래. 그렇지."

그가 고개를 끄덕이고 조심스럽게 언덕의 끝으로 다가갔다.

"전원 전투 준비."

정찰병들은 쇠뇌를 들었고, 용병들과 설격대는 검을 뽑았다. 베테랑답게 소리는 거의 들리지 않았지만, 미약한 살기를 느꼈는지 경계를 서던 트롤들이 약속한 것처럼 위를 올려다보았다.

"크라라락!"

"캬라락!"

우측에 있던 트롤들이 언덕 위에 있던 설격대 검사들을 보고 귀가 따가운 괴성을 터트렸다.

"쐐!"

나무가 넘어가는 듯한 소리와 함께 언덕 아래로 은색의 비가 쏟아져 내렸다.

퍼버버벅!

아이스 트롤의 몸에 각기 다섯 발 이상의 화살이 명중했지만, 질긴 가죽 탓에 몸을 파고든 화살은 그리 많지 않았다.

"크라라락!"

"크아아아아!"

트롤들은 몸에 박힌 화살을 쥐어뜯으며 뻘건 주둥이로 분노 어린 포효를 터트렸다.

"돌진!"

"이야아아아!"

테리안이 오러가 깃든 검을 세운 채 준마처럼 달려갔고, 설격대와 용병단이 그 뒤를 따랐다.

"크으! 우리도 간다!"

정찰병들도 한쪽 손에는 쇠뇌를 반대편 손에는 방패를 들고 아래로 뛰었다.

"으으윽!"

도리안은 겁이 나는지 입술을 떨었지만, 할 일을 잊지는 않았다. 검을 뽑아 들고 정찰대 옆에 딱 달라붙었다.

'나도 가야겠지.'

라온은 3번 정찰대와 함께 언덕을 내려갔다. 이미 전투는 시작되었고, 설격대와 울브스 용병단이 트롤을 몰아치고 있었다.

"살을 바르고, 찢어 죽여!"

울브스 용병단의 단장 베토는 예의 있는 모습을 보였던 것과 달리 눈에 광기를 두른 채 미친 듯이 칼을 휘둘렀다. 그의 검날에 담긴 시퍼런 기운이 아이스 트롤의 상체를 거칠게 베어 냈다.

"사위(四圍)를 잡고 공격해라! 목과 심장을 노려!"

설격대도 더러운 성격과 다르게 실력 하나는 출중했다. 검진을 짜서 다수의 검사가 소수의 몬스터를 잡는 최적의 사냥법으로 트롤을 압박했다.

"쏴!"

정찰병들은 전장을 돌며 검사들과 싸우는 트롤들을 향해 쇠뇌를 날렸다.

가까이서 쏘아 대니 이전보다 가죽을 뚫는 비율이 늘어나긴 했지만, 그리 큰 충격은 아니었다. 다만 트롤의 시선을 분산시켜 검사나 용병들이 더 쉽게 싸울 수 있는 상황을 만들어 주었다.

트롤 한 마리당 10명에 가까운 검사와 정찰병이 붙어, 난전 같았지만 인간에게 더 유리한 막싸움이었다.

"크헉! 도련님."

정찰병에게 달려들려고 하던 아이스 트롤을 밀어 버리고 돌아온 도리안이 거친 숨을 뱉어 냈다.

"오늘은 왜 이렇게 조용하십니까? 평소라면 이미 튀어 나가셨을 때 아닌가요?"

"우리 임무는 정찰병의 보호잖아. 그리고 내 상대는 따로 있어."

누구도 느끼지 못했지만, 트롤의 두목 격으로 보이는 두 마리의 괴물이 이곳으로 달려오고 있었다.

'거의 왔군.'

라온이 서늘하게 웃으며 고개를 들었다.

'내 먹이가.'

"절대 접근하지 마! 우리의 목적은 시선 분산이다!"

라딘이 정찰병들을 보며 외쳤다.

"트롤의 시선을 끌었다면 바로 물러서! 직접 상대할 필요 없다!"

그는 빠르게 달려 나가 설격대 검사를 움켜쥐려던 트롤의 어깨를 향해 쇠뇌를 당겼다.

파앙!

화살은 아이스 트롤의 어깨에 살짝 박혔을 뿐이지만, 그걸로 충분했다. 그 틈에 검사가 몸을 빼고 트롤에게 역습을 가했으니까.

"체력이 달리면 뒤로 빠져!"

라딘이 화살을 걸었다. 장전이 느린 쇠뇌라고 생각할 수 없는 속도. 이곳에 있는 누구보다 단련한 티가 나는 모습이었다.

그는 다람쥐처럼 전장을 휘돌며 위기에 빠진 검사와 용병을 돕고, 지친 정찰병들을 격려했다.

"하아, 하아!"

라딘이 내려온 언덕 앞에 멈춰 서서 호흡을 골랐다.

'최고의 상황이야.'

기습 덕분에 가져간 우위가 지금까지 이어지고 있다. 부상자는 좀 있지만, 사망자는 없고 트롤도 열 마리밖에 남지 않았다.

'이런 경우는 거의 없는데.'

하분 성의 과격한 싸움에서 이렇게 쉽게 축이 기울어지는 경우는 흔하지 않다. 모두 라온 덕분이었다.

'돌아가면 거하게 사야겠… 어?'

머리털을 쭈뼛 세우는 흉악한 살기에 라딘의 생각이 툭 끊어졌다.

꿀꺽.

마른침을 삼키며 천천히 고개를 들었다. 언덕 위. 아이스 트롤보다 머리 하나는 더 큰 트롤 두 마리가 몽둥이와 지팡이를 들고 있었다.

"워, 워리어와 샤먼…."

"크르르륵!"

두 괴물의 눈에서 뿜어지는 진한 살기에 벌거벗은 듯한 한기가 느껴졌다.

콰아아앙!

아이스 트롤 워리어가 언덕을 뭉개고 자신과 정찰병들을 향해 뛰어내렸다. 피로 물든 몽둥이에서 상상할 수 없는 거력이 느껴졌다.

"끄윽!"

호흡이 멎는다. 머릿속에 그려지는 건 오직 죽음. 살 수 있는 길이 보이지 않았다. 옆에 있던 다른 정찰병들도 삶의 끝을 느꼈는지 눈을 질끈 감았다.

'젠장!'

점점 커져 가는 몽둥이를 보며 입술을 깨물 때였다. 모두가 멈춰 버린 듯한 시간 속에서 한 검사가 움직였다.

터엉!

그는 라딘과 정찰병들을 무형의 힘으로 밀어 버리고, 아이스 트롤 워리워의 앞에 홀로 섰다.

무시무시한 힘이 실린 트롤의 몽둥이를 향해 얇은 검을 내질렀다. 검날의 끝에 피어난 붉은 꽃이 단아하게 휘날렸다.

콰아아아앙!

무시무시한 충격에 만빙의 계곡이 바스러지고, 골짜기가 무너져 내렸다.

하지만 검사의 몸은 조금도 흔들리지 않았다. 천년 묵은 거목의 뿌리처럼 굳건하게 다리를 세우고, 인간의 몸통만 한 몽둥이를 힘으로 밀어내고 있었다.

"아…."

죽음을 각오했던 정찰병들은 그 전율적인 광경에 숨조차 쉬지 못했다.

"물러나 계세요."

라온이 고개를 반쯤 돌렸다. 입가에 걸린 건 분명한 웃음이었다.

"금방 끝날 테니까."

5권에서 계속됩니다.

환생한 암살자는 검술 천재 Ⅳ

초판 2쇄 인쇄 2025년 05월 28일
초판 2쇄 발행 2025년 06월 10일

글 글개미

펴낸곳 (주)다온크리에이티브
편집, 표지 디자인 (주)다온크리에이티브
내지 디자인, 인쇄, 제작 손봄(주)
출판 등록 번호 251002014000248
출판 등록일 2014년 09월 11일

출판 (주)다온크리에이티브
주소 서울특별시 강남구 선릉로 119길 5, (논현동 플랜에이빌딩)
전화 02-515-4208
E-mail biz@daoncreative.com

도서 유통 손봄(주)
전화 070-7708-7050
E-mail books@sonbom.co.kr

ⓒ 글개미 / 다온크리에이티브 All rights reserved

ISBN 979-11-7300-312-7 (04810)
    979-11-7300-308-0 (04810) SET

※ 파본은 구입하신 서점에서 교환하여 드립니다.
※ 이 책은 (주)다온크리에이티브와 저작자의 계약에 의해 출판된 것이므로 무단 전재 및 유포, 공유를 금합니다.